I0703530

Son DUC

DE LA MÊME AUTEURE

— Saga de la fondation des Roxton —
LE NOBLE SATYRE
SA DUCHESSE
SON DUC
LEURS GRÂCES

— La saga de la famille Roxton —
NOCES DE MINUIT
DUCHESSE D'AUTOMNE
DAIR LE DIABOLIQUE
LA FIÈRE MARY
LE FILS DU SATYRE
ÉTERNELLEMENT VÔTRE
POUR TOUJOURS ET À JAMAIS

— Série Salt Hendon —
L'ÉPOUSE DE SALT
RETOUR À SALT HENDON

Quand je ne me balade pas dans le Londres du 18ᵉ siècle dans ma chaise à porteurs où que je ne suis pas en train d'échanger des ragots avec des nobles parfumés et bien mis dans les salons dorés de Versailles, j'écris des romances historiques georgiennes primées et des romans à suspense (avec une bonne dose de romance).

Mes livres se déroulent dans l'Angleterre georgienne des années 1700, avec quelques voyages éventuels sur le continent européen. Je m'arrête à la Révolution française durant laquelle je suis morte dans une vie antérieure, guillotinée pour mon mode de vie terriblement hédoniste en tant qu'aristocrate oisive !

lucindabrant@gmail.com	lucindabrant.com
pinterest.com/lucindabrant	twitter.com/lucindabrant
facebook.com/lucindabrantbooks	youtube.com/lucindabrantauthor

MARION GABILLARD

J'ai adoré découvrir, en travaillant sur ces livres,
le monde de l'aristocratie du xviiie siècle, ses codes,
ses coutumes et ses personnages hauts en couleur.
J'espère que vous prendrez autant de plaisir que
moi à vous plonger dans cette histoire.

marion.gabillard@gmail.com

Son DUC

Suite de Sa Duchesse

SAGA DE LA FONDATION DES ROXTON, LIVRE 3

Lucinda Brant

TRADUIT PAR MARION GABILLARD

Un livre des éditions Sprigleaf
Publié par Sprigleaf Pty Ltd

Mis en page avec Adobe Garamond Pro.

ISBN 978-1-922985-60-6

10 9 8 7 6 5 4 3 2 1
Édition à couverture cartonnée et reliure rigide   (i) I

DRAMATIS PERSONAE

La famille Roxton et son personnel

- **Roxton**......*le duc de Roxton, dit monsieur le duc*
- **Antonia**......*la duchesse de Roxton, dite madame la duchesse ou la comtesse de Roucy*
- **Vallentine**......*Lucian, Lord Vallentine, meilleur ami de Roxton et époux de sa sœur*
- **Estée**......*Lady Vallentine, dite madame, épouse de Vallentine et sœur de Roxton*
- **Martin**......*Martin Ellicott, ancien valet de Roxton et parrain de Julian*
- **Julian**......*petit garçon de Roxton et Antonia, dit Juju*
- **Gabrielle**......*femme de chambre d'Antonia, sœur cadette d'Yvette, Rose et Giselle*
- **Céleste et Cécile**......*nourrices morvandelles qui s'occupent de Julian*
- **George Geraghty**......*valet de Roxton*
- **Jean-Luc Levron**......*fils biologique du père de Roxton, le marquis d'Alston, et de sa maîtresse, une marionnettiste*
- **Augusta Fitzstuart**......*la comtesse de Strathsay, grand-mère d'Antonia*

LA FAMILLE SALVAN ET SON PERSONNEL

- **Les vieilles tantes**......*les sœurs de Philippe, ancien comte de Salvan, tantes maternelles de Roxton et tantes paternelles de Salvan*
- **Tante Philippa**......*la marquise de Touraine-Brissac, dite madame Touraine-Brissac, mère d'Alphonse, duc de Touraine, et grand-mère d'Élisabeth-Louise et de Michelle Haudry*
- **Tante Victoire**......*la comtesse de Chavigny*
- **Tante Sophie-Adélaïde**......*une nonne, sœur jumelle de Victoire*
- **Madeleine-Julie Salvan Hesham**......*benjamine des sœurs Salvan, marquise d'Alston, mère de Roxton et Estée, morte en 1734*
- **Salvan**......*Jean-Honoré Gabriel Salvan, comte de Salvan, fils de Philippe, ancien comte de Salvan, cousin germain de Roxton et neveu des vieilles tantes*
- **Chevalier Montbelliard**......*dit cousin Hugh, héritier du comte de Salvan*
- **Michelle Haudry**......*dite madame Haudry, belle-fille d'un fermier général, fille d'Alphonse, duc de Touraine, et petite-fille de Philippa, marquise de Touraine-Brissac*
- **Alphonse**......*duc de Touraine, fils unique de madame Touraine-Brissac, cousin germain et proche ami de Roxton, père de Michelle Haudry et Élisabeth-Louise Salvan Gondi Touraine*
- **Élisabeth-Louise**......*sœur de Michelle Haudry, petite-fille de madame Touraine-Brissac*
- **Thérèse**......*la comtesse Duras-Valfons, ancienne maîtresse de Roxton, épouse du baron Thesiger, sœur du marquis de Chesnay et mère de Robert, un bébé*
- **Gustave**......*marquis de Chesnay, ami de Roxton, frère de Thérèse Duras-Valfons*
- **Richard « Ricky » Thesiger**......*le baron Thesiger, époux de Thérèse Duras-Valfons, dont elle est séparée*
- **Giselle**......*femme de chambre d'Élisabeth-Louise, sœur de Gabrielle*

Personnages historiques présents ou mentionnés

- **Louis**......*Louis xv (1710-1774), roi de France, dit « le Bien-Aimé », roi du 1ᵉʳ septembre 1715 jusqu'à sa mort*
- **Madame de Pompadour**......*Jeanne-Antoinette Poisson (1721-1764), marquise de Pompadour, maîtresse en titre du roi*
- **Comte d'Hozier**......*Louis-Pierre d'Hozier (1685-1767), généalogiste du roi, garde de l'Armorial général de France et juge d'armes de France*
- **Marquis of Dreux-Brézé**......*Joachim de Dreux-Brézé (1710-1781), grand maître des cérémonies de France*
- **Duc de Bouillon**......*Charles-Godefroy de La Tour d'Auvergne (1706-1771), grand chambellan de France*
- **Duc de Richelieu**......*Louis-François-Armand de Vignerot du Plessis de Richelieu (1696-1788), dit Armand, premier gentilhomme de la chambre*
- **Marie Leszczynska**......*reine de France et épouse du roi Louis xv (1703-1768)*
- **Comte de Maurepas**......*Jean-Frédéric Phélypeaux (1701-1781), secrétaire d'État à la Maison du roi, homme politique français*
- **Monsieur de Marville**......*Claude-Henry Feydeau de Marville (1705-1787), lieutenant général de police de Paris*

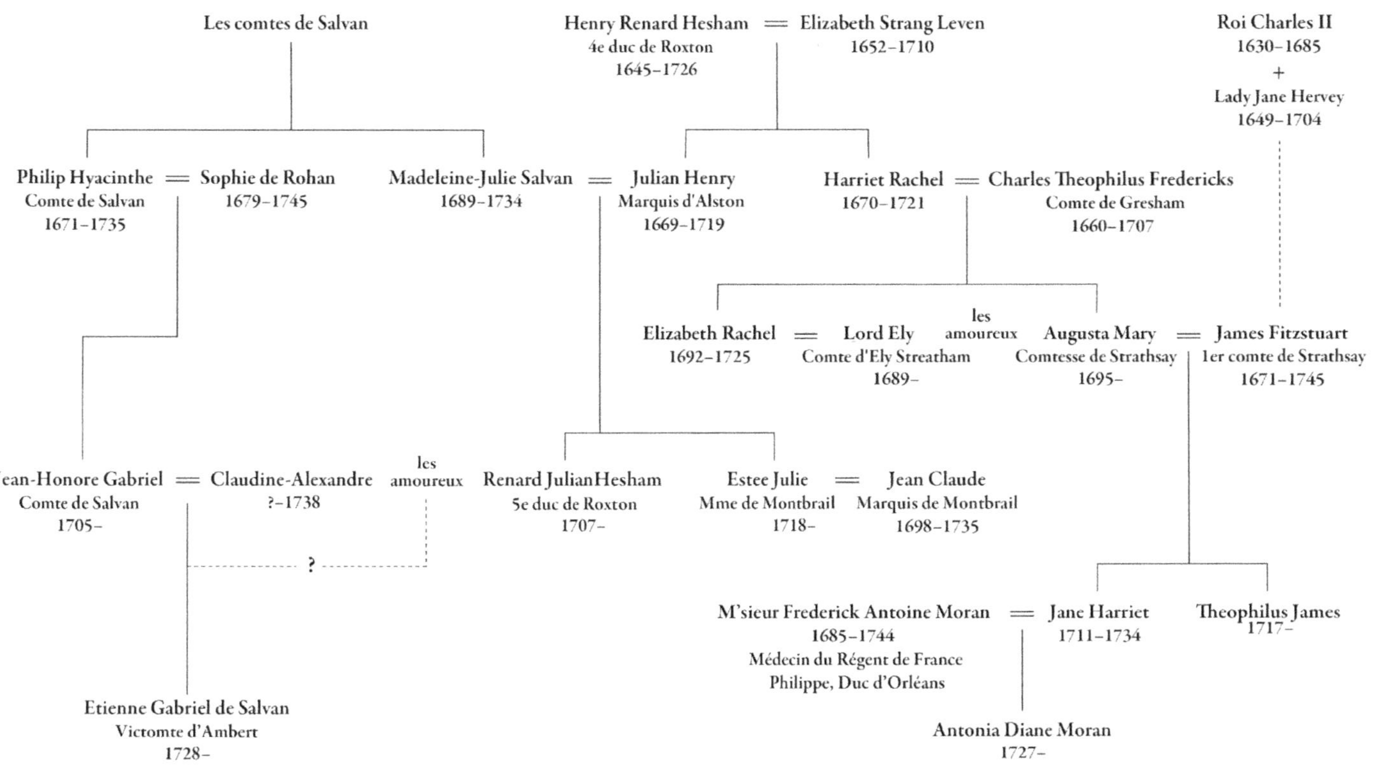

Les comtes de Salvan
Henry Renard Hesham
4e duc de Roxton
1645–1726
Elizabeth Strang Leven
1652–1710
Roi Charles II
1630–1685
+
Lady Jane Hervey
1649–1704
Philip Hyacinthe
Comte de Salvan
1671–1735
Sophie de Rohan
1679–1745
Madeleine-Julie Salvan
1689–1734
Julian Henry
Marquis d'Alston
1669–1719
Harriet Rachel
1670–1721
Charles Theophilus Fredericks
Comte de Gresham
1660–1707
Elizabeth Rachel
1692–1725
Lord Ely
Comte d'Ely Streatham
1689–
les amoureux
Augusta Mary
Comtesse de Strathsay
1695–
James Fitzstuart
1er comte de Strathsay
1671–1745
Jean-Honore Gabriel
Comte de Salvan
1705–
Claudine-Alexandre
?–1738
les amoureux
?
Renard Julian Hesham
5e duc de Roxton
1707–
Estee Julie
Mme de Montbrail
1718–
Jean Claude
Marquis de Montbrail
1698–1735
M'sieur Frederick Antoine Moran
1685–1744
Médecin du Régent de France
Philippe, Duc d'Orléans
Jane Harriet
1711–1734
Theophilus James
1717–
Etienne Gabriel de Salvan
Victomte d'Ambert
1728–
Antonia Diane Moran
1727–

UN

HÔTEL ROXTON, RUE SAINT-HONORÉ, PARIS. DÉBUT NOVEMBRE 1746

L E PORTIER RONDELET et impérieux de l'Hôtel Roxton recula en titubant et s'inclina si bas que son nez aurait percuté ses genoux si son ventre ne l'avait pas arrêté. Il aperçut des bottes en cuir poli et le scintillement d'un fourreau ornementé dans les plis soyeux d'une roquelaure noire à plusieurs épaisseurs quand l'aristocrate traversa le carrelage en marbre noir et blanc du vestibule caverneux.

— Monsieur le duc ! Quel… q-quel p-pl-plaisir de vous voir ici ! bégaya-t-il en se redressant. Nous… nous ne vous attendions pas ! Quelle surprise !

— C'était le but, Christophe, répondit le duc de Roxton d'une voix traînante. De vous… hum… *surprendre* tous.

Le portier claqua des doigts et deux valets de pied en livrée refermèrent les lourds battants de la porte d'entrée. Deux autres de leurs collègues s'avancèrent et débarrassèrent leur noble maître de son tricorne en feutre, de sa cape hivernale et de son épée. Quand Roxton retira ses gants en cuir noirs et les tendit dans le vide, l'un d'entre eux les récupéra immédiatement.

Le duc s'apprêtait à continuer sur sa lancée et à monter le large escalier en marbre quand un grondement sourd au-dessus de sa tête l'arrêta. Ce n'était pas un orage qui tonnait, mais son armée de domestiques discrets qui passait à l'action. Ce bruit ne manquait jamais de lui procurer un sentiment de bien-être et de dessiner un petit sourire satisfait sur ses lèvres. C'était assurément son carrosse vide qui, en franchissant le portail principal, avait alerté son personnel de son arrivée.

Plus tôt, il avait indiqué à son cocher de le déposer au jardin des Tuileries, puis d'attendre vingt minutes avant de poursuivre sa route sans lui jusqu'à l'entrée principale de son hôtel particulier de la rue Saint-Honoré. Quant à lui, il s'était avancé le long de l'avenue bordée d'arbres, puis il était entré dans sa demeure parisienne par un portail latéral. Ce portail, aménagé dans un haut mur, donnait accès aux Tuileries par le fond de son vaste jardin privé.

Ayant retrouvé son territoire, il s'était tranquillement promené dans le bosquet de châtaigniers, puis il avait traversé les jardins d'agrément pour rejoindre une colonnade et était passé sous une grande arche débouchant sur la vaste cour d'entrée qui donnait sur la rue. En arrivant devant la double porte d'entrée, il l'avait trouvée barrée et fermée à clé pour empêcher que quelqu'un ne s'introduise dans la demeure, ce qui avait plu au duc. Il avait utilisé le lourd heurtoir en argent pour signaler son arrivée.

Pendant sa promenade, il avait été arrêté pas moins de quatre fois, tout d'abord par les gardes postés devant le portail latéral, puis par deux de leurs collègues, membres d'une petite force armée qui patrouillait tout le périmètre intérieur de la propriété matin, midi et soir. Même l'un des ratisseurs qui s'occupaient du quadrillage des chemins de gravier dans les jardins d'agrément l'avait audacieusement interpellé. Enfin, sous la colonnade, son jardinier en chef s'était séparé d'un groupe d'hommes penchés sur un ensemble de plans étalés sur une table à tréteaux et lui avait demandé ce qu'il faisait là. Comme avec les gardes et le ratisseur, il n'avait eu qu'à relever le menton afin que son visage ne soit plus caché par son tricorne pour que le jardinier le reconnaisse. Le duc avait été satisfait de voir tous ses domestiques écarquiller les yeux d'un air alarmé avant de les baisser immédiatement et de s'incliner en une révérence silencieuse et respectueuse.

Il était resté quelques instants avec son jardinier en chef et avait consulté les plans que les hommes examinaient, des plans pour des roseraies sous serre qu'il voulait faire construire près du potager. Satisfait de leurs progrès, il les avait laissés en se disant qu'il faudrait qu'il complimente son régisseur, qui veillait à ce que son personnel reste sur le qui-vive et fasse respecter ses consignes ; personne, sous aucun prétexte, ne devait être autorisé à franchir le portail, sauf s'il s'agissait de quelqu'un que la famille proche de monsieur le duc connaissait personnellement ou si cette personne avait une raison d'être à l'hôtel qui avait d'abord été approuvée par le régisseur. La sécurité et le bien-être de la duchesse et du petit lord passaient avant tout. Peu importe que le duc et sa famille résident pour l'heure dans le hameau de Versailles – ces consignes devaient toujours être respectées. Ainsi, avec le temps, ces règles deviendraient un réflexe, non seulement pour tous ceux qui travaillaient pour lui, mais aussi pour les membres de sa famille étendue.

Il pensait principalement à sa sœur Estée et à ses levers et soirées auxquels pouvait assister la société parisienne. Au fil des ans, Estée était devenue une hôtesse assez reconnue pour les membres de l'aristocratie qui fuyaient les salons littéraires, car ils n'étaient pas à la hauteur des sujets de conversation, qu'ils trouvaient donc ennuyeux au possible. Il savait que ses réunions étaient dédiées aux commérages de la société, en particulier sur ce qu'il se passait à la cour, que ces commérages soient vrais ou inventés de toutes pièces. Par ailleurs, le duc était un ami proche de Sa Majesté, et le fait qu'Estée refuse dédaigneusement de parler de cette amitié avec ses pairs suffisait pour qu'ils la croient, elle aussi, dans la confidence du roi. Ce n'était pas le cas. Roxton ne lui disait rien et elle savait qu'elle n'avait pas intérêt à lui poser des questions.

Il avait jusque-là accordé très peu d'importance au salon de sa sœur et à ceux qui s'y réunissaient, mais maintenant qu'il était marié, il était plus méfiant à propos des visiteurs qui venaient chez lui et des fréquentations de sa sœur. L'un d'eux en particulier, un cousin du côté de leur mère, était devenu un visiteur régulier de son salon. Aux dires de tous, le chevalier Montbelliard était un jeune homme inoffensif de réputation. Mais il était l'héritier du comte de Salvan, aristocrate tombé en disgrâce et ennemi juré de Roxton, et cela aurait dû suffire pour qu'Estée garde ses distances. Mais elle n'en avait rien fait. D'ailleurs, il avait récemment appris qu'elle s'était jointe au chœur de leurs cousins Salvan qui, par le biais d'une pétition adressée au roi pour le compte de Montbelliard, réclamaient que le jeune homme soit reçu à la cour.

Mais ce n'était pas à cause des réceptions de sa sœur ou du chevalier qu'il avait pris sur lui de quitter sa duchesse et de revenir à Paris pour la journée.

Estée lui avait écrit pour lui dire qu'il y avait un problème de très haute importance, qui aurait des conséquences terribles pour la famille s'il ne le réglait pas immédiatement. Elle n'osait pas coucher la nature de ce problème sur le papier, de crainte que sa lettre ne tombe entre de mauvaises mains. Cette crainte était une mise en garde, et elle ne lui en avait pas parlé directement, mais l'avait évoquée dans une lettre envoyée à son mari. Le duc en avait déduit qu'elle avait des raisons de croire que sa correspondance était ouverte et lue par monsieur de Marville, le lieutenant général de police de Paris.

Le duc n'était pas surpris. Les lettres des aristocrates français qui résidaient à Paris étaient ouvertes et lues par la police parisienne, ce n'était un secret pour personne. C'était la seule façon pour Louis d'avoir une véritable idée de ce que ses nobles pensaient et prévoyaient de faire. Mais Roxton n'appartenait pas à l'aristocratie française, et si Louis voulait savoir ce qu'il pensait, il l'interrogeait directement. Non. Cette fois-ci, il était question de quelque chose – ou de quelqu'un – d'autre. Il supposait que sa sœur en savait plus que ce qu'elle révélait dans sa lettre, il était donc revenu à Paris sans attendre, dès le lendemain.

Mais maintenant qu'il était de retour dans le cadre opulent de son hôtel, il prit son temps pour monter les marches le menant aux appartements que sa sœur partageait avec son mari. Il avait besoin d'un instant pour se préparer à un entretien à la fin duquel, il le savait grâce à ses longues années d'expérience, Estée ferait son numéro et lui se retrouverait aux limites de sa tolérance. Il ne s'attendait pas vraiment à ce que ses nausées matinales aient modéré ses émotions. Il lui suffit de faire un pas dans son boudoir pour savoir que c'était trop demander.

Il la trouva prostrée au milieu des coussins en soie rebondis de sa méridienne dorée, en déshabillé. Elle avait relevé un bras sur son front lisse et écrasait un mouchoir bordé de dentelle dans son poing. Son visage était caché derrière les volants en dentelle des engageantes qui entouraient ses coudes, mais il ne la pensait pas endormie. Néanmoins, quand sa bonne lui souffla nerveusement que monsieur le duc était arrivé et qu'elle ne se redressa pas, il préféra accorder le bénéfice du doute à sa sœur plutôt que de la penser impolie.

— Vous disiez que c'était une question de vie ou de... hum... mort, dit-il de sa voix caressante et quelque peu sinistre en la regardant à travers son lorgnon. Me voilà donc.

DEUX

Derrière son voile de ruches en dentelle, Estée Vallentine écarquilla les yeux. Elle ne s'attendait pas à l'arrivée de son frère, mais à celle de son mari. À l'instant où le carrosse du duc avait franchi le portail, on l'avait mise au courant. Ses dames de compagnie étaient venues la prévenir précipitamment, les yeux tout aussi écarquillés, légèrement essoufflées tant elles étaient nerveuses et excitées que monsieur le duc soit rentré ! Mais Estée ne les avait pas crues. Elle ne serait pas dupée une deuxième fois.

Avaient-elles oublié ce qu'il s'était passé à peine une semaine plus tôt, quand le carrosse du duc s'était arrêté devant la porte d'entrée, semant la panique chez tous les domestiques ? Elles l'avaient tirée du lit pour lui annoncer la nouvelle et elle en était sortie d'un bond, avait prestement enfilé une robe de chambre en soie pour qu'on l'apprête devant sa coiffeuse, puis elle s'était installée sur sa méridienne, les traits figés en une expression de grande souffrance, prête à recevoir son frère.

Mais cette fois-là, ce n'était pas son frère dans le carrosse, mais son barbare de valet !

C'était pour cette raison que cette fois-ci, elle avait ricané quand on lui avait annoncé que monsieur le duc était rentré. Et après les lettres qu'elle avait envoyées à son mari, elle s'attendait à ce qu'il rentre de Versailles, inquiet pour son bien-être. Après tout, c'était son enfant qu'elle portait, et c'était à cause de lui qu'elle souffrait des pires nausées matinales que n'importe quelle femme enceinte, dans toute l'histoire des grossesses, avait eu à subir.

Mais que ce soit son frère ou son mari, cela importait peu. Ils méritaient tous les deux de savoir à quel point elle se sentait souffrante et délaissée. Elle avait donc arrêté de manger son petit déjeuner et s'était installée sur sa méridienne, un bras relevé sur le front, les yeux fermés, son air accablé dissimulé sous la dentelle de ses engageantes.

Mais quand son visiteur la salua, elle ne put se tromper : il s'agissait bien de la voix douce et traînante de son frère. Et si elle était amèrement déçue que son mari ne se soit pas précipité à son chevet, elle était secrètement ravie que le duc ait quitté sa villa pour lui rendre visite, sans doute à cause de la mise en garde sous-entendue dans la lettre qu'elle avait envoyée à son mari. Mais cela ne l'empêcha pas de rester boudeuse et d'exploiter sa condition exceptionnelle, même si elle savait que le duc verrait immédiatement clair dans son jeu.

— Je me meurs, Roxton, et tout le monde s'en moque ! annonça-t-elle d'un ton maussade, sans chercher à se redresser pour le saluer et en prenant une grande inspiration tremblotante. Mon mari m'a abandonnée. Ma famille est partie, me laissant errer toute seule dans cette maison vide, avec des domestiques qui se moquent complètement de savoir si je vis ou si je meurs. Pourquoi, oh, pourquoi m'avez-vous mariée à un homme qui a autant de compassion que-que… qui n'a aucune compassion ! Je suis tellement souffrante que je parviens à peine à m'exprimer !

Le duc ne la contredit pas.

— Je le vois bien, lança-t-il malicieusement en regardant autour de lui, à la recherche d'un endroit où s'asseoir. Mais vous vous sentirez peut-être un peu mieux si vous finissez votre superbe petit déjeuner. En particulier ce croissant exquis que vous avez déjà à moitié mangé. Et votre chocolat sera moins bon quand il aura refroidi.

À travers son lorgnon, il lançait un regard éloquent vers la table basse, qui ployait sous le poids des plateaux en argent et des assiettes en porcelaine remplis d'un assortiment de viennoiseries fraîches, de viandes froides et de fruits frais, ainsi que d'une chocolatière en argent monogrammée et d'une tasse de chocolat chaud.

Estée Vallentine fit la moue et se redressa difficilement. Elle resserra sa robe de chambre diaphane autour de ses épaules et indiqua à sa bonne de s'avancer et de débarrasser son attirail féminin entassé au bout de la méridienne : des échantillons de tissu, des bobines d'épais rubans en satin et plusieurs vêtements.

— Avez-vous déjà pris votre petit déjeuner ? demanda-t-elle d'un ton plus conciliant.

— Oui. Mais je boirais bien une tasse de café.

— Du café pour monsieur le duc, ordonna Estée à sa bonne, qui avait à présent les bras chargés. Et dites à Jeanne qu'il ne faut pas nous déranger, sauf pour apporter le café !

Roxton souleva avec précaution l'un des épais coussins en soie par une grande pampille et le laissa tomber par terre. Il releva les basques de sa redingote en velours noire et se percha au bord de la méridienne, puis il fit face à sa sœur.

— Vous calomniez votre époux. S'il séjourne avec nous, c'est parce que vous lui avez demandé de partir et… hum… de ne pas revenir.

— En effet. Mais je ne pensais pas qu'il s'exécuterait.

— Alors vous ne le connaissez pas aussi bien que vous le pensez. Lucian fait ce qu'on lui dit de faire. Et c'est ce que vous lui avez dit de faire.

Estée tordit sa jolie bouche en une grimace.

— Parfois… Non ! Pas parfois… *La plupart du temps…* j'ai l'impression qu'il vous aime, vous, plus qu'il ne m'aime moi.

Le duc haussa une épaule.

— C'est bien possible. Mais rassurez-vous, vous êtes la seule femme qu'il aime. Puis-je vous donner votre assiette ? Vous vous sentirez mieux après avoir mangé. En tout cas, selon les conseils de votre médecin.

Estée se redressa, horrifiée.

— Vous lui avez demandé de m'espionner ?

— Non. Je lui ai demandé de me tenir informé de l'état de santé de ma sœur. Je ressens une inquiétude fraternelle bien naturelle pour le bien-être de ma sœur, en particulier dans votre état actuel. Et votre médecin ne m'en parle que quand je l'interroge.

— Comme c'est délicat de sa part !

— Je suis de cet avis, répondit-il nonchalamment en lui tendant une assiette en porcelaine de Sèvres qui contenait une poire coupée en fines tranches et un croissant à moitié mangé. Je vous en prie, ma chère sœur, ajouta-t-il quand elle hésita, manger vous aidera à vous sentir mieux.

Elle hocha la tête, sentant une boule se former dans sa gorge face à la gentillesse inhabituelle dans la voix de son frère, qui la poussa à avouer :

— Je me suis rendu compte que manger moins mais plus souvent dans la journée aidait à endiguer mes nausées.

Il l'observa séparer les délicates couches de la viennoiserie et avaler le reste de son croissant, puis il la surprit avec une confession :

— Notre mère souffrait de nausées quand elle était enceinte de vous.

— Ah oui ? Mère ne me l'a jamais dit.

— À moi non plus. Je me suis soudain souvenu de la période où elle était trop souffrante pour se lever de sa méridienne. À l'époque, je ne comprenais pas ce qu'il se passait. Surtout que père était fou de joie qu'elle soit malade – du moins, c'est ce que je pensais. Elle l'a houspillé d'être aussi heureux. Mais en y repensant, je comprends qu'elle n'était pas réellement en colère contre lui. Je ne comprenais pas du tout leur comportement. Puis il m'a pris à l'écart pour me confier que j'aurais un frère ou une sœur pour la nouvelle année.

— Il voulait un autre fils.

— Il n'a pas révélé sa préférence. Il était simplement heureux de devenir père une deuxième fois. Moi, en revanche, j'étais très agacé à l'idée d'avoir un frère ou une sœur, qui représenterait une perturbation dans ma vie.

— Je n'ai aucun mal à croire que vous ne vouliez pas d'un frère ou d'une sœur ! répondit Estée avec un petit éclat de rire. Vous étiez enfant unique depuis tellement longtemps que devoir partager nos parents avec quelqu'un d'autre, un bébé qui plus est, a dû représenter un choc pour vous.

— En effet, répondit sérieusement Roxton. Je ne suis pas du genre à partager.

— Ce n'est pas vrai ! riposta sa sœur avec véhémence dans un revirement. Vous êtes excessivement généreux avec moi et Lucian, et vous gâtez Antonia.

Elle dégusta les dernières tranches de poire et reposa l'assiette en lançant un regard en coin au duc.

— Et si ce qu'on me dit est vrai, ajouta-t-elle, vous êtes généreux au-delà du tolérable avec d'autres personnes avec qui vous n'avez même pas de liens familiaux. Tante Philippa m'a rapporté un commérage tout à fait surprenant, me demandant confirmation. Je n'avais pas encore reçu la lettre de Lucian, il était donc simple pour moi de le nier, car je n'étais pas au courant. Mais entre-temps, la lettre de Lucian est arrivée, et c'était écrit noir sur blanc ! Ce qui signifie que je suis au courant à présent, et que si nos parents Salvan me posent la question, je serai obligée de confirmer ce que je sais être la vérité. Quand bien même, je n'arrive pas à croire que vous ayez fait une chose pareille ! Il doit y avoir une autre explication.

— Faites-moi le plaisir de ne pas tergiverser, répondit le duc d'un ton brusque.

Elle le regarda en levant légèrement son petit nez.

— Très bien. Lucian m'a dit que vous aviez fait de ce barbare – votre valet, un *simple domestique* – un gentleman financièrement indépendant !

— En effet.

— Avec des revenus à hauteur de mille livres par an – *à vie*.

— C'est également vrai.

— Et que vous aviez mis à sa disposition une maison rurale pour une bouchée de pain.

— Oui, dit le duc en sortant sa tabatière en or émaillée d'une poche de son gilet. J'espère que votre mari n'a pas omis de vous faire part d'un autre détail ; en plus de ses revenus annuels et de la maison à la campagne, il recevra également un subside pour ses vêtements. (Il esquissa un petit sourire.) Vous en conviendrez, un gentleman indépendant doit s'habiller de façon convenable vis-à-vis de son statut.

— Un subside… *un subside pour ses vêtements* ? répéta Estée, bouche bée devant lui. C'est… c'est…

— … quelque chose qui me regarde et qui ne vous regarde pas.

— … *intolérable*, conclut-elle en reniflant dédaigneusement. Je ne suis pas du tout d'accord ! Et bien sûr que cela me regarde… que cela regarde votre *famille*. Quand tout le monde l'apprendra, nous-nous serons voués à être… *humiliés* face au-au… *scandale* qui découlera d'une décision aussi impétueuse et-et *absurde*.

— Je ne suis jamais impétueux. Et si les autres pensent que c'est absurde, laissez-les le penser.

— Et la *honte* qui rejaillira sur nous, alors ?

— Voulez-vous parler de ses mœurs ou de ses manières ? Sur ces deux points, il est irréprochable, je vous l'assure.

— Roxton ! Ce n'est pas quelque chose qu'il faut prendre à la légère !

Le duc tapota le couvercle de sa tabatière.

— Non, en effet.

— À l'évidence, vous n'avez pas réfléchi à tout ce que cela signifie pour nous, insista Estée.

Elle ne prêta pas attention au ton catégorique du duc, ni à son tapotement sur sa tabatière, qui pourtant, si elle connaissait son frère à moitié aussi bien que ce qu'elle devrait, auraient dû lui indiquer clairement que ce n'était pas un sujet ouvert à la discussion. Mais il décida d'être clément avec elle cette fois-ci en raison de sa condition délicate. Après avoir inhalé du tabac à priser, il lui dit avec toute la patience dont il put s'armer :

— Si un roi français peut élever une bourgeoise au rang de maîtresse en titre et faire d'elle une aristocrate, alors il n'y a pas lieu de faire le moindre commentaire quand un duc anglais fait de son valet un gentleman indépendant.

Estée savait qu'il faisait référence à Jeanne-Antoinette Poisson d'Étiolles, épouse d'un financier parisien et maîtresse officielle de Louis. Il avait fait de madame d'Étiolles une noble, la nommant marquise de Pompadour, ce qui avait créé un scandale aux proportions épiques dans l'aristocratie. La tradition voulait que le roi choisisse une maîtresse officielle dans leur cercle. C'était ce qu'avaient fait tous les rois précédents, et Louis également avec les quatre sœurs Mailly, ce qui rendait d'autant plus incompréhensible sa décision de ne pas continuer sur cette lancée. C'était un choix tellement contesté que la nouvelle marquise, avec son titre inventé, avait instantanément été détestée, vilipendée et calomniée par les membres de la classe sociale qu'elle avait intégrée.

Il aurait suffi à Estée d'y réfléchir rationnellement pour se rendre compte qu'il était mesquin de sa part de s'indigner que son frère ait choisi d'accorder cette faveur à un homme qui lui avait offert vingt ans de bons et loyaux services et qui connaissait le duc depuis qu'ils étaient petits.

Après tout, quel mal y avait-il à cela ? Roxton avait toujours vécu comme il l'entendait, et si cela lui faisait plaisir de subvenir aux besoins de son valet, ainsi soit-il. Ce n'était pas vraiment quelque chose qui aurait un impact sur sa vie à elle. Du moins, c'était ce qu'elle pensait jusqu'à ce que ses tantes Salvan – les sœurs de sa mère, issues d'une vieille famille de l'aristocratie française – expriment leur indignation, la convainquant du contraire.

Un laquais avait-il déjà reçu un tel honneur ? Pas qu'elles le sachent, en tout cas ! Les domestiques étaient rarement payés à temps, certains n'étaient même pas payés du tout s'ils causaient des difficultés. C'était un privilège pour les classes inférieures de servir leurs nobles maîtres. Toute rémunération prenait une importance secondaire. Et puisque ce larbin avait accepté une offre aussi scandaleuse de la part de son maître, alors ce n'était à l'évidence qu'un homme cupide, qui était plus intéressé par un gain pécuniaire que par l'honneur que représentait son statut de valet auprès d'un duc. La ligne de conduite honorable aurait été de refuser et de s'attendre à recevoir un petit legs à la mort de son maître. Il s'agissait de la bonne façon de gérer ce genre de choses. Toute autre réaction avait des relents de bourgeoisie. Ce domestique était aussi vulgaire que cette poissonnière qui était devenue la catin de Sa Majesté !

Les vieilles tantes s'inquiétaient pour la santé mentale de monsieur le duc de Roxton. Faire de son valet un gentleman financièrement indépendant n'était pas seulement déraisonnable, c'était une décision qui relevait de la folie. Quelle mouche l'avait piqué ?

Estée, en larmes, rapporta tout cela à son frère, qui resta de marbre.

Elle lui révéla qu'une délégation de leurs vieilles tantes lui avait rendu visite pour lui parler des rumeurs à propos du caprice choquant et frivole de monsieur le duc concernant son domestique, des rumeurs qui circulaient dans les salons de leurs amis et connaissances, dans les alcôves des maisons de jeu, et même dans les maisons closes de luxe que fréquentaient les hommes de la noblesse. Les vieilles tantes lui avaient dit que leur famille avait déjà été assez humiliée quand son chef, le comte de Salvan, avait été banni de la cour, et ce à cause de monsieur le duc de Roxton. À présent, le comportement étrange de leur neveu poussait tout le monde à remettre en question la valeur de la lignée des Salvan. On se demandait si, peut-être, la famille n'était pas maudite. Qui voudrait s'aligner sur une famille – sans parler d'avoir un fils ou une fille qui la rejoindrait par le mariage – dans laquelle l'un des neveux avait été banni de la cour et l'autre gaspillait sa fortune pour un domestique ? Les humiliations s'accumulaient.

Après l'interrogatoire que tante Philippa, la plus redoutable des vieilles tantes, lui avait fait subir, Estée avait été tellement exténuée qu'elle avait été alitée pendant des jours ! Elle se demandait si son bébé serait affecté par sa mélancolie. Pourtant, ses vieilles tantes l'avaient rassurée, lui répétant que ce n'était pas sa faute et qu'elles ne lui en voulaient pas. Elles savaient précisément sur qui rejeter la faute et quelle mouche avait piqué leur neveu pour qu'il applique cette idée. C'était la même mouche qui avait piqué leur autre neveu, le comte de Salvan, et l'avait poussé à agir comme un fou.

Quand elles avaient révélé le nom de cette mouche, Estée n'avait pas du tout été surprise. Il s'agissait de la seule explication possible. Elle répéta cette accusation, la lançant au visage du duc avec tout le dédain et le mépris que lui conférait la vieille lignée aristocratique des Salvan.

— Vous n'auriez jamais envisagé une telle chose avant votre mariage. Ce barbare serait resté à sa place, serait encore votre valet, et nous et nos parents Salvan ne serions pas considérés comme les plus grands nigauds du monde, si elle n'avait pas été là ! Cette... cette... *catastrophe*... c'est entièrement la faute d'Antonia !

TROIS

Habituellement, face aux récriminations larmoyantes de sa sœur, le duc se contentait de serrer la mâchoire et de rester impassible, puis il attendait l'une des deux issues possibles : épuisée émotionnellement et vidée de ses larmes, elle reprenait ses esprits mais restait renfrognée, ou alors elle se jetait sur les coussins, incapable de toute discussion rationnelle. Peu importe l'issue, il obtenait le même résultat : le silence. Il avait donc l'opportunité de lui donner ses directives, puis de partir le plus rapidement possible, souvent au son des sanglots de sa sœur et des platitudes que lui murmuraient ses dames de compagnie pour la réconforter. C'était ainsi que fonctionnaient le frère et la sœur depuis qu'il avait hérité du titre près de vingt ans plus tôt.

Cette fois-ci, il réagit différemment en raison d'une remarque que lui avait faite sa duchesse la veille au soir, quand il lui avait annoncé qu'il fallait qu'il retourne à Paris pour la journée afin de s'occuper, à contrecœur, d'un problème concernant sa sœur et ses vieilles tantes. Il avait dit à Antonia qu'il ferait de son mieux pour être particulièrement sensible aux besoins d'Estée, car elle était enceinte et souffrait de nausées matinales, mais qu'il savait très bien que leur entretien se solderait par une scène dramatique impliquant des larmes et des accusations de mauvais traitement.

Antonia lui avait fait remarquer que la réaction attendue de la part d'Estée ne la surprenait pas du tout et qu'il ne devrait pas être surpris non plus, car elle avait grandi dans la maison des larmes.

— La maison des larmes, ma vie ? lui avait demandé le duc, perplexe.

— L'hôtel quand votre mère et votre sœur y vivaient seules, sans vous, avait expliqué Antonia d'un ton neutre, ajoutant comme si c'était évident quand elle avait remarqué qu'il ne comprenait toujours pas : L'hôtel devait assurément être la maison des larmes, monseigneur. Votre père est mort subitement, laissant derrière lui une jeune veuve avec un fils encore petit et un bébé. Puis, quelques mois plus tard seulement, vous – le fils unique de votre mère, qui étiez devenu le chef de famille – lui avez été arraché de force par votre grand-père, et vous ne l'avez pas revue pendant de nombreuses années. En vous perdant, votre mère est tombée dans une nouvelle période de deuil.

» Votre sœur n'était qu'un bébé à l'époque, elle n'a donc jamais connu son père, et même si on lui avait bien dit qu'elle avait un frère, vous n'êtes entré dans sa vie que quand son enfance était bien avancée, vous n'étiez donc qu'un fantôme pour elle. Elle n'a jamais vu sa mère heureuse. Votre mère a porté le deuil pendant le reste de sa vie, elle est restée constamment triste et au bord des larmes. Ses dames de compagnie et ses domestiques étaient sûrement très affectés par un tel malheur. Ainsi, comment l'hôtel pouvait-il être un foyer chaleureux, alors que c'était la maison des larmes ? N'importe quelle petite fille – n'importe quel enfant – mérite d'être entourée de bonheur et de lumière. Mais cela n'a pas été le cas pour Estée. Elle réagit de la seule façon qui lui est familière, en pleurant.

Antonia l'avait ensuite embrassé sur la joue, remarquant sans doute la prise de conscience illuminant ses yeux, puis elle avait ajouté avec un sourire éblouissant :

— Mais maintenant, nous avons Julian, et Lucian et Estée auront bientôt leur propre bébé, la maison des larmes deviendra donc un souvenir lointain pour tout le monde, n'est-ce pas ? L'hôtel sera un foyer heureux pour nos enfants et pour nous tous. Il faut que nous y veillions.

Le duc était d'accord avec elle. Il avait un peu plus réfléchi à l'observation perspicace d'Antonia dans le carrosse le conduisant à Paris et s'était dit qu'elle avait raison sur toute la ligne. Ainsi, quand sa sœur éclata en sanglots après avoir lancé ses accusations à propos de la duchesse d'un ton maussade, plutôt que de lui donner ses directives et de prendre congé, il ravala sa réponse et resta perché au bord de la méridienne.

Mentalement, il prit une grande inspiration, puis il tendit son mouchoir en lin blanc propre à Estée et lui dit gentiment :

— Séchez vos larmes, ma chère sœur, nous allons discuter… Ah ! Et voilà le café.

L'une des dames de compagnie d'Estée était entrée dans la pièce sur la pointe des pieds, portant un plateau avec le nécessaire pour le café dans ses mains tremblantes. Le duc lui indiqua de déposer le plateau sur la table basse et la congédia. Il se servirait lui-même son café. Sans un regard pour sa maîtresse, la dame de compagnie partit précipitamment, laissant seuls le frère et la sœur dans le boudoir, exceptionnellement plongé dans un silence étrange.

Le duc leur servit du café à tous les deux tandis qu'Estée se tamponnait les yeux et se séchait délicatement le visage. Elle se redressa, son mouchoir écrasé dans sa main sur ses genoux vêtus de soie, regardant son frère d'un œil méfiant après sa crise de larmes. Mais quand il lui tendit une tasse en porcelaine remplie de café préparé exactement comme elle le préférait avant de s'asseoir en buvant le sien en silence, elle se détendit. Il attendit de voir ses épaules se relâcher, puis il reposa sa tasse en porcelaine sur sa soucoupe et expliqua :

— Vous avez raison sur trois points : Premièrement, la duchesse m'a aidé à comprendre que les… hum… circonstances extraordinaires de mon éducation avaient eu une influence sur ma vision… comment dire ? Unique ? Ah ! Oui ! Ma vision *unique* de la vie. Deuxièmement, si je n'avais pas épousé Antonia, Martin aurait sans doute conservé son poste de valet jusqu'à la mort de l'un de nous deux. (Il afficha un sourire plein d'autodérision.) Il semblerait qu'aucun de nous deux ne puisse se passer de l'autre… Et troisièmement, c'est grâce à Antonia que Martin n'est plus un domestique, mais un gentleman indépendant. Mais…

— Je *savais* que c'était son idée !

— *Mais*, insista-t-il, ce n'est pas une catastrophe comme vous semblez le croire, même si nos vieilles tantes vous répètent le contraire encore et encore.

Elle fit la moue quand il mentionna leurs tantes.

— Je ne sais pas comment vous pouvez ne pas penser que c'est une catastrophe, marmonna-t-elle, alors que ce caprice de votre femme va vous coûter pas loin de quarante mille livres. Enfin, s'il a la chance de ne pas être frappé de quelque maladie avant d'atteindre la vieillesse, ce qui serait une sacrée infortune pour vous !

Le duc ricana doucement.

— Vous et nos tantes vous adonnez à de sacrées ruminations autour de la chocolatière ! À moins qu'il ne s'agisse d'un chaudron… ? Si Martin vit jusqu'à quatre-vingts ans, ce montant s'approchera plutôt des cinquante mille livres, si nous prenons en compte la maison mise à sa disposition et le subside pour ses vêtements.

— Mon Dieu, grommela Estée en reposant sa tasse sur sa soucoupe. Pensez à tout ce que vous pourriez faire de mieux avec une telle fortune, que vous gaspillez pour un domestique !

— Je ne doute pas qu'il s'agissait précisément de la réponse de nos tantes avares, lança malicieusement Roxton avant de froncer les sourcils et de pousser un petit soupir. Leur réaction ne me surprend pas, mais je suis déçu de vous voir répéter leurs propos tel un perroquet.

Il parcourut du regard la pièce prétentieuse, sa tapisserie en soie à motif floral, ses meubles dorés et recouverts de velours, ses épais tapis et les mille et un colifichets féminins coûteux en porcelaine et en cristal, ainsi que les textiles somptueux que sa sœur considérait comme nécessaires à son confort ; rien de tout cela n'était à son goût et l'ensemble lui conférait une impression d'espace exigu qui lui donnait la nausée.

Il ajouta d'un ton léger et plein d'ironie :

— Si vous souhaitez sincèrement vous plaindre du style et du niveau de confort dont vous jouissez grâce à la fortune que je gaspille pour vous, alors je vous en prie, saisissez cette opportunité d'exprimer votre mécontentement et de réclamer des rentes plus conséquentes.

— Que vous gaspillez pour moi ? répéta Estée en battant des paupières de stupéfaction et en se redressant. Vous me comparez, moi, votre sœur – alors que ma lignée n'est pas seulement liée à l'aristocratie anglaise, mais également à la noblesse d'épée française –, à votre *valet*, un-un simple laquais qui…

— Avez-vous déjà calculé la somme que je dépense chaque année pour satisfaire vos envies et vos besoins ?

— Pourquoi ferais-je quelque chose d'aussi futile ? se demanda Estée, décontenancée. Ces dépenses sont nécessaires si nous voulons vivre à la hauteur des exigences de notre sang noble. Se contenter de moins reviendrait à déshonorer notre nom et nos ancêtres. Et ce serait un déshonneur pour vous, non seulement en tant que chef de famille, mais aussi en tant que duc le plus puissant d'Angleterre, si le monde devait me voir me contenter de moins. Je suis votre sœur, enfin !

Roxton inclina la tête pour approuver ses propos.

— Cependant, je suspecte que la plupart de nos semblables dans la noblesse, de ce côté de la Manche, n'ont jamais calculé les dépenses engagées pour faire honneur à leur noble lignée. Ils vivent bien au-dessus de leurs moyens et affichent fièrement un mode de vie qu'ils peuvent difficilement se permettre, mais qu'ils attendent les uns des autres. Et ils maintiennent ce simulacre jusqu'au moment où ils rendent leur dernier souffle, sans jamais envisager de régler leurs dettes considérables, le fardeau retombant donc sur les épaules de leurs enfants, et sur celles des enfants de leurs enfants.

— C'est un tableau vraiment affreux que vous brossez de nos connaissances et amis français ! répondit-elle en le regardant d'un air sincèrement perplexe, s'inquiétant soudain. Êtes-vous en train de me dire que je dois faire des économies ?

Il laissa échapper un éclat de rire involontaire.

— Il ne faudrait surtout pas qu'un membre de ma famille doive resserrer les cordons de la bourse ! fit-il remarquer d'un ton ironique. N'ayez crainte, ajouta-t-il avec un sourire hautain, je suis plus fortuné aujourd'hui que je l'étais hier. Mes enfants n'auront aucunes dettes, je leur lèguerai d'ailleurs une fortune bien plus conséquente que celle, déjà très grande, dont j'ai hérité à la mort du quatrième duc.

Estée poussa un soupir de soulagement.

— Je suis soulagée de vous l'entendre dire, déclara-t-elle avec un petit rire dédaigneux et disgracieux. Mais je vous en prie, ne prenez pas l'habitude de faire don de vos richesses aux domestiques, sinon le vent risque de tourner pour votre fortune !

— Seigneur. Nos vieilles tantes ont pris d'assaut vos meilleurs côtés, n'est-ce pas ? dit le duc de sa voix traînante, un sourcil levé d'un air désapprobateur. Sachez que si vous vivez quatre-vingts ans, le subside que vous recevez pour vos vêtements, à lui seul, aura dépouillé mes coffres de plus de cent mille livres.

Estée ne put dissimuler la surprise dans ses yeux bleus qui s'écarquillèrent, mais elle se reprit et releva son petit nez comme s'il n'y avait rien de nouveau à tout cela.

— L'argent que je reçois pour mes robes ne s'élève qu'à la somme ridicule de deux mille livres par an…

— Faites le calcul, Estée.

— Je refuse ! Ce serait vulgaire.

Il soutint son regard sans esquisser le moindre sourire.

— Aussi vulgaire que de discuter de ma fortune avec nos vieilles tantes.

Elle sentit son visage s'enflammer d'embarras, car elle ne pouvait pas le nier, mais elle fit de son mieux pour se faire pardonner, posant une main sur la manche en velours retroussée de son frère.

— Vous savez bien que je serai… que *nous serons* éternellement reconnaissants de tout ce que vous faites pour nous, Lucian et moi. Je ne suis pas aussi sotte que ce que vous pensez. Je sais que nous ne pourrions pas vivre ainsi sans votre générosité. Mais… Roxton ! Je suis votre *sœur*, et Lucian est votre beau-frère, nous sommes votre *famille*. Dame, même les sœurs de notre mère sont des membres de votre famille et méritent davantage votre considération que ce barbare. Il n'a pas une seule goutte de notre sang noble, et il ne peut pas se vanter d'avoir une lignée digne de la vôtre…

— Il s'appelle Martin Ellicott, et vous aurez la politesse, pour lui et pour moi, de l'appeler par son nom – vous pouvez l'appeler Martin ou Ellicott, l'un des deux suffira, mais… (Roxton s'interrompit, levant un long doigt en réfléchissant un instant) je pense que le mieux serait que vous lui demandiez ce qu'il préfère la prochaine fois qu'il sera assis en face de vous…

— *Assis ?* répéta-t-elle, horrifiée. *En ma présence ?*

— … à table, puisqu'il fait désormais partie de *ma* famille. Cela lui donne le droit de vivre sous mon toit, de manger à ma table et de profiter de ma compagnie quand bon lui semble. Et il peut s'asseoir là où il le souhaite. Vous et les sœurs de notre mère, vous le traiterez avec le respect que mérite l'un des amis les plus fidèles de monsieur le duc de Roxton, sinon vous en paierez les… hum… conséquences.

Estée le dévisagea, bouche bée, et osa souffler d'incrédulité.

— Des *conséquences* ? Gaspiller une fortune pour un domestique, c'était déjà excessif, mais faire de lui un membre de notre famille…

— Ce que j'ai fait.

— … sera vu comme une insulte à notre dignité par-par… oh ! Par *tout le monde* !

— Je n'accorde aucune importance à ce que « tout le monde » pense de la question. Tout ce que je demande, c'est qu'ils l'acceptent sans commentaire.

— Vous faites ceci uniquement parce qu'Antonia le souhaite !

— C'est ce que nous souhaitons tous les deux.

Elle le regarda d'un air désapprobateur et lissa inutilement ses jupons piqués en satin du plat de la main.

— Et si je n'ai pas *envie* de le laisser s'asseoir en ma présence ou de découvrir par quel nom il préfère qu'on l'appelle… ?

Il esquissa un sourire en coin.

— Ah, moi qui vous pensais plus vive d'esprit que cela. Mais laissez-moi vous expliquer clairement les choses, au cas où votre grossesse aurait impacté votre raison. Ce n'est pas une demande, c'est un ordre. J'attends de vous que vous agissiez d'une certaine manière. Et si vous ne le faites pas… ? demanda-t-il avec une grimace. Je ne voudrais pas vous voir enfiler difficilement une robe de la saison dernière pour aller à l'opéra ou aux petites soirées de vos amis, en particulier dans votre état qui progresse.

Estée prit une inspiration, mortifiée.

— Vous… vous seriez prêt à limiter l'argent que je reçois pour mes vêtements, uniquement parce que j'estime qu'il est inapproprié pour quelqu'un de mon ascendance de partager un repas avec quelqu'un qui n'a, lui, aucune ascendance… ?

— Il n'est pas contagieux, Estée.

— C'est tout comme, s'il est question de préserver notre noblesse ! Et quand la société apprendra que je romps le pain avec quelqu'un qui devrait être en cuisine en train de le pétrir, je deviendrai la risée de Paris ! Et notre famille sera la cible de blagues cruelles ! (Elle tamponna ses yeux humides et renifla.) Vous ne pouvez pas m'y obliger ! Vous, vous pouvez supporter de telles railleries – personne n'oserait vous dire quoi que ce soit et vous n'accordez aucune importance à l'opinion des gens –, mais moi, je ne peux pas. Et j'accorde de l'importance – *beaucoup d'importance* – à ce qu'on dit de moi et de notre famille. Et dans ma condition délicate, je crains de ne pas avoir la force de supporter une telle *humiliation*. Que vais-je dire à nos tantes ? Qu'en penseront nos cousins Salvan ? Comment pourrai-je *jamais* leur faire face avec la tête haute si vous me forcez à faire ceci ?

Roxton résista à son envie de lever les yeux au ciel et compta jusqu'à cinq. Il se rappela la maison des larmes et maîtrisa son agacement.

— Vous êtes ma sœur, vous pouvez le supporter et vous vous en sortirez, déclara-t-il d'un ton ferme. Quand vous êtes en société, vous n'avez qu'à vous rappeler que votre frère est le noble le plus fortuné des deux côtés de la Manche. Que tandis que vous portez des pierres précieuses, ceux qui vous entourent portent de fausses pierres, non parce qu'ils craignent les bandits de grand chemin – contrairement à ce qu'ils affirment –, mais parce que les bijoux qu'ils avaient hérités de leurs ancêtres ont été mis en gage il y a bien longtemps. Ils les ont sans doute vendus à quelque fermier général, pour les cous de cygne de leurs roturières de maîtresses. Faites ce que vous avez toujours fait : haussez vos jolies épaules et ignorez tout ce que vous trouvez déplaisant. (Il lui adressa un sourire en coin.) Vous avez eu largement de quoi vous entraîner, par le passé, quand on vous interrogeait sur mes… hum… viles activités. Quant à nos vieilles tantes, je m'occuperai d'elles. (Son sourire disparut et il haussa les sourcils.) Dois-je me demander à qui ma sœur pense devoir sa loyauté ?

— Bien sûr que non ! s'exclama-t-elle, offensée. Et vous n'aurez jamais à vous poser cette question !

Mais elle ne put s'empêcher de lui lancer d'un ton maussade :

— Ellicott doit avoir une grande importance à vos yeux.

— Oui, à nos yeux à tous les deux. Mille livres par an, ce n'est qu'une minuscule compensation pour une vie entière d'amour et de dévouement. C'est quelque chose qu'aucune somme d'argent ne peut acheter. Et si jamais vous craignez que l'argent que recevra Martin vous empêche de maintenir le mode de vie que vous méritez, laissez-moi vous rassurer : cet argent ne viendra pas de mes coffres, mais de l'héritage que son grand-père a légué à Antonia.

— Mais quand elle vous a épousé, vous êtes devenu propriétaire de ce qui lui appartenait, c'est donc à vous de décider de ce que vous en faites.

Le duc inclina la tête face à cette vérité universelle.

— Mais je ne pourrais jamais rien lui refuser. Elle m'a demandé, pour honorer son anniversaire, d'utiliser un tiers de l'héritage de son grand-père pour offrir à Martin une vie indépendante. Le reste sera mis en fidéicommis pour Julian, qui accèdera à cet argent à son vingt-et-unième anniversaire.

Estée le regarda, bouche bée.

— Le comte de Strathsay a légué cent cinquante mille livres à Antonia ?

— Vous voyez, vous êtes capable de faire des calculs mentaux ! Bravo.

— Est-ce étonnant que Salvan ait conspiré pour l'épouser ? Une telle fortune aurait réglé tous ses soucis financiers…

— Et ceux de nos vieilles tantes et de leurs progénitures, répondit le duc d'une voix traînante avec un rictus. Cela dit, je ne pense pas que ce soit seulement pour la fortune du général que Salvan a essayé de forcer Antonia à l'épouser. Comprenez-moi bien, Salvan voulait Antonia et il voulait sa fortune – et nos tantes aussi –, mais ils visaient un prix plus important, quelque chose qu'elle a hérité de son père.

— Je ne comprends pas. À sa mort, le père d'Antonia était sans le sou. Du moins, c'est ce que nous pensions.

— C'était le cas.

— Que pouvait-il donc avoir en sa possession qui aurait eu plus de valeur qu'un héritage de cent cinquante mille livres ?

— Vous le saurez en temps voulu, ma chère, dit le duc en lui tapotant la main avant de se lever pour se dégourdir les jambes. Je dois vous remercier une fois de plus, vous et Lucian, d'avoir traîné avec vous, depuis l'Italie, la malle contenant les biens d'enfance d'Antonia. Comme vous le savez, le testament de son père se trouvait dedans, et il s'est révélé très instructif. En réalité, il avait utilisé sa fortune pour la création d'un petit hôpital pour femmes indigentes, en particulier celles qui n'étaient pas mariées et qui étaient enceintes. À sa mort, il a légué l'argent qu'il lui restait et sa maison à l'hôpital, pour son entretien.

— Mon Dieu. Ne pas subvenir aux besoins de son seul enfant, c'est inadmissible !

— Je pense que l'argent, en soi, n'avait que très peu de valeur à ses yeux, dit le duc d'un air pensif. Et quand on y réfléchit, c'est exactement ce qu'on pourrait attendre d'un médecin excentrique et brillant qui a dévoué sa vie au soin des pauvres et des miséreux, mais qui était également issu de la noblesse d'épée.

— Il serait tellement fier de sa fille, rétorqua-t-elle. Il semblerait qu'Antonia n'a pas seulement hérité de l'intelligence et de l'excentricité de son père, mais aussi de son insouciance à l'égard de la préservation de la richesse au sein de la famille. Seigneur ! Il n'a prêté aucune attention à ses besoins et a gaspillé le peu d'argent qu'il lui restait en le donnant à ceux qui le méritaient le moins.

Roxton la surprit en arborant un immense sourire.

— Vous parlez comme une vraie Salvan.

Mais son sourire s'évanouit aussi vite qu'il était apparu et il poussa un soupir de déception, car sa sœur ne comprenait rien.

— Je ne devrais pas être surpris, marmonna-t-il. Quand on passe trop de temps avec des vautours, on commence à sentir la charogne…

Il s'agissait d'une référence indirecte à l'enfance de sa sœur en la compagnie abrutissante de leurs mornes tantes Salvan et d'une mère qui vivait dans un état perpétuel de deuil. Et s'il était prêt à excuser en grande partie son comportement en raison de cette éducation saturnienne, quand elle allait trop loin – quand elle jetait de l'huile sur le feu frémissant de sa tolérance en osant dénigrer sa duchesse –, il perdait patience.

— Vous pensez que je n'ai pas de cœur, mais c'est dans votre intérêt que je vous dis cela, déclara-t-elle d'un ton pincé, encouragée par la générosité inhabituelle dont il faisait preuve en l'écoutant se plaindre, exprimant donc ce qu'elle avait jusque-là uniquement chuchoté à ses tantes : Si vous ne freinez pas Antonia, elle deviendra incontrôlable. Elle a déjà consterné et perturbé les domestiques en recrutant inutilement une pléthore de provinciales. Comme je lui disais, c'est une chose d'employer des nourrices du Morvan pour nourrir son enfant, c'en est une autre de les autoriser à vivre avec leur famille au sein du foyer. C'est inacceptable. Vous avez été chassé de cette maison et forcé à habiter dans une villa pour lui faire plaisir ! Et maintenant, elle a un nouveau caprice – gaspiller son héritage pour un laquais.

Elle ricana et poursuivit, reprenant à peine son souffle :

— C'est à se demander quels excès demain apportera. Vous me rassurez en m'affirmant que nous n'avons pas de quoi nous inquiéter financièrement, mais aussi sûrement que le soleil se couche chaque soir, si vous ne mettez pas un terme à son… à son… *gaspillage charitable*, ce sera *votre* fortune qu'elle dilapidera ensuite. Avant même que vous ne vous en rendiez compte, ajouta-t-elle en claquant des doigts, nous serons obligés d'être aussi pingres que nos vieilles tantes !

— Assez.

— Vous me regardez comme si j'avais deux têtes, mais nous – les sœurs de notre mère et moi – sommes toutes d'accord pour dire que vous gâtez trop votre épouse…

Quand le duc s'approcha de la méridienne, il se tint tellement près d'elle qu'elle dut reculer sur les coussins pour le regarder. Ce qu'elle vit dans ses yeux noirs lui coupa le souffle de stupéfaction.

— Vous… vous m'en voulez, à moi, parce que j'exprime à voix haute ce que nous savons tous être… être… la-la… *vérité* ?

— Cette diatribe remarquablement sotte était peu reluisante, même pour vous, dit-il d'une voix si basse qu'elle dut tendre l'oreille pour l'entendre, sa fureur glaciale étant cependant indéniable. Ceux qui ne connaissent pas Antonia veulent croire les rumeurs calomnieuses qui font le tour des salons, selon lesquelles sa grande beauté et son tempérament optimiste vont de pair avec une personnalité idiote et insipide. Ces mêmes abrutis osent répéter des atrocités dégradantes, comme quoi j'aurais laissé mon désir débridé pour son exquise beauté m'ensorceler et me pousser à agir de façon sotte et inhabituelle. Comme quoi j'aurais jeté aux quatre vents, uniquement pour faire plaisir à ma femme, mon bon sens, ma fortune, mon honneur et tout ce à quoi ils peuvent penser pour dénigrer notre réputation. Ils veulent me mettre à genoux. Mais vous – *ma sœur* –, vous nous connaissez tous les deux mieux que n'importe qui au monde. Alors que vous *osiez* douter de mon intelligence et – pire ! – dénigrer ma femme, elle qui n'a apporté que de la joie et de l'amour dans nos vies, ne m'offense pas seulement, mais vous discrédite, vous. Soyez prévenue, Estée : le lien qui nous unit en tant que frère et sœur est déjà très fragile, et si vous deviez tirer un peu plus dessus, il se briserait ici et maintenant !

» Mais je vais pardonner et oublier vos sottises moralisatrices pour cette fois, car vous êtes dans un état délicat, continua-t-il d'une voix plus mesurée. Et parce qu'à l'évidence, vous êtes restée seule dans cette maison bien trop longtemps, ce qui a infecté votre esprit. Heureusement, je suis venu avec le grand carrosse, qui vous conduira à la villa. Vous profiterez de l'air de la campagne pendant quelques jours avant la présentation d'Antonia, ce qui vous aidera à reprendre vos esprits. Maintenant, faisons venir du café frais et discutons de ce que vous n'avez pas pu écrire dans votre lettre. Votre mari m'a dit…

Incapable de se contenir une seconde de plus, Estée éclata en sanglots et se jeta sur la méridienne, le visage enfoui dans ses coussins en soie.

Le duc leva les yeux au ciel, serra la mâchoire et battit en retraite jusqu'à la fenêtre, par laquelle il regarda dehors sans pour autant voir le paysage. Ses efforts louables pour que sa sœur ne finisse pas en larmes à la fin de sa visite n'avaient servi à rien.

QUATRE

EN L'ENTENDANT SANGLOTER, les dames de compagnie d'Estée se précipitèrent dans son boudoir en écartant brusquement la portière en tapisserie, les yeux écarquillés par l'inquiétude. Elles s'arrêtèrent immédiatement, entrant en collision les unes avec les autres, quand elles aperçurent le duc. Elles étaient persuadées qu'il était parti, car il s'absentait toujours quand leur maîtresse fondait en larmes ; leur mission consistait alors à apaiser sa frénésie. Si elles avaient su qu'il était encore là, elles ne seraient pas entrées dans le boudoir. À présent, elles ne savaient pas quoi faire. Ce fut seulement quand il fit un geste alangui de la main pour signaler qu'il les avait vues et leur indiquer d'entrer dans la pièce qu'elles reprirent vie et retournèrent à leur tâche.

Il resta près de la fenêtre, la silhouette de son profil aquilin se détachant dans la lumière, et attendit patiemment que sa sœur soit apaisée et dorlotée. Tandis qu'il attendait, la cour intérieure disparut devant ses yeux, remplacée par des fragments de souvenirs dans son esprit.

Il avait enfermé et enterré ces souvenirs au plus profond de lui depuis qu'il avait été arraché de force des bras de sa mère, enlevé par des agents de son grand-père anglais, le quatrième duc, quand il avait à peine douze ans. Il n'était pas revenu en France pendant huit longues années. Ces huit ans lui avaient paru durer une vie entière. Il n'avait eu aucun contact avec sa mère, ne savait pas si elle était vivante ou morte, et cet hôtel qui avait été son foyer, dans lequel il était né et avait connu une enfance heureuse avec ses deux parents, était devenu un souvenir lointain. Quant à sa sœur, elle n'était qu'un bébé quand il avait été enlevé et à son retour, c'était une petite fille timide qui se cachait derrière les jupons de sa nurse et qui avait peur de lui, un étranger.

Et il avait tout d'un étranger, pour elle, pour sa mère, pour lui-même. Quand il avait quitté la France, c'était un petit garçon terrifié, et à son retour, c'était un jeune homme hautain de vingt ans, noble le plus fortuné d'Angleterre, duc à la tête de sa famille. Mais il n'était plus ni un fils, ni un frère. Son grand-père avait brisé ces liens en le frappant et en l'affamant. Pour survivre à cette épreuve, il avait intentionnellement gelé son cœur, le protégeant du regret et de la déception, car il craignait de ne plus jamais revoir sa mère. Puis, après une rossée particulièrement violente qu'on lui avait infligée parce qu'il continuait à parler le français de ses ancêtres, il avait décidé qu'il n'avait pas besoin de cœur du tout.

Quand son grand-père était mort et qu'il avait hérité du titre, il avait pu retourner en France. Ce qu'il avait fait. Il comprenait maintenant que quand il avait quitté l'Angleterre pour revenir en France, il avait laissé son cœur derrière lui, car il l'avait oublié depuis tellement longtemps qu'il ne savait plus où le trouver et ne pensait pas en avoir besoin. Être dépourvu de cœur l'avait aidé à surmonter des retrouvailles familiales qui, pour sa mère en tout cas, avaient été aussi éprouvantes que son enlèvement.

Il n'avait pas retrouvé la mère de ses souvenirs d'enfance, une créature heureuse et aimante qui le couvrait de baisers et de câlins et qui lui répétait constamment qu'elle l'aimait. Quand ils s'étaient retrouvés, elle pouvait à peine le regarder sans éclater en sanglots, car en grandissant, il était devenu le portrait craché de son père — l'époux qu'elle avait tragiquement perdu. Elle portait du noir de la tête aux pieds et vivait dans un état de deuil perpétuel. Ayant retrouvé la foi d'avant son mariage, elle passait ses journées à prier, entourée de nonnes et de vieilles parentes veuves. Il l'avait perdue. Et puisque sa sœur avait été envoyée à l'Abbaye-aux-Bois — le couvent réservé aux filles des aristocrates français, où elle devait rester pendant les quelques prochaines années —, il avait eu le sentiment de l'avoir perdue, elle aussi. Il avait donc facilement pris la décision de continuer son périple jusqu'en Italie avec Lord Vallentine.

Il avait quitté l'hôtel le plus rapidement possible, ressentant à la fois du soulagement et de la fureur ; il était soulagé de quitter un environnement de piété écœurante, mais furieux que son grand-père ait triomphé. Il avait séparé son petit-fils de sa famille française, l'avait modelé pour en faire l'incarnation du noble anglais hautain et lui avait, pour ainsi dire, retiré son cœur, car il avait assurément fini dépourvu de tout sentiment naturel. Il était peut-être le portrait craché de son père, mais à tout autre égard, il était comme son grand-père.

Pendant très longtemps, il avait cru cela. Il avait aussi longtemps pensé que cette créature qu'il était devenue, façonnée par son grand-père, était immuable…

Puis Antonia était arrivée dans sa vie en virevoltant. Ce tourbillon d'amour et de lumière avait chamboulé son existence bien rangée. Elle lui avait dit que ce n'était pas tant qu'il n'avait pas de cœur, mais plutôt qu'il l'avait égaré, et elle savait où le trouver. Par ailleurs, elle comptait le lui rendre, mais aussi le rendre à sa famille.

La confiance empathique et inébranlable qu'elle avait placée en lui l'avait stupéfié et il avait été en admiration devant sa joie de vivre. Et à son grand étonnement, il l'avait crue. C'était mieux ainsi, l'avait-elle taquiné, car elle avait appris de son père que le plus important dans la vie, c'était d'être aimé, d'être entouré de sa famille, et de rester fidèle à soi-même. À présent, ces croyances faisaient partie de lui.

Mais même s'il était prêt à suivre ces maximes avec Antonia, il restait sans équivoque l'héritier de son grand-père dans un autre domaine : en tant que duc de Roxton, il exigeait et attendait une loyauté absolue de la part de tous – des membres de sa famille jusqu'aux filles de cuisine. En échange de leur loyauté, ils bénéficiaient de sa munificence et de sa protection. Ceux qui selon lui n'étaient pas assez loyaux ou méritants – ce qui incluait certains membres de sa propre famille – se voyaient impitoyablement écartés. Il était intransigeant et sans vergogne et, se dit-il avec un sourire, il restait fidèle à lui-même.

AYANT ASSEZ REPRIS le contrôle de ses émotions pour se redresser et se sécher les yeux, Estée déclara qu'elle devait utiliser son bourdaloue en porcelaine ; elle disparut avec l'une de ses bonnes derrière le paravent tapissé dans le coin opposé de la pièce. Quand elle réapparut, elle s'assit devant sa coiffeuse afin de se repoudrer le visage, pendant que deux de ses dames de compagnie rattachaient les rubans en soie dans ses boucles noires. Après avoir remis correctement sa robe de chambre sur son corselet et ses jupons piqués, elle prit un gobelet et but une gorgée de sirop que son médecin lui avait prescrit pour les moments où elle se sentait souffrante. Tandis qu'elle buvait sa boisson, les coudes posés sur la coiffeuse et les yeux fermés, l'une de ses dames de compagnie envoyait de l'air en direction de sa poitrine, une autre arrangeait les coussins sur la méridienne et une troisième indiquait à deux bonnes de débarrasser le petit déjeuner.

Ses dames de compagnie ne disaient pas un mot, communiquant uniquement par regards en coin et par gestes. Elles savaient toutes parfaitement ce qui était attendu d'elles après une crise de larmes de leur maîtresse. Et tant qu'elle n'avait pas retrouvé un semblant de bien-être, qu'elle n'avait pas ouvert les yeux et qu'elle ne leur avait pas d'abord adressé la parole, elles faisaient ce qu'elles avaient à faire en silence.

Mais il y avait un détail auquel elles n'étaient pas habituées et qui les rendait nerveuses : la présence continue du duc. Elles en avaient toutes le cœur qui battait la chamade. Tant et si bien que l'une d'elles laissa échapper le bouchon d'un pot en cristal, qui tomba avec un bruit sourd sur la coiffeuse encombrée.

En entendant ce bruit soudain, Estée ouvrit les yeux et la bouche ; elle était sur le point de réprimander sa dame de compagnie pour sa maladresse quand quelque chose d'inhabituel attira son regard dans le miroir. Derrière son reflet, plus loin dans la pièce, elle aperçut le profil de son frère, qui regardait par la fenêtre. Sa surprise fut telle qu'elle dut regarder par-dessus son épaule pour s'assurer que le reflet ne l'avait pas trompée.

Elle avait bien vu. Il était encore là.

Elle se tourna derechef face au miroir et fixa son reflet sans le voir. Elle était troublée qu'il ne se soit pas absenté à l'instant où elle avait éclaté en sanglots, mais contente qu'il ait vu de ses propres yeux à quel point leurs disputes blessaient ses sentiments les plus délicats. Elle se demanda, et ce n'était ni la première, ni la centième fois, pourquoi à chaque fois qu'ils se querellaient, elle s'effondrait toujours, mais lui jamais. Elle pleurait toutes les larmes de son corps et quand elle était épuisée émotionnellement, elle restait allongée sur sa méridienne pendant des heures et se réprimandait d'avoir laissé son cœur l'emporter sur sa raison, certaine que son frère n'avait pas de cœur du tout.

Son mari lui disait qu'il était inutile de ruminer et de se contrarier encore plus, surtout à propos de ce qui était inaltérable. Elle pleurait et s'inquiétait pour rien. Et peu importe combien de gobelets de sirop elle buvait et combien de coussins en soie ses larmes abîmaient, la réalité restait incontestable : malgré ses sentiments froissés, elle devait son allégeance et son obéissance à Roxton. Après tout, il était son frère et le chef de famille, mais également un duc, et pas n'importe quel duc, mais le duc le plus important parmi ses pairs. Ce qui signifiait non seulement que sa parole faisait loi, mais également que seule sa parole comptait et aussi qu'il aurait toujours le dernier mot. C'était ainsi que fonctionnait la vie.

Ainsi, à moins de prendre la mer pour les Amériques et de vivre parmi les sauvages, elle avait plutôt intérêt à faire ce qu'on lui disait de faire. Son mari, lui, fonctionnait de cette manière. La vie était plus simple et plaisante ainsi. Il n'avait pas envie de se quereller avec qui que ce soit, et surtout pas avec Roxton. Il faisait ce qu'on lui disait de faire, quand on le lui disait, et c'était tout. Il laissait Roxton se charger de penser, ruminer et s'inquiéter, et elle devrait en faire autant. Oh, et avant de se préparer à mettre les voiles, elle devrait savoir que Roxton la trouverait peu importe où elle irait et la ferait rentrer de force. Il était certain que le duc ne voudrait pas que sa sœur vive avec des sauvages.

Par ailleurs, Vallentine ne voulait pas vivre dans le Nouveau Monde, il préférait l'ancien. Et si elle le quittait, il serait éperdu de douleur pendant des jours. *Des jours ?* Elle s'était immédiatement sentie outrée et il s'était rapidement corrigé ; des semaines, avait-il dit, des années, puis il lui avait fallu couvrir le visage de sa femme de baisers et admettre qu'il ne s'en remettrait jamais pour qu'elle soit enfin heureuse et satisfaite.

Elle regrettait que Lucian ne soit pas présent en ce moment même pour la réconforter, l'embrasser et lui dire qu'elle était la plus belle créature au monde.

Tout ce qu'elle voulait, c'était s'étendre sur sa méridienne et rester seule avec ses pensées, mais elle admettait qu'il s'agissait d'une situation unique. Si son frère s'était attardé après l'une de ses crises de larmes, cela ne pouvait signifier qu'une seule chose : il avait d'autres choses à lui dire. Mais en y réfléchissant, elle se rendait compte qu'elle ne lui avait pas encore révélé le commérage le plus troublant dont ses vieilles tantes lui avaient fait part. Et c'était peut-être la raison pour laquelle il était encore là.

Quoi qu'il en soit, elle savait qu'il lui incombait de mettre de côté ses *sentiments froissés* et de ne pas oublier que tandis qu'il était son frère, elle était, elle, la sœur d'un duc, ce qui était une source de grande fierté et lui assurait un cachet enviable et sans égal dans la société parisienne. Et il n'était pas n'importe quel duc. Pour tous, lui inclus, il resterait à jamais monsieur le duc de Roxton, premier et dernier du nom.

CINQ

Q UAND ESTÉE REVINT sur la méridienne, Roxton s'éloigna de
la fenêtre et retraversa la pièce pour venir se placer près d'elle.
Ils étaient de nouveau seuls, car elle avait renvoyé ses dames
de compagnie de l'autre côté de la portière.

Elle osa lever les yeux vers lui, mais elle resta sur la réserve, les
mains sur les genoux. Un seul signe trahissait son agitation continue ;
elle triturait les branches fermées de son éventail.

— Le sirop vous a-t-il aidée à vous sentir mieux ? demanda-t-il
d'un ton léger.

Quand elle se contenta de hocher la tête, il ajouta d'une voix
conciliante :

— Pardonnez-moi si vous m'avez trouvé sévère, mais je me vexe
facilement quand on calomnie ma duchesse.

— C'est légitime, dit-elle en poussant un soupir réticent de capitulation. C'est moi qui devrais vous demander pardon. Antonia est la
créature la plus douce et la plus précieuse qui soit et je n'aurais pas pu
rêver meilleure sœur. Et vous êtes le meilleur des frères, ajouta-t-elle
d'une petite voix en prenant quelques inspirations tremblotantes avant
de lever les yeux vers lui, ses joues prenant des couleurs. J-je ne sais pas
ce qui m'a pris, je n'aurais pas dû douter de vous. Je vous présente mes
excuses. Naturellement, vous êtes libre de faire ce que vous voulez, et

Antonia aussi. Et en tant que sœur, je ferai ce que vous attendez de moi en ce qui concerne Ellicott. Il me faudra peut-être un peu de temps pour m-me *rappeler* qu'il fait désormais partie de la famille et-et pour m'y *habituer*, mais je ferai de mon mieux.

— Merci. C'est tout ce que je vous demande.

Elle hocha la tête et poussa un long soupir.

— Cette maudite grossesse a dû m'embrouiller l'esprit !

— Ces maudites vieilles tantes rancunières, plutôt, marmonna le duc, toujours agacé d'avoir laissé ses parentes Salvan avoir raison de lui. Je ne l'ai peut-être jamais exprimé en autant de mots, ajouta-t-il d'une voix mesurée, mais je vais vous le dire maintenant une bonne fois pour toutes : en effet, Antonia a beaucoup d'influence sur mes opinions et mes agissements. C'est parce qu'elle veut le meilleur pour moi et que tout ce qu'elle fait est dicté par son amour inconditionnel et par son intense dévouement. Par ailleurs, elle est d'une grande sagesse pour son âge. (Il sourit timidement.) C'est la raison pour laquelle j'accorderai toujours ma confiance à ma femme en premier lieu, et à elle plus que quiconque.

— Je n'en ai jamais douté, répondit Estée sans hésitation. Elle vous soutient plus passionnément que quiconque et vous aime sans réserve. Et c'est réciproque. Je suis très heureuse pour vous deux, mais… mais votre mariage est inhabituel pour les gens comme nous, ce qui me pousse à m'inquiéter pour vous, et pour elle. Puisque vous vous aimez un peu trop, je crains…

— … que les médisances qui circulent autour de nous viennent à nous blesser encore plus profondément ? l'interrompit le duc, terminant sa phrase. C'est surtout elle qui pourrait en souffrir.

— Antonia est préservée de tout cela, et j'espère sincèrement qu'elle le restera, dit-elle à voix basse, s'efforçant d'exprimer au mieux ses pensées troublées. Je sais que vous ferez votre possible pour vous assurer qu'elle sera toujours protégée, mais… Roxton ! Nous vivons dans un monde qui peut être cruel, vindicatif et sans pitié pour ceux qui n'y sont pas nés et qui osent bouleverser l'ordre naturel des choses. Et je n'écarte pas nos parents Salvan de ce problème. Vous avez raison. Nos maudites vieilles tantes sont rancunières. Antonia s'est attiré leur colère, car elles la tiennent pour responsable de l'exil de notre cousin Salvan, de la perte de ses privilèges à la cour et des difficultés financières qu'elles subissent suite à cela. Elles comptaient sur les largesses de Salvan pour entretenir leur dignité. Pire encore, à cause de ses machinations ridicules pour épouser Antonia, le nom des Salvan est devenu synonyme de fierté insensée. Par conséquent, nos vieilles tantes font non seulement l'objet de pitié, mais aussi de commérages, et voilà bien quelque chose qu'elles ne peuvent supporter. Ce sont des créatures très fières et vaniteuses, qui avaient l'habitude d'être au centre de l'attention et des intrigues de la cour. Elles ont dû dire adieu à l'époque où les Salvan étaient respectés à la cour, et même vénérés comme leur frère l'était quand il était comte. C'est une situation vraiment très triste pour elles.

— Je suis au courant de cette situation, déclara le duc avec indifférence. Rien de tout cela ne me concerne. Salvan méritait sa punition, et pour avoir encouragé ses manigances, c'est ce qu'elles méritent aussi.

— Mais qu'en est-il de nos cousins Salvan qui n'étaient pas impliqués, mais qui ont été entraînés dans la tempête causée par les manigances de Salvan, comme le chevalier Montbelliard ? Mérite-t-il d'être puni ? Il n'a joué aucun rôle dans cette histoire.

Roxton pensa au chevalier, qui s'était présenté à la villa pour réclamer une audience avec sa duchesse et qui, une autre fois, était entré dans sa bibliothèque en trombe avec un cadeau pour son anniversaire, prétendument de la part de l'une des vieilles tantes, mais il en doutait. Puis il pensa à cet homme de façon plus générale. Il y avait quelque chose chez lui qui le troublait… Il se tira de ses pensées et dit d'un ton monotone :

— Je cherche encore à déterminer la place du chevalier dans toute cette histoire – conspirateur involontaire, adversaire méfiant ou jeune innocent.

— Mon avis, pour ce qu'il vaut, c'est que Montbelliard ne cache rien, que c'est un jeune homme tout à fait sincère et qui n'a rien de sournois.

— Merci pour votre avis. Je le prends en compte. Et si ce que vous dites est vrai, je ne lui ferai pas obstacle sur le chemin qui le mènera à la cour et je ne m'opposerai pas aux privilèges qui seront siens quand il héritera du titre.

— Mais… il pourrait se passer des années… des *décennies*… avant le trépas de notre cousin Salvan.

— Oui.

— Sans votre soutien, le chevalier a peu d'espoir d'être accepté à la cour. Sa Majesté n'envisagera certainement pas sa présence sans votre permission.

— Le chevalier est dans l'embarras, voilà qui est sûr.

En entendant son ton catégorique, Estée sut qu'elle ne devait pas continuer sur cette voie. Elle prit plutôt une autre grande inspiration et releva les yeux de son éventail fermé pour aller croiser une nouvelle fois le regard de son frère.

— Vous allez me trouver insistante, mais quand les gens apprendront que vous avez osé sortir un domestique de la servitude sur ordre d'Antonia, non seulement nos vieilles tantes en prendront ombrage, mais ce sera aussi le cas de tous les autres. L'indignation sera générale…

— J'apprécie votre préoccupation, et soyez sûre que je ferai tout ce qui est en mon pouvoir pour protéger Antonia des attaques les plus sordides et malveillantes qui lui seront adressées. Si quelqu'un devait aller jusqu'à la diffamer publiquement, je m'assurerais de demander immédiatement des comptes à cette personne.

— Je m'inquiète peut-être inutilement pour elle, mais si je vous dis tout cela, ce n'est pas seulement par sens du devoir, mais parce que je vous aime – je vous aime tous les deux. Et c'est pour cela que je m'inquiète pour vous, mais surtout pour elle. Elle vous a donné un fils dès votre première année de mariage, ce qui l'a tenue occupée et à l'écart de la société, et ce n'est pas une si mauvaise chose. Mais maintenant que vous comptez la faire présenter à la cour, elle va devoir quitter sa cage dorée…

— Sa… hum… cage dorée ?

Estée tira sur une couture de ses jupons en soie.

— C'est ainsi que tante Philippa appelle votre petite villa versaillaise.

— Et j'imagine qu'Antonia est l'oiseau chanteur dans cette cage ! dit le duc avec mépris. C'est très malveillant, ce qui ne m'étonne pas de sa part !

— Mais… ce n'est pas si éloigné que cela de la vérité, si ? Vous voulez veiller à la protéger, comme on le ferait en mettant un oiseau dans une cage pour le protéger des griffes du chat, répliqua sa sœur. Mais hors de votre villa, à la cour, Antonia ne pourra plus jouir de cette protection. Vous m'avez tenue à distance de la cour, car selon vous, un nid de vipères n'est pas un endroit approprié pour une jeune femme vertueuse. J'ai donc du mal à comprendre pourquoi vous voulez envoyer votre duchesse dans ce même nid. Nos vieilles tantes pensent que cela fait partie d'un jeu d'une plus grande envergure, par lequel vous voulez vous venger de Salvan…

— Bien sûr que c'est ce qu'elles pensent, l'interrompit-il laconiquement. Mais ce n'est pas un jeu, et Antonia n'est pas un pion crédule dans une de mes manigances. Elle comprend que si elle veut m'accompagner aux petits soupers de Louis, elle doit d'abord se soumettre à l'épreuve très publique d'une présentation à la cour. Et c'est tout ce que la société a besoin de savoir.

— Il y a autre chose que vous me cachez.

— En effet. Je me contenterai de dire qu'Antonia est bien consciente que pour assurer le maintien du bonheur de notre famille, une annonce très publique est nécessaire.

— C'est justement la nature publique de cette présentation qui m'inquiète. Naturellement, personne n'oserait poser ne serait-ce qu'un doigt sur votre duchesse. Mais ce n'est pas la seule façon de nuire à quelqu'un – une humiliation publique peut aussi faire l'affaire. Et tout le monde sait que Sa Majesté déteste être embarrassée de quelque façon que ce soit. Ainsi, si quelqu'un cherchait à faire une scène pour humilier Antonia, cela suffirait pour que Louis bannisse cette personne, non ?

Le duc haussa un sourcil, intrigué.

— Sans aucun doute. Me voilà tout à fait dérouté, je vous prierai donc d'en venir directement au fait.

Estée osa ricaner, les mots quittant sa bouche avant qu'elle n'ait eu le temps de réfléchir :

— De très nombreuses personnes doivent vous souhaiter du mal à cause de vos infâmes méfaits avant le mariage !

— Et qu'est-ce que ma vertueuse sœur pourrait bien savoir de cela ?

— Je ne sais rien ! Et je ne veux rien savoir !

Mais quand les coins de la bouche de son frère, incrédule et amusé, s'étirèrent face à son démenti véhément, elle rétorqua sévèrement :

— Vous ne me pensez quand même pas naïve, si ? Après avoir vécu comme vous l'entendiez pendant toutes ces années, sans penser aux conséquences, vous devez bien vous douter que vous avez alimenté énormément de commérages, qui continuent à circuler dans les salons à ce jour. Comment aurais-je pu ne pas en entendre parler ? Je ne peux pas me boucher les oreilles pendant toutes mes visites chez des amis ou des connaissances !

— Vos soirées doivent être d'un ennui terrible si c'est en vous remémorant mon passé en dents de scie que vous vous amusez !

— Au contraire, le temps n'a fait que cimenter votre réputation. Et tandis que la plupart des protagonistes de ces histoires ne sont que trop heureux de narrer ces aventures, car cela leur donne l'opportunité de se vanter du rôle qu'ils ont joué, l'une de vos anciennes… hum… fréquentations…

— L'une de mes anciennes maîtresses. N'ayez pas peur des mots.

Estée, agacée et mal à l'aise, leva une main potelée au ciel, plusieurs bracelets de perles laiteuses glissant sur son poignet.

— Très bien. L'une de vos anciennes *maîtresses* s'offusque de ces récits, car ils sont pour elle un rappel douloureux qu'elle a été abandonnée de façon tout à fait cruelle quand vous vous êtes marié.

— Abandonnée ? Les règles de ces relations sont connues de tous et ces liaisons sont entretenues selon ces règles. On ne peut pas abandonner ce qui ne nous appartient pas.

— Ce que vous dites est peut-être vrai. Je ne sais absolument rien de ces règles, répondit-elle d'un ton pincé. Ce que je sais, c'est que nos vieilles tantes m'ont prévenue que l'une de vos anciennes maîtresses est mécontente et compte se venger de vous en humiliant publiquement votre duchesse lors de sa présentation. J'espère avoir été assez directe cette fois-ci.

— S'agit-il de la mise en garde exacte que vous avez entendue ?

— Oui. Tante Philippa me l'a répétée *deux fois*.

Les yeux noirs du duc brillèrent. C'était une chose de vouloir le punir pour ses péchés passés, mais une tout autre chose de vouloir impliquer sa femme dans cette vengeance. Tout semblant d'indifférence s'évapora.

— J'imagine que c'est en raison de cette… hum… *mise en garde* que je suis ici à Paris, et non à Versailles en train de bercer mon fils ? s'enquit-il d'un ton sec.

Quand elle hocha la tête, il releva les basques de sa redingote en velours et reprit sa place sur la méridienne.

— Dites-moi tout.

<h1 style="text-align:center">SIX</h1>

— Lucian m'a dit que vous ne pouviez pas mettre par écrit ce dont vous vouliez discuter, continua le duc. Que vous soupçonnez monsieur Marville d'ouvrir votre correspondance ?

— Je ne le soupçonne pas de le faire, répondit Estée. Je sais qu'il le fait ! Tante Philippa a obtenu cette information d'une source sûre au sein du bureau de poste de Marville.

— Et concernant ce complot pour se venger de moi par le biais d'Antonia... notre tante vous a-t-elle communiqué le nom de cette maîtresse mécontente ?

— Vous ne savez réellement pas de qui il s'agit ? demanda Estée, surprise.

— J'affirme être omniscient, mais je suis incapable de lire dans les pensées.

Quand sa sœur resta silencieuse, il regarda dans ses yeux bleus et déclara doucement une évidence :

— Je n'ai pas l'intention de dresser la liste de mes anciennes maîtresses afin que vous puissiez faire votre choix. Soyez précise.

— Oh ! Je pensais que vous auriez deviné, car il y a encore tout juste un an, la comtesse était pendue à votre bras à chaque rassemblement social. Elle avait même l'impolitesse de jubiler ouvertement, et ce en ma présence ! Si vous l'avez réellement oubliée, vous m'en voyez ravie. Sa beauté est féline, mais son tempérament est infâme – elle ne fait que feuler et sortir les griffes, et ne ronronne que rarement.

Le duc osa afficher un large sourire.

— Cette description limite considérablement les possibilités. D'ailleurs, je n'en connais qu'une qui lui correspond. (Son sourire disparut.) Mais comme ma vie a recommencé quand Antonia y est entrée, une seule année écoulée s'apparente à dix vies passées tant le gouffre entre l'existence que je menais alors et celle que je mène actuellement est immense.

Estée poussa un soupir de bonheur.

— Je suis heureuse de vous l'entendre dire ! Et vous avez tout à fait raison. Je me demande parfois à quoi ressembleraient nos vies si cette nuit fatidique n'avait pas eu lieu, si vous n'étiez jamais arrivé en trombe dans le vestibule en portant Antonia dans vos bras, elle avec une balle dans l'épaule et vous, blanc comme un linge et recouvert de son sang…

— Pitié, Estée, je vous en prie. Je ne tiens pas à me souvenir de cet épisode particulièrement douloureux. Vous parliez d'une comtesse, et si je me fie à cette description pertinente, dois-je en déduire qu'il s'agit de Thérèse, la comtesse Duras-Valfons ?

En entendant son nom, Estée retroussa son petit nez comme si elle était gênée par une odeur nauséabonde.

— En effet. Tante Philippa m'a confié que l'époux anglais de Thérèse était venu la supplier d'intervenir, de vous éloigner de son épouse.

Roxton l'apprenait.

— Si j'avais su que Lord Thesiger était tombé si bas, j'aurais immédiatement mis un terme à cette relation.

— Et c'est pour cette raison que Thérèse s'est donné beaucoup de peine pour s'assurer que vous ne l'appreniez pas, expliqua Estée. Par ailleurs, elle a menti à Thesiger en lui disant que c'était *elle* qui avait mis un terme à votre relation, alors que c'était le contraire. Quand l'annonce de votre mariage est arrivée à Paris, le marquis de Chesnay a osé la lire à voix haute et près de Thérèse afin que tout le monde puisse voir sa réaction. Ils n'ont pas été déçus : elle s'est évanouie ! C'est alors que son époux et tout Paris ont su qu'elle avait menti et qu'elle s'attendait totalement à reprendre votre liaison à votre retour d'Angleterre. Mais j'ai quand même un peu de compassion pour elle…

— Votre miséricorde est infinie.

— J'ai dit *un peu* de compassion. J'espère simplement, au plus profond de mon cœur, ajouta-t-elle en lui lançant un regard en coin parce qu'elle n'osait pas le regarder en face, que ce qu'elle a confié à tante Philippa est également un mensonge. Même si cela expliquerait pourquoi elle s'est évanouie et pourquoi elle était bouleversée après coup. Si elle avait dit à son mari que votre liaison était terminée, mais qu'elle ne l'était en fait pas réellement, la preuve en serait là ! Et bien sûr, il brûlera de rage après avoir été humilié publiquement si elle met sa menace à exécution et partage cette preuve avec le monde entier, lors de la présentation d'Antonia qui plus est.

— Estée, je retire ce que j'ai dit, je ne suis pas omniscient. Je ne comprends rien à ce que vous racontez.

— Selon tante Philippa, Thérèse s'en moque totalement si elle se met dans l'embarras, si elle humilie son mari ou s'ils sont bannis tous les deux. Elle est déterminée à avoir son jour de gloire et à ruiner le bonheur d'Antonia, car elle affirme que vous avez ruiné le sien !

— Est-ce censé clarifier la situation ? Vous n'avez fait qu'étaler un peu plus de saleté sur la lunette d'observation.

— Dans ce cas, je suis contente de ne pas vous en avoir parlé par courrier et que vous soyez ici pour l'apprendre en personne. Mais c'est encore plus désagréable pour moi de vous en parler dans ces conditions.

Le duc fronça les sourcils.

— Je n'en doute pas.

Comme il s'agissait d'un sujet de conversation qu'il n'aurait jamais pensé aborder avec sa sœur, il ajouta avec un manque d'assurance évident :

— Je vous présente d'avance des excuses, car je vais mentionner certains détails de mes liaisons passées, mais il le faut… Je suis incapable de me souvenir d'une seule fois où j'aurais pu rendre la comtesse Duras-Valfons malheureuse. Et je ne pense pas non plus que cette relation ait eu plus d'importance que n'importe laquelle de mes relations précédentes. Je pensais que nous nous étions tous les deux engagés dans cette liaison en nous basant sur l'habituelle entente mutuelle. Je n'étais pas son premier amant, mais, ajouta-t-il en croisant son regard bleu avec un petit sourire, elle était assurément ma dernière maîtresse.

— Vous n'aviez pas besoin de le préciser, mon cher frère, murmura Estée en posant légèrement une main sur la manchette en velours de sa redingote, les larmes lui montant soudain aux yeux. Je le sais. Et tout le monde le sait.

Le duc hocha la tête et poursuivit, sa perplexité perdurant :

— À Fontainebleau, juste après le départ d'Antonia pour l'Angleterre, la comtesse et moi nous sommes quittés en bons termes. Du moins, c'est ce que je pensais. Rien dans son comportement ou dans ses paroles n'indiquait son mécontentement. Pourquoi… ? De quoi m'accuse-t-elle ?

— Vous ne le savez vraiment pas ?

Roxton, frustré, leva au ciel une main entourée de dentelle et fit la grimace. Son expression disait à Estée tout ce qu'elle avait besoin de savoir ; il n'était au courant de rien. Elle aurait dû être surprise de son ignorance. Après tout, il restait toujours informé des commérages de la société, que ce soit à Paris ou à Londres. Elle n'avait aucun moyen de savoir d'où venaient ses informations, mais elle le soupçonnait de payer pour les obtenir, car c'était ainsi qu'il fonctionnait dans tous les autres domaines de sa vie, récompensant généreusement ceux qui lui restaient fidèles.

Mais en ce qui concernait la comtesse Duras-Valfons, elle comprenait son ignorance. Il pensait que cette histoire s'était terminée de façon raisonnable. Alors pourquoi revenir dessus ? Et il n'avait pas envisagé l'issue possible qui était rarement envisagée par la plupart, si ce n'est tous les hommes qui participaient à ces jeux de séduction. Et selon Estée, selon toute la société, c'était parce qu'il incombait aux femmes de s'assurer que ces liaisons illicites n'avaient aucune conséquence.

Si une telle relation entraînait une grossesse, la femme se retirait discrètement de la société jusqu'à son accouchement. Si le bébé survivait, il était envoyé dans la campagne éloignée, confié à un couple indigent, et n'était jamais revu ni reconnu. Après une courte absence et quand elle avait repris des couleurs, la femme en question réintégrait la société. La raison de son absence était peut-être connue de tous, mais si son mari ne reconnaissait pas l'enfant comme étant le sien, la société non plus. C'était comme si cette naissance n'avait jamais eu lieu. Les amants se retrouvaient, ou bien se séparaient et se cherchaient d'autres partenaires. Les règles étaient respectées et le cycle de la recherche du plaisir se poursuivait. Personne ne s'en offusquait. Personne ne s'en plaignait. Personne ne s'en souciait, tant qu'on gérait ces choses-là de la façon habituelle – discrètement et sans faire d'histoires.

Les vieilles tantes avaient été tellement choquées que la comtesse ait l'intention de bafouer ces règles tacites qu'elles avaient momentanément mis de côté leur animosité envers le duc et les reproches dont elles l'accablaient. La mère de Roxton, leur sœur, avait été une Salvan. Leur réputation familiale et leur fierté étaient en jeu. Par ailleurs, Roxton était un bon ami du roi. Elles savaient à qui elles devaient leur allégeance.

Les machinations de la société lui étant familières depuis son premier mariage à l'âge de quinze ans, Estée était consciente que ses tantes ne lui avaient pas révélé tous les enjeux de cette histoire. Elle les soupçonnait de comploter avec la comtesse pour mettre son frère dans l'embarras, mais aussi de vouloir jouer sur les deux tableaux, voulant éviter que leur neveu ne devienne leur ennemi. Elles s'étaient donc confiées à elle, lui confiant la désagréable tâche d'informer son frère que l'une de ses anciennes maîtresses avait récemment accouché et avait l'intention d'annoncer publiquement qu'il était le géniteur du bébé.

— Les hommes sont vraiment ignares en ce qui concerne les problèmes féminins, dit-elle en prenant une inspiration tremblotante, ne pouvant empêcher ses larmes de rouler sur ses joues, ni sa tristesse de transparaître dans sa voix, car elle pensait à Antonia et à ce que cette annonce signifierait pour elle. Nous, les femmes, ne pensons qu'à ces problèmes, il le faut, et souvent jusqu'à ce que nous soyons trop vieilles pour penser à quoi que ce soit. C'est peut-être ma grossesse qui me rend plus sensible que ce que Thérèse mérite. Je me moque réellement de cette femme. Elle savait que si votre liaison devait avoir des… euh… *conséquences*, ce serait à elle de s'en occuper, discrètement.

» Cependant, nos tantes m'ont dit que Thérèse avait choisi de faire d-des *histoires*. Elle a l'intention d'utiliser l'enfant auquel elle a donné naissance pour se venger de vous. Pourquoi ? On se le demande. Cette femme est stupide ! Si elle met c-ce *plan* à exécution, tout le monde verra qui elle est vraiment – une créature mal élevée et *vindicative*, qui n'est pas digne de sa lignée. Bien sûr, personne ne prendra son parti. Mais cette révélation fera sensation, même si ce n'est que très brièvement, car c'est de *vous* qu'il est question. Oh, Roxton ! Quand je pense à la *cruauté* inutile que va subir Antonia, qui est elle-même une jeune mère, mon cœur se brise…

— Je n'ai pas d'autre mouchoir à vous donner, l'interrompit le duc d'une voix rauque en se relevant de la méridienne avant de traverser la pièce pour rejoindre sa coiffeuse. Quel tiroir ?

Mais il ne fut pas assez rapide. Estée aperçut son beau visage fin rougir d'embarras puis, l'instant d'après, devenir plus blanc que du lin décoloré. Elle fut tellement choquée face à son expression glacée d'effroi qu'elle ne lui répondit que quand il répéta sa question, plus sévèrement que la première fois.

— Estée ! Vos mouchoirs ! Dans quel tiroir sont-ils ?

— Celui du bas, tout à droite.

Il ouvrit brusquement le petit tiroir. Il était plein de mouchoirs bordés de dentelle, mais il prit son temps pour en sortir un. Il avait besoin d'un instant pour respirer, pour retrouver sa stabilité, tandis qu'il était parcouru par un mélange d'émotions qui lui glaçait le sang.

Il était incrédule, abasourdi par sa propre ignorance. Il sentit le courroux monter en lui à l'idée que la comtesse puisse oser l'embarrasser de cette façon ; pire, qu'elle ait l'intention de causer du tort à sa duchesse. Plus que tout, il ressentait un besoin urgent d'agir, de découvrir lui-même la vérité. À cet instant, ce qu'il comptait faire à propos de cette vérité le dépassait. Ce qui prédominait dans son esprit, c'était de limiter les dégâts que les machinations de cette femme causeraient, et avant que cela n'atteigne Antonia.

Il revint près de la méridienne et donna le mouchoir à Estée, mais il ne s'assit pas.

— Merci de me l'avoir dit. Je suis désolé que nos vieilles tantes vous aient confié une mission aussi déplaisante. Soyez tranquille, je vais régler ce problème, et rapidement. Maintenant, si vous voulez bien m'excuser, je suis attendu ailleurs.

— En parlerez-vous à Antonia ?

Il la regarda, arborant une expression qui ne lui révélait rien de ce qu'il pensait.

— Je ferai tout ce qui est nécessaire pour assurer le bonheur de ma femme. Puisque c'est également ce que vous voulez, je sais que je peux compter sur votre discrétion.

— Naturellement. Je garderai tout cela pour moi.

Il inclina la tête, puis il parcourut la pièce du regard et la surprit en disant, d'un ton neutre :

— Vous devriez profiter de votre séjour avec nous à Versailles pour faire redécorer vos appartements. Faites changer la tapisserie, les tapis, les meubles, tout ce que vous voulez.

L'attention d'Estée fut instantanément détournée. Elle s'illumina de joie.

— Vraiment ? Je disais justement à Lucian, il y a deux semaines tout au plus, qu'il fallait que nous vous fassions cette demande, et ce avant l'arrivée du bébé au printemps. (Elle le regarda d'un air à la fois timide et empressé.) Quand vous parlez de mes appartements, est-ce que cela inclut toutes les pièces, celles de Lucian, les miennes et celles du bébé ?

— Toutes. Également celles réservées aux domestiques, si nécessaire. J'informerai Lapin qu'il doit vous donner carte blanche, et je vous laisserai régler les détails avec lui.

En entendant le nom du régisseur de l'hôtel, elle se leva de la méridienne. Elle prit la main qu'il lui tendait pour lui dire au revoir, puis elle le surprit en déposant un baiser dessus avant de l'appuyer contre sa joue.

— Vous êtes le meilleur, le plus généreux des frères ! Je pourrais pleurer de bonheur !

— Je n'en doute pas, mais je vous en prie, retenez-vous, lança-t-il malicieusement, libérant délicatement ses doigts avant de s'incliner légèrement devant elle. Je dois retourner à la villa à temps pour le dîner, je vous dis donc au revoir. Antonia est impatiente que vous vous joigniez à nous à la fin de la semaine. Je vous ai apporté le grand carrosse, mais vous devrez vous contenter de trois de vos dames de compagnie, car la villa est...

— Oh, mais ce n'est qu'un petit désagrément, répondit-elle joyeusement. Les autres auront tant de choses à faire ici, avec la rénovation des appartements.

— Oui. C'est bien ce que je pensais, répondit-il.

Certain que l'esprit de sa sœur était maintenant concentré sur l'agréable quête féminine de la rénovation intérieure, il prit congé. Il lui avait à peine tourné le dos que les valets de pied en livrée ouvrirent la double porte, avant même que sa sœur n'appelle ses dames de compagnie d'une voix puissante. L'enthousiasme perceptible dans son ton haletant le rassura ; toute l'inquiétude qu'elle aurait pu encore ressentir à propos de la comtesse et de ses manigances s'était évaporée, lui ayant été transférée, et elle ne se sentait plus concernée par ces désagréments. C'était exactement l'objectif qu'il avait voulu atteindre.

Il quitta les appartements de sa sœur, mais également l'hôtel, et il se dirigea droit chez Rossard. Malgré tous les rendez-vous que son régisseur lui avait programmés pour la journée avant son retour à la villa, il avait besoin de profiter de quelques heures de simplicité en compagnie masculine, et c'était ce qu'il trouverait autour des tables de jeu de son bastion préféré des privilèges de l'aristocratie parisienne.

Cette sortie lui donnerait le temps de remettre de l'ordre dans son esprit et d'élaborer un stratagème pour s'occuper de Thérèse Duras-Valfons. Et si quelqu'un voulait se tenir au courant des derniers commérages qui se répandaient dans les salons parisiens, c'était chez Rossard qu'ils étaient les plus brûlants. Il saurait, rien qu'en passant les portes de l'établissement, si les allégations de la comtesse à propos de son enfant étaient allées plus loin que les murmures choqués de ses vieilles tantes.

Quelles que soient les informations qu'il récolterait, il n'avait aucune idée de la façon dont il pourrait aborder ce sujet avec Antonia.

SEPT

VILLA ROXTON, RUE DES RÉSERVOIRS, PETIT PARC, VERSAILLES.

Antonia s'éloigna de la cheminée et fit volte-face avec un sourire triomphant. Elle s'adressa aux trois gentlemen qui levaient les yeux vers les deux portraits en buste qu'on venait d'accrocher côte à côte au-dessus du manteau peint. L'un d'eux représentait un bel aristocrate, et l'autre sa magnifique jeune épouse. Ils portaient les coiffures et tenues à la mode lors de la régence du duc d'Orléans et avaient été peints par Hyacinthe Rigaud, l'artiste le plus célèbre de sa génération.

— N'est-ce pas l'endroit parfait pour les réunir ?

— Si, madame la duchesse, approuva Martin Ellicott en faisant un pas vers l'avant, les yeux rivés sur les tableaux. Je ne pense pas avoir déjà vu ces portraits de monsieur le marquis et de madame la marquise avant aujourd'hui. Ils forment un couple magnifique.

— C'est d'eux qu'il s'agit ? commenta Lord Vallentine en levant son menton creusé d'une fossette. Je me disais bien qu'ils m'étaient vaguement familiers. Le nez qu'il a et ses yeux bleus à elle m'ont poussé à m'interroger.

— Lucian ! Vous faites exprès de faire l'imbécile pour m'agacer, dit Antonia sans animosité, reportant son regard sur les portraits. Vous savez très bien de qui il s'agit ! Monsieur le duc a le nez aquilin de son père. Et madame a les beaux yeux bleus de sa mère. Par ailleurs, vous avez déjà vu les parents de monseigneur, sur le grand portrait de famille exposé dans la longue galerie de Treat. Mais ceux-ci ont été peints juste après leur mariage. C'est ce que Jean-Luc m'a dit.

Elle s'approcha du duc, qui n'avait pas encore fait de commentaire. Il n'avait pas détaché son regard des portraits depuis qu'il était entré dans la pièce. Dernier arrivé pour le souper, il était rentré de Paris à cheval, avait pris un bain et s'était habillé simplement, enfilant une robe de chambre en soie de style chinois par-dessus une chemise blanche propre et un haut-de-chausses en velours.

Antonia devina à son regard lointain qu'il se remémorait une époque où ses parents étaient encore en vie. Elle attrapa ses doigts, le ramenant à l'instant présent.

— Êtes-vous heureux de les retrouver à la place qui est la leur ?

Roxton baissa la tête vers elle avec un sourire.

— Oui. Mais je ne peux pas vous dire que je me souviens de ces portraits en particulier, ni du mur qu'ils ornaient. Je soupçonne en revanche qu'ils n'étaient pas dans cette pièce à l'origine.

— Car il s'agissait de la chambre à coucher de vos parents avant que vous ne fassiez rénover la maison, n'est-ce pas ?

Quand il hocha la tête, elle ajouta :

— Jean-Luc ne se souvient pas non plus précisément de quel mur il s'agissait, mais je lui ai dit que ce n'était pas important. Je n'aurais pas appris l'existence de ces portraits aujourd'hui si lui et moi n'avions pas discuté dans le jardin. Et il était du même avis que moi ; puisque cette pièce était autrefois leur chambre et que nous l'utilisons à présent pour le petit déjeuner et le souper, il est naturel d'avoir vos parents ici avec nous. Mais surtout pour Julian, pour qu'il sache qui étaient ses grands-parents quand il sera plus vieux.

Elle parcourut du regard la pièce aux murs lambrissés blanchis à la chaux, avec son haut plafond en plâtre, puis elle posa les yeux sur la porte-fenêtre qui s'ouvrait sur un petit jardin privé, ses rideaux en velours bleus retenus par un cordon, offrant une vue sur la lumière rapidement déclinante d'une journée hivernale.

— Les appartements que vos parents avaient ici devaient être très jolis, dit-elle avec mélancolie.

— Et les nôtres aussi, n'est-ce pas, avec la superbe vue que nous offrent nos fenêtres du premier étage sur le parc de Sa Majesté ?

— Oui. Et à cette époque de l'année, avec la brume matinale dans les arbres, la vue est très belle. Mais au printemps, cette pièce-ci, avec les fenêtres grandes ouvertes, doit s'emplir du parfum des parterres de fleurs. Je suis sûre que cela devait ravir votre mère.

Le duc prit la main d'Antonia pour y déposer un baiser.

— Si nous sommes en résidence quand elles écloront, je les ferai mettre dans des vases et déposer dans votre garde-robe.

Antonia se hissa sur la pointe des pieds et l'embrassa sur la joue.

— Merci, monseigneur, mais laissons les fleurs dans le jardin, où nous pourrons nous promener et profiter de leur parfum après notre petit déjeuner. (Elle pensa soudain à quelque chose qui lui fit froncer les sourcils.) La coutume veut qu'ici, en France, les maîtres des grandes maisons aient leur chambre au rez-de-chaussée, et pourtant dans cette villa, et à l'hôtel également, ce n'est pas le cas. N'est-ce pas étrange ?

— Étrange, ma belle ? J'ai simplement une préférence pour la façon de faire anglaise, qui consiste à installer les chambres à l'étage, et...

— C'est judicieux, l'interrompit sombrement Lord Vallentine. N'avoir qu'une fragile porte-fenêtre entre le lit et le jardin, c'est chercher les ennuis. Il est bien plus sûr d'être en haut d'une volée de marches. Cela décourage les intrus et avec des hommes sur chaque palier, on peut tous dormir sur nos deux oreilles.

— Aucun intrus n'oserait mettre un pied sur la propriété de monsieur le duc, lui dit Antonia d'un ton dédaigneux en s'installant à la table ronde, dressée avec l'argenterie et la porcelaine nécessaires pour le souper, un valet de pied en livrée tirant sa chaise. Et même si nous devions dormir au rez-de-chaussée, nous avons assez d'hommes postés dans notre jardin pour faire fuir tout intrus qui oserait s'y aventurer. (Elle gloussa.) Nos voisins doivent se demander si monseigneur n'a pas sa propre armée, vu la quantité de domestiques que nous employons !

Lord Vallentine, qui était déjà devant le buffet, avait rempli un bol de soupe et empilait à présent une sélection de viandes, fruits et pâtisseries dans son assiette, regarda par-dessus son épaule et dit en soufflant :

— Il s'agit bel et bien d'une armée ! Et pourquoi pas ? Ils ont reçu leurs ordres, et malheur aux locataires de l'autre côté du mur s'ils étaient assez sots pour ouvrir le loquet du portail sans autorisation. L'armée leur tomberait dessus *subito*, voisins ou non.

Antonia fronça les sourcils.

— Je ne comprends pas. Vous parlez comme si nous n'étions pas en sécurité dans notre propre maison. Et pourquoi nos voisins nous rendraient-ils visite en passant par le portail du jardin ? J'ai appris que la maison avait récemment été louée à une famille avec trois filles qui… (Elle se tourna vers le duc, alarmée.) Renard ? Un intrus est-il entré dans notre jardin ?

— Dans le jardin ? Pas que je sache, ma vie, répondit naturellement Roxton en indiquant d'un hochement de tête au majordome qu'il pouvait servir le café. Je ne pense pas que Lucian voulait dire qu'il existe littéralement un danger immédiat. Je ne pense pas non plus, et je suis certain qu'il ne sera que trop empressé de vous l'assurer, qu'il voulait vous causer la moindre inquiétude inutile ou vous préoccuper à propos du bien-être de notre fils…

— Hein ? Bien sûr que non ! s'exclama Vallentine quand le duc le dévisagea en haussant les sourcils. C'est juste que comme Roxton ici présent, je ressens une aversion anglaise pour les chambres situées aussi près du sol. (Il déposa lourdement son assiette chargée et son bol de soupe à la crème d'huîtres sur la table et enfourcha une chaise.) Ces Français peuvent installer leur chambre où bon leur plaît, et je leur dis bonne chance, mais pour cet Anglais, la chambre doit être à l'étage et au bout d'un couloir, avec tout un tas d'hommes entre moi et l'extérieur. Et c'est tout.

— Cette aversion pour le sol doit être très troublante pour vous, Lucian, dit Antonia d'une voix suave, son regard méfiant passant de son beau-frère à son mari, car elle se disait que cette conversation à propos d'un éventuel intrus devait cacher autre chose qu'aucun d'eux ne souhaitait révéler. Comment se fait-il que le meilleur épéiste de France et d'Angleterre ressente le besoin de dormir à l'étage, avec des hommes qui gardent l'escalier, pour se sentir en sécurité ?

Plutôt que de chasser ses doutes, Vallentine les nourrit quand il marmonna une réponse évasive avant de baisser la tête pour se concentrer sur la soupe qu'il mangeait bruyamment. Antonia aurait insisté si Martin Ellicott n'avait pas profité du silence entrecoupé des gorgées bruyantes de Sa Seigneurie pour détourner son attention en changeant de sujet.

Martin attendit qu'un valet de pied ait rempli la tasse d'Antonia de café, puis il lui demanda d'un ton léger, sa cuillère en argent en suspens au-dessus de son bol de bouillon de poulet et de légumes :

— Madame la duchesse, vous disiez que les portraits de monsieur le marquis et madame la marquise avaient été retrouvés… ?

Il dut réprimer un sourire quand le duc lui lança un regard reconnaissant.

— Oh, oui ! J'étais sur le point de vous parler de cette découverte et de ma rencontre avec Jean-Luc dans le jardin, mais à cause de Lucian, je me suis inquiétée qu'un intrus…

— À cause de moi… ? Oh, très bien, marmonna Sa Seigneurie quand le duc leva les yeux vers le plafond. Mes excuses, dit-il en levant sa cuillère en argent pleine de soupe vers la duchesse. Je suis tout ouïe. Surtout que je suis sûr que nous nous demandons tous comment ce fameux Luc s'est retrouvé dans le jardin en premier lieu.

— Vous pensez que Jean-Luc est un intrus ? le taquina-t-elle avant de secouer la tête et de lancer un coup d'œil au duc. Soyez tranquille, mon cher beau-frère. Jean-Luc n'est pas entré dans notre jardin en soulevant le loquet. Il travaille au service de la famille de monseigneur depuis…

— Ah ! J'aurais dû me douter qu'il s'agissait d'un domestique, laissa échapper Vallentine avec soulagement. Mais le mot « rencontre » m'a perturbé. Vous devez avoir la seule duchesse dans toute l'Europe, dit-il au duc dans un aparté, qui essaye d'avoir une vraie conversation avec un laquais…

— *Essaye ?* rétorqua Antonia, qu'il avait fini par énerver. Pensez-vous que les personnes que nous employons n'ont pas de cerveau ?

— Eh bien ? En ont-elles un ? la provoqua Vallentine, se remettant à boire sa soupe à grandes cuillerées avec un sourire espiègle.

Antonia se redressa, mais cette fois-ci, elle ne mordit pas à l'hameçon. Elle dit plutôt, avec une douceur trompeuse :

— Lucian, j'espère que vous n'êtes pas en train de suggérer que monseigneur laisserait des imbéciles ou des personnes mentalement dérangées servir sa famille ?

— Comment ? Mentalement dé-dé-*dérangées* ? Je n'ai jamais…

Attendez un peu ! Ne me faites pas dire ce que je n'ai pas dit et n'allez pas donner des idées à Roxton, exigea Sa Seigneurie. Ce n'est pas du tout ce que je voulais dire, et vous le savez !

Puis il piétina son assurance feinte en se penchant vers le duc et en lui disant docilement :

— Ce n'est pas ce que je voulais dire.

— Ce que je sais, mon cher, répondit le duc d'une voix mesurée, accordant toute son attention à la poire qu'il coupait en fines tranches, c'est qu'en doutant de la duchesse, il semblerait que c'est exactement ce que vous vouliez dire.

Vallentine marmonna quelque chose comme quoi il était un poisson qui avait avalé l'hameçon qui flottait devant lui, puis il repoussa son bol de soupe vide et mit à sa place son assiette pleine d'un assortiment de fromages, viandes et pâtisseries.

— J'ai délibérément choisi de ne pas utiliser le mot « laquais », Vallentine, répliqua Antonia. Car Jean-Luc n'en est pas un. N'est-ce pas, monseigneur ?

Le duc piqua une fine tranche de poire avec sa fourchette et releva lentement les yeux vers Antonia. Son expression ne trahissait rien de ce qu'il pensait.

— Je vous en prie, ne faites pas attendre Martin, mignonne. Répondez à sa question, dites-lui où les portraits ont été retrouvés.

Elle devina instantanément qu'il éludait sa question, mais avant qu'elle ne puisse répondre, Vallentine interrompit leur moment. Il n'avait pas remarqué la tentative certaine du duc de changer de sujet.

— Mais puisque vous affirmez que ce fameux Luc n'est ni un laquais, ni un intrus, alors qui diable est-il et que faisait-il dans le jardin ?

Le silence s'installa un moment. Le duc et la duchesse échangèrent un regard. Ils n'avaient pas besoin de parler pour se communiquer ce qu'ils pensaient ; Antonia comprit que son mari n'avait pas envie de parler de Jean-Luc en cet instant. Malgré sa surprise, elle se plia à sa demande silencieuse.

— Jean-Luc était dans le jardin avec les autres domestiques pour l'inspection du personnel…

— Ah ! Il s'agit donc bien d'un domestique ! déclara Vallentine.

Une fois de plus, Antonia se tourna vers le duc pour voir s'il ferait un commentaire, mais il avait baissé les yeux et s'était remis à déguster ses tranches de poire. Il incomba donc à Martin Ellicott d'analyser l'atmosphère de la pièce et de faire avancer la conversation, la menant dans une autre direction :

— S'agit-il de l'inspection menée par Mercier, monsieur le duc ? s'enquit Martin Ellicott.

— Oui, répondit Roxton, sans pour autant relever la tête, comme si ses tranches de poire nécessitaient toute son attention.

Les regards de la duchesse et de Martin Ellicott, qui étaient tous les deux tournés vers le duc, se croisèrent par hasard, et ils déduisirent ce que l'autre pensait à leur expression respective : il y avait un problème avec le duc. Sa Seigneurie, en revanche, n'avait rien remarqué. Son ignorance servit à détendre l'atmosphère.

— Mercier ? répéta Vallentine, se jetant sur le nom du majordome de la villa.

Quand Antonia hocha la tête, il se pencha de nouveau vers le duc et lui dit à voix basse :

— Un type bien, Mercier – il débusquera tous les profiteurs et les inquisiteurs qui n'ont pas leur place ici…

— En effet, Lucian, approuva le duc en l'interrompant. Mignonne, dit-il en relevant les yeux de son assiette pour sourire à sa femme, Martin n'est pas le seul à se demander où les portraits ont été retrouvés. Et Lucian ne vous interrompra plus…

— Nom d'une pipe ! Voilà que je recommence !

— Et une fois encore, lança malicieusement le duc.

— Je suis désolée, monseigneur, mais comment pourrais-je vous parler de la découverte des portraits sans d'abord vous expliquer comment je me suis retrouvée à discuter longuement avec Jean-Luc dans le jardin ? répondit Antonia avec un tendre sourire. L'un ne va pas sans l'autre, n'est-ce pas ?

— Je suis sûr que vous trouverez une solution, déclara le duc, catégorique, en repoussant son assiette et le couteau qu'il avait utilisé pour couper sa poire et en prenant sa tasse de café, évitant toujours de regarder sa femme.

Antonia était silencieuse et pensive. À présent, elle était convaincue que quelque chose troublait immensément le duc. Et quoi que ce fût, il devait s'agir de quelque chose qui était arrivé quand il était à Paris, car à son retour à la villa, il était d'une humeur bien différente de quand il était parti aux premières lueurs du jour. Elle s'interrogea sur ce qu'il avait bien pu se passer, se demandant s'il avait des nouvelles à propos de sa sœur qu'il souhaitait garder pour lui. Mais elle rejeta instantanément cette éventualité. Si Estée ou son bébé avaient le moindre problème, le duc ne serait pas revenu mais serait resté à Paris, et Vallentine aurait été appelé au chevet de sa femme. Alors non, son inattention n'avait rien à voir avec le bien-être de sa sœur. Mais alors, que pouvait-il bien se passer… ?

HUIT

Martin Ellicott s'adressa à la duchesse, la tirant de ses pensées pour la ramener autour de la table.

— Aujourd'hui était une journée particulièrement belle pour se promener à l'extérieur, madame la duchesse, commenta-t-il sur le ton de la conversation en lui souriant et sans adresser un regard au duc. Assurément, les domestiques ont dû profiter du soleil autant que vous et le petit lord… ?

— C'est pour cette raison que j'ai emmené Julian dans le jardin, répondit Antonia.

Suivant l'exemple de Martin, elle poursuivit d'un ton léger et détaché, espérant ramener le duc à l'instant présent :

— Mes dames de compagnie ne voulaient pas que Julian sorte dans l'air hivernal, elles disaient que ce n'est pas bon pour un bébé. Mais ses nourrices m'ont assuré qu'elles profitent du soleil hivernal avec leurs propres bébés, alors pourquoi ne pouvais-je pas faire pareil avec Julian ? J'ai donc insisté. Mais savez-vous ce que mes dames de compagnie ont demandé aux nurses ? ajouta-t-elle, écarquillant les yeux quand elle regarda les convives un à un. Elles ont fait envelopper mon fils dans tellement de couches de vêtements qu'il ressemblait à une grosse prune juteuse ! (Elle sourit quand les convives poussèrent un petit éclat de rire collectif.) C'est vrai, je vous le dis ! J'ai exigé qu'elles enlèvent la moitié des couches de vêtements, et pour éviter qu'elles ne fassent des histoires, j'ai placé Julian dans mon manchon…

— *C-comment ?* Vous l'avez mis… vous avez mis votre fils *dans votre manchon* ? répéta Vallentine, bouche bée.

Quand Antonia hocha la tête, il éclata de rire et tapa la table du plat de la main avec tant de force qu'il fit tinter les verres en cristal.

— Évidemment que vous avez mis votre fils dans votre manchon ! Il devait avoir aussi chaud qu'un petit pain au four, là-dedans. Mais, comment respirait-il ? demanda-t-il en fronçant soudain les sourcils, ne pouvant s'en empêcher.

— Que vous êtes sot ! Je ne l'ai pas mis dedans la tête la première. Il avait la tête qui dépassait d'un côté et ses petits pieds sortaient à peine de l'autre, son petit ventre était donc bien au chaud.

Vallentine retroussa le nez en réfléchissant.

— J'espère qu'il était protégé par du rembourrage et un lange. Vous ne voudriez pas retrouver une mauvaise surprise dans votre manchon. Cela dit, s'il était laissé à l'air libre, il y aurait moins de linge à laver.

— Pourquoi donc votre tête est-elle constamment remplie de telles futilités ? demanda Antonia sans animosité.

— Des futilités ? Vous pensez peut-être que ces choses sont futiles, car votre fils a tout un bataillon de nurses pour nettoyer derrière lui jour et nuit, mais nous autres – surtout ceux comme moi qui attendent leur propre rayon de soleil –, nous nous préoccupons de tout un tas de détails bassement matériels que vous semblez trouver absurdes.

Antonia le regarda par-dessus le rebord doré de sa tasse en porcelaine en haussant les sourcils et le taquina :

— Voyez-vous monsieur le duc se préoccuper de ces détails absurdes ? Non ! Car ils n'ont aucune importance. Et comme il vous l'a déjà dit, il confie ces détails à ceux qui savent le mieux les gérer. N'est-ce pas, monseigneur ?

— Tout à fait, ma vie, dit le duc.

Il voulut se lever, mais quand Antonia poursuivit, il se rappuya contre son dossier et attendit patiemment qu'elle ait terminé son explication.

— Mais puisque je sais que vous allez me poser la question de toute façon, Vallentine, dit-elle avec un soupir, laissez-moi vous rassurer. Julian n'était pas seulement protégé par du rembourrage et un lange, il portait également un bonnet et des chaussettes en laine. Mon manchon servait à le réchauffer un peu plus sans l'envelopper dans trop de couches. (Elle sourit fièrement, sa fossette se creusant.) C'était très astucieux de ma part, et il s'agissait d'une solution ingénieuse pour éviter que Julian ne ressemble à une prune, n'est-ce pas ?

— C'était une idée visionnaire, ma belle, approuva le duc.

Il voulut se lever une nouvelle fois, mais quand Martin Ellicott posa une question à la duchesse, il se rassit derechef en attendant sa réponse.

— Madame la duchesse, est-ce lors de votre promenade dans le jardin avec le petit lord dans votre manchon que vous avez croisé Jean-Luc ?

— Oui !

En voyant le sourire et le regard qu'elle lui adressait, Martin comprit qu'elle était reconnaissante de sa question. Il eut aussi la forte impression que ses propos cachaient quelque chose qu'elle voulait faire comprendre au duc.

— Julian a perdu l'une de ses chaussettes et Jean-Luc l'a récupérée. Il faisait la queue avec les autres domestiques en attendant son entretien avec monsieur Mercier. Mais comme il a vu Julian perdre sa chaussette, il l'a ramassée et est venu me la rapporter. Mais mes dames de compagnie l'ont arrêté et lui ont dit qu'il ne pouvait pas m'approcher pour me donner quelque chose. Imaginez à quel point je trouvais cette idée ridicule, car tout le monde sait que Jean-Luc est celui qui fait des allers-retours entre ici et l'hôtel pour aller chercher mes livres.

» Et quand mes dames de compagnie ont continué à faire des histoires, deux valets de pied sont arrivés, car ils pensaient que le pauvre Jean-Luc causait des ennuis. Ce qui n'était pas le cas. Puis monsieur Mercier s'est joint à nous. Et c'est à ce moment-là que je me suis mise en colère. J'ai haussé la voix, Renard, avoua-t-elle au duc, agacée d'elle-même, ce que je n'aime vraiment pas faire, et je leur ai dit à tous de partir et de nous laisser tranquilles. J'ai contrarié Julian. Il n'avait jamais entendu autant de colère dans la voix de sa mère.

Elle tendit la main et le duc la couvrit de la sienne.

— Vous ne haussez jamais la voix avec personne, ajouta-t-elle, même quand je sais que vous êtes furieux, et tout le monde vous obéit.

— C'est un... hum... un art qui demande de l'entraînement. Et j'ai beaucoup plus d'années d'expérience que vous, dit le duc en serrant doucement ses doigts. Je suis sûr que même si vous étiez agacée car vous souhaitiez être entendue, vous avez géré la situation avec aplomb.

— Je l'espère, dit Antonia avec un sourire, même si elle n'était pas entièrement convaincue. J'ai demandé à Gabrielle d'emmener mes dames de compagnie et Julian à l'autre bout du jardin, car il pleurait tellement fort que personne ne pouvait rien entendre. Et il ne s'est pas arrêté de pleurer, même quand je l'ai couvert de baisers. J'ai donc vraiment dû lui faire peur. J'ai fait peur à tout le monde ! Monsieur Mercier a pris la fuite, il est retourné à son bureau avec les valets de pied, et Jean-Luc s'est éloigné. Mais je l'ai rappelé. (Elle parcourut la table du regard, incluant les autres dans la conversation.) Je voulais le remercier, non seulement d'avoir récupéré la chaussette de Julian, mais aussi pour les commissions sans fin que je lui confie, à lui qui ne se plaint jamais.

— A-t-il des raisons de se plaindre ? s'enquit Roxton, surpris. Je suis sûr que ces commissions lui donnent de quoi s'occuper...

— C'est ce qu'il a dit ! s'exclama joyeusement Antonia. Que mes listes de livres lui donnent une excuse pour se rendre à l'hôtel et passer quelques heures dans la bibliothèque, à parcourir les étagères.

— Il n'a pas besoin d'une excuse. Il peut se rendre à l'hôtel et dans la bibliothèque quand bon lui semble.

Antonia soutint le regard du duc.

— C'est également ce qu'a dit Jean-Luc. Qu'il n'a pas besoin d'excuse, que même s'il vit ici à la villa, il a la permission de se rendre à l'hôtel quand il le souhaite. Cela m'a intriguée. Et puisqu'il est vieux, je me suis demandé s'il n'était pas un ancien domestique qui s'est retiré de ses fonctions et vit maintenant ici grâce à votre générosité. Je lui ai donc naturellement posé la question. Pourquoi pas, après tout ? En tant que duchesse, j'ai besoin de savoir ces choses-là, n'est-ce pas ? Et Jean-Luc m'a répondu.

Malgré ses préoccupations moroses, le duc ne put s'empêcher de sourire.

— Je suis persuadé que vous avez réussi à le pousser à vous raconter toute sa vie, répondit-il en se levant enfin de sa chaise. Je n'ai donc rien d'autre à ajouter… et puisque l'heure est bientôt écoulée et que j'ai encore quelques lettres à écrire, vous allez devoir m'excuser. Je suis content que vous ayez pu profiter du jardin sous le soleil hivernal, ma vie, ajouta-t-il doucement. J'aurais seulement aimé être là pour en profiter avec vous.

— J'aurais aimé que vous soyez là aussi… répondit Antonia avec un sourire, avant de se forcer à dire d'un ton léger : Monseigneur, je n'ai pas encore répondu à la question de Martin. Ne voulez-vous pas entendre ce que Jean-Luc m'a dit à propos des beaux portraits de vos parents ?

— Pas ce soir. J'aurai ce plaisir plus tard, si vous voulez bien vous répéter – au petit déjeuner, peut-être.

Le duc s'était à peine détourné qu'Antonia dit d'une voix très basse, le poussant à faire volte-face pour croiser son regard :

— Pardonnez-moi, monsieur le duc, je ne souhaite pas vous retarder dans votre correspondance, mais d'abord, voulez-vous bien m'assurer que vous ne pensez pas ce que les autres ont pensé du fait que votre duchesse se soit assise au soleil avec Jean-Luc Levron… ?

— *Levron ?* laissa échapper Lord Vallentine avec un sursaut. C'est avec Jean-Luc *Levron* que vous avez bavardé sous le soleil hivernal ?

Quand Antonia hocha la tête, il regarda le duc, puis il se tourna de nouveau vers Antonia et leva les yeux au ciel en soufflant. Il reprit :

— Pas étonnant que les domestiques aient été nerveux. Les duchesses ne demandent pas leur récit de vie à ce genre de Jean-Luc. Et elles ne s'assoient certainement pas au soleil avec eux. Ça ne se fait pas, c'est tout.

Antonia se redressa.

— Eh bien, c'est ce que cette duchesse a fait, et elle compte bien recommencer !

NEUF

— P ARTEZ, exigea le duc, accompagnant son ordre d'un geste de la tête en direction de la porte.

Son majordome et les valets de pied sortirent de la pièce les uns derrière les autres, laissant les convives seuls. Le duc ne se rassit pas, restant debout près de sa chaise à observer les membres de sa famille, qui le regardaient tous en attendant qu'il reprenne la parole.

— Martin ! Que savez-vous de la vie de Jean-Luc Levron ?

Martin Ellicott était surpris d'être le premier à qui il s'adressait, mais il répondit calmement au duc :

— Monsieur Levron est l'assistant de monsieur Darville, votre bibliothécaire, monsieur le duc. Un poste qu'il occupe depuis de nombreuses années. C'est tout ce que je s…

— Non. Ce n'est *pas* tout ce que vous savez, articula le duc, la mâchoire serrée. Ce sont les salades que nous servons aux invités et autres fouines qui ont l'impertinence de nous interroger à son sujet.

Cette réaction anormalement sévère à une réponse tout à fait anodine était déroutante et mit tout le monde aux aguets. Des regards furtifs furent échangés autour de la table et personne ne dit un mot. Le duc n'y prêta pas attention et reprit à peine sa respiration.

— Mais dans n'importe lequel de mes foyers, je serais prêt à parier qu'il n'y a pas un seul homme, pas une seule femme qui ignore de quelle cuisse est né monsieur Levron. Même s'ils ne savent rien d'autre de lui, ni de sa longue histoire personnelle depuis sa venue au monde, ils savent au moins cela. Ils savent que c'est un… *bâtard*.

À cet instant, il regarda Antonia par-dessus la table, mais elle eut l'impression qu'il la regardait sans la voir, car il s'adressa à elle sans aucune trace de l'habituelle douceur dans ses traits et dans sa voix.

— Et aujourd'hui, madame la duchesse a découvert par elle-même que Jean-Luc Levron, le vieil homme qui fait des allers-retours avec ses livres, est de ma famille sans pour autant en faire vraiment partie. Et ce ne sera jamais le cas. C'est impossible. Mais il est sous ma protection, non parce que je l'ai voulu, mais parce que dans son testament, mon père m'a confié Jean-Luc Levron. J'ai *hérité* de lui, comme on hériterait d'un vieux fauteuil qu'un parent aimait beaucoup et dont personne n'ose se débarrasser !

» J'honorerai le souhait de mon père et prendrai soin de Levron jusqu'à ce qu'il rende son dernier souffle. C'est un homme bon et respectable, ce n'est pas remis en cause. Mais je ne suis pas mon père, et mon père n'a jamais été duc. Je suis duc, et comme mon prédécesseur, pour le bien-être de mon fils et de mes héritiers, je ne pourrai jamais reconnaître l'existence de liens du sang impurs. *Jamais*. Et c'est la dernière chose que je dirai jamais à ce sujet et à propos de l'existence de Jean-Luc Levron. Je vous souhaite une bonne nuit à tous.

Il inclina poliment la tête, tourna les talons et quitta la pièce, dans laquelle on aurait pu entendre une mouche voler.

— Dame ! Je pense pas l'avoir déjà vu aussi furieux ! déclara Vallentine, ébahi, quelques instants après que la porte se fut refermée derrière le duc.

Il se leva d'un bond pour aller chercher la cafetière en argent sur le buffet et la tint devant lui. Antonia et Martin hochèrent tous les deux la tête et tendirent leurs tasses pour qu'il les remplisse. En servant Antonia, il lui dit doucement :

— Il vaut mieux lui laisser jusqu'à demain matin pour reprendre son sang-froid, hein ?

Quand elle leva les yeux vers lui en battant des paupières, il lui fit un clin d'œil et ajouta d'un air embarrassé :

— C'est ce que je fais avec sa sœur quand elle pique une crise. Elle va toujours mieux le lendemain matin. Ce sera pareil pour lui. Vous verrez.

— Merci pour ce conseil, Lucian, répondit Antonia à voix basse, la tête toujours ailleurs. Mais monseigneur ne pique jamais de crise d'aucune sorte. (Elle prit une gorgée de café, en pleine réflexion.) Quelque chose… quelque chose le trouble… quelque chose que je ne comprends pas… L'avez-vous remarqué aussi, Martin ?

— Oui, madame la duchesse, répondit Martin Ellicott sans hésiter. Il est rare que monsieur le duc exprime autant d'émotions réprimées. Je n'ai été témoin d'une telle chose qu'à une seule autre occasion…

— Quand ça ? s'enquit Sa Seigneurie.

— Le soir où il a été forcé d'envoyer madame la duchesse chez sa grand-mère en Angleterre.

— C'était une période très difficile pour nous deux, murmura Antonia en frissonnant légèrement comme pour chasser ce souvenir de son esprit.

— Il a peut-être besoin d'une bonne saignée pour se débarrasser des mauvaises humeurs qui le troublent ? proposa Vallentine d'un ton taquin avec un clin d'œil.

Antonia gloussa en imaginant le duc faire une grimace de dégoût face à la suggestion de Vallentine. Elle secoua la tête en souriant.

— Merci, mon cher beau-frère, de me faire rire. Mais non. (Son sourire s'effaça.) Vous savez très bien, tout comme Martin, tout comme moi, que monsieur le duc n'est pas malade. Il est inquiet. Je le vois dans ses yeux. Il est très inquiet – mais à propos de quoi ?

— Inquiet ? répéta Sa Seigneurie en soufflant. C'est ainsi que vous qualifiez sa réaction quand il a appris que vous avez papoté avec Levron ? Personnellement, je ne vois pas ce qui l'inquiète là-dedans. Pour un nicodème, ce vieil homme est plutôt inoffensif…

— Qu'est-ce qu'un ni… nicodème ?

— Un nicodème ? Oh ! Ah ! Hum. C'est… une-une… andouille. Enfin, c'est ce qui se dit. Mais je n'en suis pas vraiment sûr, car en vérité, je n'ai jamais échangé plus de deux mots avec lui. Et maintenant que j'y pense, je ne sais même plus ce qu'on s'était dit. À chaque fois qu'il est là quand j'entre dans la bibliothèque, il baisse la tête et part en traînant les pieds.

— Me dire que Jean-Luc est un nicodème et une andouille ne m'aide pas du tout, Lucian. Martin, savez-vous ce que… ?

— Il n'est pas entièrement *compos mentis*, articula Lord Vallentine avec une grimace et un mouvement circulaire de l'index au niveau de sa tempe pour appuyer ses propos.

— Oh ! Il s'agit de termes désobligeants pour parler d'une personne simple d'esprit, c'est cela ? déclara Antonia.

Quand Sa Seigneurie hocha la tête, elle ajouta sérieusement :

— Mais Jean-Luc n'est pas simple d'esprit comme le serait un idiot de naissance. Il a seulement besoin de temps et de notre patience pour formuler ses mots. J'ai déjà rencontré cette affection quand je vivais avec mon père. Un jeune garçon, Ricardo, habitait en face de notre villa. Il souffrait d'un bégayement très sévère et si les gens ne lui laissaient pas le temps de formuler ses mots, il ne pouvait pas parler du tout ! Mais mon père était gentil et très patient, Ricardo ne bégayait donc pas autant avec lui.

» Il en va de même avec Jean-Luc. Mais il ne bégaye pas de naissance comme Ricardo. Jean-Luc m'a raconté que quand il était jeune, quand il étudiait à la Sorbonne, il a été renversé par un carrosse en traversant le pont Royal. Sa tête a heurté les pavés et il s'est cassé le bras. À son réveil, il n'était plus le même. Il lui a fallu plusieurs mois pour s'en remettre. Ses os ont guéri, mais il a gardé le bras tordu. Et il bégaye depuis. Et voilà !

— J'avais donc raison, il n'a pas toute sa tête, déclara Lord Vallentine.

— Non, vous vous trompez. Jean-Luc n'est pas simple d'esprit, le réprimanda doucement Antonia. Son cerveau ne fonctionne pas aussi bien qu'avant, c'est tout. Malheureusement, ajouta-t-elle avec un soupir, le coup qu'il a pris sur la tête a mis un terme à ses études et à son rêve de devenir avocat. (Elle adressa un sourire à Martin.) Puisque monseigneur refuse de parler de Jean-Luc Levron, vous pourriez peut-être me dire ce que vous savez de sa famille ?

— Bien sûr, madame la duchesse, répondit Martin, surpris. Mais… Jean-Luc ne vous a-t-il pas raconté toute sa vie, comme l'a présumé monsieur le duc, quand vous étiez dans le jardin ?

Antonia secoua la tête.

— Comment aurait-il pu, alors que monsieur Mercier, les valets de pied et mes sottes dames de compagnie l'avaient assez effrayé pour le priver de l'usage de la parole pendant plusieurs minutes ? C'est pour cette raison que je l'ai fait asseoir sur un banc à côté de moi. Pour le remettre à l'aise, je lui ai parlé du livre que je suis en train de lire. Et quand il est redevenu lui-même et qu'il a retrouvé ses aises, il m'a demandé si je voulais voir les portraits des parents de monseigneur. Il se charge de prendre soin de tous les tableaux de la maison, mais ces tableaux en particulier, il les conservait dans ses appartements, au-dessus des écuries. J'ai dû avoir l'air préoccupée, car il m'a assuré que ses appartements étaient bien équipés et qu'il avait son propre poêle, que les tableaux et les livres qu'il gardait chez lui étaient donc bien préservés. Bien sûr, c'est pour lui que je m'inquiétais, mais peu importe. C'est lui qui a suggéré que les parents de monseigneur soient accrochés ici, dans la salle du petit déjeuner.

Vallentine leva les yeux vers les portraits au-dessus de la cheminée, puis son regard perplexe passa de la duchesse à Martin Ellicott, avant de revenir sur la duchesse.

— Levron ne vous a donc pas parlé de ses parents ?

— J'ai appris que Jean-Luc était né de la cuisse droite…

— De la cuisse gauche, madame la duchesse, la corrigea gentiment Martin, ajoutant avec un sourire timide : Mais je pense qu'en soi, dans cet euphémisme, on se moque pas mal de savoir de quelle cuisse il s'agit.

— La cuisse gauche ? Oh ! Merci. Oui, il est né de la cuisse gauche, répéta Antonia, comme pour mémoriser l'expression. Lucian, je n'étais pas au courant des origines malheureuses de Jean-Luc jusqu'à ce que monseigneur utilise cette image, puis ce terrible mot…

— « Bâtard » ? Il est vrai que ce mot n'est pas très plaisant, approuva Vallentine. Mais c'est ce qu'il est. Un enfant né de la cuisse gauche, ou si vous préférez employer les termes corrects, *hors mariage*, est généralement qualifié de bâtard.

— Je connais la signification de ce mot, Lucian. Il est peut-être correct, mais je vous prierai de ne plus l'utiliser en ma présence, car quand il est dit de façon aussi directe, ou de la façon dont l'a prononcé monseigneur, c'est un mot plein de haine, et je ne l'apprécie pas du tout !

Quand Lord Vallentine inclina la tête pour lui signifier qu'il était d'accord, elle ajouta avec le plus grand sérieux :

— Ces bébés n'ont pas demandé à naître, n'est-ce pas ? Et ils n'ont certainement pas demandé à être conçus hors mariage. Mon père a passé de nombreuses années à mettre ce genre de bébé au monde, et il était triste que les péchés des parents soient transmis à des innocents qui souffrent toute leur vie, car ils sont stigmatisés à cause de leurs origines.

— Madame la duchesse, votre père était un médecin éclairé et plein de compassion, dit doucement Martin. J'aurais aimé le rencontrer.

— En effet, et j'aurais aussi aimé que vous fassiez connaissance. Il me manque tous les jours… Mon père me disait que les mères de ces enfants payent le prix de leurs péchés, car elles sont obligées d'abandonner leurs bébés dans des orphelinats et ne les revoient plus jamais. Pouvez-vous imaginer une chose pareille ? Abandonner l'enfant que vous auriez porté en vous pendant neuf mois ? À l'époque, j'étais trop jeune pour le comprendre réellement. Mais maintenant… (Ses yeux verts se remplirent de larmes, qu'elle sécha rapidement.) Maintenant que j'ai Julian, je ne saurais imaginer pire sort que de devoir l'abandonner et de ne plus jamais le revoir…

— Vous n'aurez jamais à imaginer un tel sort, madame la duchesse, la rassura Martin. Le petit lord sera toujours près de vous.

— Oui. Pardonnez-moi d'être aussi larmoyante.

Elle se secoua mentalement et dit :

— Mon père critiquait très sévèrement les pères absents qui infligent ce triste choix à ces femmes et cette infamie à ces enfants non désirés, qui en souffrent toute leur vie. Où vont ces hommes après avoir pris du plaisir ? Ils disparaissent dans la nuit, dit-elle en tapant dans ses mains. Pouf ! Ils ne reviennent plus jamais. Ils…

— Attendez un peu, ma belle-sœur, l'interrompit Lord Vallentine, les oreilles toutes rouges. *Infliger* est un bien grand mot, et si ça continue, vos salades vont devenir immangeables ! Votre père ne pouvait pas être certain que *tous* ces hommes étaient des débauchés sans aucun sens des responsabilités ! Et avant que vous ne me contredisiez, j'aimerais souligner qu'il n'est pas convenable que nous ayons cette discussion avec vous, même si votre père était un grand médecin qui a mis au monde des centaines de ces enfants. Estée me tirerait les oreilles si elle l'apprenait, et Roxton serait encore pire que furieux, il serait…

— Mon père et moi parlions de tout, dit Antonia d'un air arrogant. Nous n'évitions aucun sujet. Et c'est pareil avec monseigneur. Je peux tout lui demander.

— *Lui*, oui. C'est votre époux. Et le médecin était votre père. Ce sont deux personnes qui ont leur mot à dire sur ce que vous pouvez entendre ou non. Mais avec *nous*, c'est différent.

Antonia haussa une épaule, imperturbable.

— Vous avez peut-être raison, mais mon père n'est plus de ce monde et mon époux n'est pas là. Et puisque j'ai besoin de savoir ces choses, ajouta-t-elle avec un doux sourire, qui mieux que les deux hommes dont je suis le plus proche après mon époux pour répondre à ces questions ? Monsieur le duc nous a interdit de lui parler de Jean-Luc, nous devrons donc parler de lui entre nous. C'est bien dommage. Je préférerais en parler avec monseigneur, mais il refuse.

— Il changera peut-être d'avis demain, suggéra Vallentine d'un ton peu convaincant.

— Non. Je le connais. Il ne changera pas d'avis.

Vallentine voyait bien qu'Antonia n'allait pas lâcher l'affaire. Il lança un regard en coin à Martin Ellicott, qui restait impassible, comme à son habitude, puis il haussa les épaules, fit la moue, et dit avec un soupir :

— Très bien. Si vous avez besoin de réponses, il vaut mieux qu'elles viennent de moi ou Ellicott plutôt que de n'importe qui d'autre… Et avant que vous ne poursuiviez, sachez que je suis d'accord avec vous. Les enfants naissent innocents. Mais ce qui dérange beaucoup de gens à propos des enfants nés hors mariage et abandonnés, c'est qu'ils deviennent pupilles de la paroisse. En tout cas, c'est ainsi en Angleterre. J'imagine qu'ici, ils sont placés dans des orphelinats dirigés par l'un des ordres papistes. Mais peu importe, le résultat est le même. Quelqu'un doit en payer les frais. Et cela retombe sur les bonnes gens de la paroisse. Nous pouvons comprendre que ceux qui font les choses bien, se marient et s'occupent de leurs progénitures n'apprécient pas de devoir payer pour le soin et l'alimentation des adultérins…

— Adultérin ? Qu'est-ce qu'un… ?

— C'est un autre mot qui remplace celui que vous n'aimez pas, madame la duchesse, l'interrompit Martin.

— Le problème, continua Lord Vallentine, c'est que même si je n'ai rien contre les femmes qui se retrouvent enceintes alors qu'elles ne sont pas mariées, ni contre leurs bébés, je refuse que vous mettiez tous les pères probables dans le même sac. Pensez-y un instant. Combien de ces pères potentiels ont envisagé ce qui pourrait arriver neuf mois après leur… hum… rendez-vous intime ? Il n'y a pas un seul homme sur cette planète qui pense à *ça* quand il… quand il… Dame ! Vous voyez ce que je veux dire !

Antonia écarquilla ses yeux verts.

— Quand il… ?

Mais quand Sa Seigneurie bafouilla et que son teint blafard vira au rouge vif, l'expression innocente et inquisitrice d'Antonia disparut et elle s'efforça de ravaler un gloussement pour prendre son air le plus contrit possible. Elle effleura la manchette en velours de son beau-frère.

— Je suis désolée. Je ne voulais pas vous mettre mal à l'aise. Je ne suis pas naïve. Quand deux personnes sont dans les affres d'une grande passion, elles ne pensent pas du tout aux conséquences. Mais ce que je trouve incompréhensible, c'est qu'en ces temps plus éclairés, on considère encore que c'est la faute de l'enfant s'il est né ! Comment est-ce possible ? Ce n'est pas logique. (Elle pencha la tête de côté en réfléchissant.) Monseigneur et moi avons déjà évoqué ce même sujet, alors pourquoi, cette fois-ci, refuse-t-il de parler de Jean-Luc ?

Martin Ellicott toussa poliment dans son poing.

— Madame la duchesse, c'est peut-être parce que c'est une chose de parler de ce genre de sujet de manière générale, mais c'en est une autre quand ces sujets nous touchent personnellement.

— Mais je me moque de savoir que Jean-Luc Levron est un enfant illégitime.

— Vous vous en moquez peut-être, madame la duchesse, mais ce n'est pas le cas de monsieur le duc. Il semblerait d'ailleurs qu'il soit très loin de s'en moquer, déclara Martin.

— Comment est-ce qu'un aussi grand roué que monseigneur peut-il soudain devenir aussi guindé ?

Martin secoua la tête avec un grand sourire.

— Voulez-vous que j'aille vous chercher un miroir, madame la duchesse ?

— Un mir… ? commença Antonia en écarquillant les yeux. Ça alors ! Suis-je bête ! Bien sûr ! C'est parfaitement logique. Oh, je dois être fatiguée pour ne pas y avoir pensé ! Merci, Martin. (Elle lança un coup d'œil à Lord Vallentine.) Et puisque je suis fatiguée, je n'ai plus envie de jouer aux devinettes. Alors ! L'un de vous pourrait-il me parler des parents de Jean-Luc ?

— Son paternel n'est pas dans votre sac de pères probables, voilà qui est certain, avança Vallentine. Du peu que je sais, le père de Roxton a reconnu Levron dès sa naissance…

Antonia poussa une exclamation de surprise.

— Le père de Jean-Luc est également le père de monseigneur ? Incroyable ! Comment ai-je pu ne pas y penser ? Ils sont demi-frères, alors.

— Pas aux yeux de Roxton, non, l'interrompit Vallentine d'un air sombre. Et si vous voulez mon avis, vous feriez mieux de ne pas mentionner leur lien à votre duc en ces termes. Avant de devenir la maîtresse du marquis d'Alston, la mère de Levron était marionnet-tiste dans une foire itinérante des provinces françaises. La mère de Roxton, elle, était la fille du comte de Salvan – on fait pas plus imprégné de noblesse française que le sang Salvan – et l'épouse de Sa Seigneurie. Ces deux femmes venaient de deux milieux tellement différents que l'une aurait très bien pu venir de la lune et l'autre du soleil !

Antonia fronça les sourcils. Comme s'il lisait dans ses pensées, Martin Ellicott rompit le silence pour apporter des explications supplémentaires aux révélations de Lord Vallentine.

— Les *relations* entre Lord Alston et ces deux femmes – son épouse et sa maîtresse –, peu importe leurs origines – hautes ou basses –, n'ont pas eu lieu simultanément, madame la duchesse. Je ne connais pas l'année de naissance de Jean-Luc Levron, mais il doit avoir une ving-taine d'années de plus que monsieur le duc. Comme vous le savez, Lord Alston ne s'est pas marié avant son trente-huitième anniversaire. (Il sourit tendrement à la duchesse.) Et quand il s'est marié, c'était par amour. C'était un mari dévoué pour sa jeune épouse.

Antonia, sans s'en rendre compte, respira plus facilement et enfin, afficha un sourire éclatant.

— Merci, Martin. Monseigneur m'a bien parlé de ses parents et du fait qu'ils se sont mariés en secret, mais j'ai été confuse, un instant seulement, en entendant Vallentine parler de cette marionnettiste. Mais c'est fini ! Tout ceci est très intéressant, et je suis contente d'en apprendre un peu plus sur Jean-Luc et son lien avec notre famille, même si son existence met monseigneur mal à l'aise. « Ce qui doit être sera. » (Elle secoua la tête.) Mais même s'il ne souhaite pas parler du fait que Jean-Luc est né de la cuisse gauche, je ne pense pas que ce soit lui qui préoccupe monsieur le duc aujourd'hui.

Elle se tourna vers Martin Ellicott pour avoir sa confirmation.

— Je pense que vous avez raison, une fois encore, madame la duchesse.

Lord Vallentine était dérouté.

— Comment pouvez-vous être d'accord avec la duchesse, alors que nous avons tous entendu le discours de Roxton à propos de Levron *et* sa mise en garde comme quoi nous ne devions plus jamais parler de lui ? Roxton n'est pas inquiet, il est furieux au point de brûler comme les flammes de l'enfer, c'est clair comme de l'eau de roche !

Antonia tapota la manche en velours de Vallentine d'un geste affectueux.

— Lucian, je suis sûre que vous êtes un très bon joueur de dames, mais vous n'êtes pas très bons aux échecs, si ?

— Qu'est-ce que les dames ont à voir là-dedans ? demanda-t-il, plissant les yeux quand Antonia réprima un sourire. Que vous a dit Roxton, hein ? Il gagne toujours aux deux. Mais si vous voulez tout savoir, je préfère jouer aux dames. Je ne peux pas rester assis assez longtemps pour jouer une bonne partie d'échecs.

— Merci d'apaiser mes inquiétudes. Mais croyez-moi, je sais de quoi je parle en ce qui concerne monsieur le duc.

À cet instant, l'horloge sonna, annonçant une nouvelle heure. Machinalement et en étouffant un bâillement, Antonia se leva. Vallentine et Martin en firent autant et la suivirent hors de la pièce et le long de l'enfilade qui menait à l'escalier principal.

— Je vous verrai tous les deux dans la galerie, demain après le petit déjeuner, leur dit-elle en s'arrêtant dans une flaque de lumière projetée par un chandelier fixé au mur en bas de l'escalier incurvé. Monsieur Beauchamp revient…

— Comment ? Encore une satanée répétition ? se plaignit Vallentine.

— C'est absolument nécessaire. Voulez-vous me voir trébucher sur mes propres pieds devant Leurs Majestés, me couvrant non seulement de honte, mais monsieur le duc également ? Non. Alors je répète, encore et encore, et vous devez m'aider.

— Mais c'est moi qui jouerai Louis demain, et lui fera la reine ! exigea Vallentine en agitant un doigt en direction de Martin Ellicott. J'en ai assez de m'éventer !

Martin et Antonia échangèrent un regard, puis ils durent détourner les yeux pour éviter d'éclater de rire.

— C'est bien dommage, Lucian, car vous maniez l'éventail d'un très beau geste, lui dit Antonia d'une voix mesurée. Vous avez le poignet plus élégant que la reine en personne, et sans doute que la plupart des femmes de la cour. J'en suis certaine.

— Votre geste est expert, voilà qui est sûr ! intervint Martin Ellicott.

Vallentine leva le menton, animé par une fierté momentanée, mais il n'était pas entièrement crédule.

— Vous pouvez me flatter autant que vous le souhaitez, mais cela n'y changera rien. Demain, c'est moi qui poserai mon royal coude sur le manteau de la cheminée et jouerai le rôle de Louis pendant que vous vous entraînerez à faire la révérence devant mon auguste personne. Et Ellicott ici présent agitera un éventail d'un joli geste en jouant ma reine. Ce n'est pas négociable !

Martin souleva les basques de sa redingote et exécuta une belle révérence.

— Ce n'est pas moi qui essayerais de négocier, Votre Majesté. Ce sera un grand honneur et un plaisir d'être votre reine.

Sur ce, il s'inclina, leur dit bonne nuit et monta l'escalier d'un pas sautillant, laissant derrière lui Sa Seigneurie, un sourire en coin aux lèvres, et Antonia avec une main plaquée sur la bouche et les épaules secouées par ses gloussements.

DIX

ANTONIA SE RÉVEILLA au petit matin, seule dans le grand lit. Il n'était pas rare que le duc se réveille en pleine nuit et rejoigne son cabinet à pas feutrés pour s'installer à son écritoire, où il lisait sa correspondance en retard et écrivait quelques lettres. Parfois, il descendait dans la bibliothèque. À son retour, il se blottissait sous les draps et dormait quelques heures de plus. Mais cette fois, un détail inhabituel l'alarma : son côté du lit n'était pas défait et son oreiller était intact. Il n'était pas venu se coucher du tout.

Elle enfila rapidement une robe de chambre en soie diaphane sur sa chemise de nuit légère en coton, glissa ses pieds vêtus de bas dans une paire de mules en tissu posée près du lit et rejoignit son propre cabinet. Elle s'aspergea de l'eau sur le visage et rassembla ses longs cheveux en une tresse, les attachant avec un ruban en satin qu'elle trouva au milieu du désordre sur sa coiffeuse.

L'une de ses dames de compagnie, celle dont c'était le tour de dormir dans la petite chambre attenante au cabinet de sa maîtresse, passa la tête par la portière en tapisserie. Antonia lui indiqua de retourner se coucher, puis elle partit à la recherche du duc, éclairant son chemin avec une chandelle.

Elle emprunta l'escalier secret qui descendait dans la bibliothèque, mais comme il ne s'y trouvait pas, elle remonta les marches et parcourut l'enfilade jusqu'à son cabinet, remarquant à peine les valets de pied qui somnolaient sur des chaises placées dans des alcôves et qui se réveillèrent instantanément et se dépêchèrent de se lever quand elle passa devant eux.

Elle trouva des signes du passage du duc devant son écritoire. Un petit paquet de lettres cachetées était posé sur un plateau, prêt à être récupéré par le coursier du matin. Elle aperçut également les restes d'un repas tardif, sur un plateau posé près d'un candélabre aux bougies éteintes. Cela ne la surprenait pas, car il n'avait mangé qu'une poire au souper. La cafetière était froide, il s'était donc passé un peu de temps depuis sa venue ici. L'horloge en or émaillée posée sur son bureau lui indiqua que le soleil se lèverait dans une heure.

Où pouvait-il bien être ? Elle savait où elle serait elle-même allée, rejoignit donc cet endroit, et l'y trouva.

La nursery aménagée dans la galerie était confortablement chauffée et ses occupants endormis étaient baignés dans la douce lueur orangée des quelques bougies qui assuraient leur confort tout en permettant aux domestiques d'y voir quelque chose et de se déplacer en évitant au maximum de déranger. Un étrange silence régnait. Les nourrices de nuit somnolaient sous des couvertures, dans des fauteuils en rotin placés près des bébés sous leur responsabilité, tandis que les nurses et les enfants plus âgés dormaient dans des petits lits derrière des paravents. À chaque bout de la longue pièce, des valets de pied s'étaient levés de leurs chaises et se tenaient au garde-à-vous près des doubles portes, sans doute à cause de la présence inhabituelle de leur maître ducal.

Le duc était debout devant le berceau ornementé de son fils et avait ouvert et repoussé le petit rideau en soie brodé qui le recouvrait afin de mieux observer son minuscule occupant endormi, bordé sous des draps blancs et soyeux. Il était tellement absorbé par son fils qu'il ne remarqua pas qu'il n'était plus seul.

Antonia s'approcha immédiatement de lui et glissa sa main dans la sienne. À son contact, il tourna lentement la tête et baissa les yeux. Elle comprit qu'il était perdu dans ses pensées, car il n'eut pas l'air de la voir immédiatement. Il battit des paupières. Puis il sourit et leva les doigts d'Antonia pour les embrasser, avant de reporter son regard sur leur enfant. Il ne dit rien pendant quelques instants. Et quand il prit la parole, elle découvrit à quel point il était parti loin dans ses pensées, et où elles l'avaient mené.

— Il m'a manqué, aujourd'hui.

— Hier, mon chéri. C'est bientôt l'aube d'une nouvelle journée.

— Vraiment ? s'enquit Roxton, surpris, avant de retomber dans le silence.

Elle regarda dans le berceau en souriant et poussa un soupir satisfait. Son fils endormi avait les joues bien roses, lui indiquant qu'il dormait d'un sommeil profond, et ce depuis un bon moment. Elle se tourna derechef vers le profil du duc.

— Vous êtes-vous au moins un peu reposé dans votre cabinet ?

— Non. Je n'ai pas eu le temps. Je pars pour Fontainebleau à l'aube.

Antonia l'apprenait. Elle fit de son mieux pour paraître indifférente.

— Serez-vous absent longtemps ?

Il se tourna alors vers elle.

— Je n'ai aucune envie d'être loin de vous, et de lui. Mais j'ai quelques affaires à régler. Deux, trois nuits tout au plus.

Elle lui sourit.

— Vous devez faire ce qui est nécessaire. Vous nous manquerez… mais c'est inévitable.

La confiance inébranlable qu'elle plaçait en lui était censée alléger le fardeau de ce qui le troublait, et non l'alourdir. Mais à sa grande surprise, elle constata qu'au contraire, elle déclencha en lui un torrent d'émotions réprimées qu'elle trouva d'autant plus déchirant qu'il s'exprima de façon sévère mais dans un murmure, ne voulant pas élever la voix pour ne pas réveiller leur fils.

— Je ne laisserai pas mes folies lui gâcher la vie ! Julian est mon fils héritier. Vous êtes ma femme – *ma vie* –, et c'est tout ce qu'il y a à dire à ce sujet !

— Et vous êtes notre vie à nous, mon amour. Assurément, personne ne remet cela en cause, si ?

— Si je devais mourir aujourd'hui ou demain, ou dans dix ans –

avant sa majorité –, je jure sur mon honneur qu'il n'aurait jamais à souffrir du genre de… *privations* et-et de… *doutes* que le quatrième duc m'a fait subir.

— Pourquoi subirait-il ce genre de choses ? répondit Antonia d'une voix mesurée, s'efforçant de ravaler sa panique.

Elle voulait s'éloigner du berceau, craignant que leur conversation ne réveille leur fils, mais elle resta parfaitement immobile.

— Vous ne ressemblez en rien à votre grand-père. Et je vous l'ai déjà dit, je ne vous autoriserai jamais à nous quitter…

— Aucune mauvaise surprise ne l'attendra, déclara-t-il, sans se rendre compte qu'il lui avait coupé la parole tant il était déterminé à appuyer ses propos. Et il n'aura jamais aucune raison de remettre en cause son enfance avec ses parents, de se demander si ces années de bonheur n'étaient pas que des élucubrations enfantines.

— Renard, que s'est-il passé à Paris ?

— Laissez-moi vous raconter comment j'ai appris l'existence de Levron, déclara-t-il, ignorant sa question. Inutile de vous dire qui m'a ouvert les yeux ! Le quatrième duc a pris beaucoup de plaisir à m'apprendre que je n'étais pas la prunelle des yeux de mon père, que je ne l'avais jamais été. Il m'a dit que ce statut revenait à quelqu'un d'autre – à un « maudit bâtard français », tels étaient ses mots exacts. Pour prouver ce qu'il avançait, il m'a montré le testament et les dernières volontés de mon père. Et là, noir sur blanc, j'ai vu un nom que je connaissais bien. Mais à côté de ce nom étaient inscrits des mots qui n'avaient aucun sens à mes yeux. Naturellement, je n'ai pas cru ce que j'ai lu. Ces mots… ils disaient : « … que je reconnais tendrement, par le présent testament, comme mon fils naturel. » On m'a fait répéter ce nom et cette phrase, puis j'ai dû les écrire une centaine de fois pour ne jamais oublier que mon père avait un autre fils. On m'a aussi poussé à croire qu'il l'aimait plus qu'il ne m'aimait moi…

— Oh, mon cœur, faire une chose pareille à un enfant… à un enfant qui pleurait la mort de son père… le pousser à remettre en question l'amour de son père pour lui… Aucun mot ne suffirait pour dire à quel point c'est affreux.

Le regard du duc revint sur l'occupant du berceau.

— Oui. Le garçon de onze ans que j'étais adorait son père et avait perdu le centre de son existence à sa mort. La révélation d-des origines de Levron a été… *insupportable.* Et pendant une courte période, le quatrième duc a atteint son objectif ; il a réussi à créer une déchirure dans le lien qui devrait être indissoluble entre un père et son fils, un lien que lui n'avait jamais connu avec son propre héritier. Mais je ne pouvais pas condamner mon père de ne pas m'avoir dit que le jeune homme timide qui travaillait dans notre bibliothèque était son fils naturel – je ne le condamne toujours pas à ce propos. J'aime à penser que si mon père avait vécu plus longtemps, il aurait fini par m'en parler, quand j'aurais été assez vieux pour comprendre le monde et sa… hum… complexité. Mais pour le quatrième duc, l'existence de Levron était une arme supplémentaire qu'il pouvait ajouter à l'arsenal de haine qu'il utilisait pour me faire plier à sa volonté.

Son regard passa de son fils à son épouse.

— Antonia, rien ni personne ne doit se mettre entre Julian et moi. Et je ferai tout ce qui est nécessaire pour m'assurer que notre lien ne puisse *jamais* être brisé.

Elle effleura sa joue.

— Je vous crois, mon chéri. Et je sais que vous ferez ce qu'il faut. Mais Julian ne vivra jamais ce que vous avez subi aux mains de votre grand-père. Le quatrième duc était un vrai monstre placé sur cette terre, mais il était également une aberration…

Elle se souvint soudain d'une conversation qu'ils avaient eue le jour de leur mariage et se demanda si elle pouvait avoir un lien avec la préoccupation actuelle du duc, qu'elle ne comprenait toujours pas vraiment. Elle lui demanda :

— Monseigneur, vous rappelez-vous m'avoir dit que vous n'aviez pas à vous justifier quant à la façon dont vous meniez votre vie avant que nous ne tombions amoureux ?

— Oui. Mais ma vie – *notre vie* – est différente aujourd'hui.

— Parce qu'à présent, nous avons Julian, c'est cela ?

— À présent, nous sommes mariés et oui, nous avons un fils. J'affirme avoir mené ma vie passée comme je l'entendais et sans penser aux conséquences que cela pouvait avoir pour les autres. (Il esquissa un sourire en coin.) Mais le mariage et la paternité ont tendance à mettre le passé en perspective. À présent, je me rends compte que certains détails de celui-ci avaient vraisemblablement pour origine un orgueil naïf.

— Renard, je ne m'inquiète pas à propos de votre passé. Le passé, c'est le passé. Tout ce qui importe, c'est votre présent et votre futur – avec *moi*.

— Bien dit, mignonne.

Il l'attira dans ses bras, sentit ses courbes contre lui et inspira l'odeur de ses cheveux. Son cœur s'apaisa. Il ferma les yeux et se pencha pour lui murmurer à l'oreille :

— Je vous aime, ma petite conseillère.

— Je vous aime aussi, de tout mon cœur, amour de ma vie.

Ils échangèrent un long et tendre baiser, puis se contentèrent de rester immobiles et silencieux dans les bras l'un de l'autre, profitant de l'instant présent et du calme qui régnait tout autour d'eux. Mais quand Antonia relança le cours du temps en reculant, le duc la relâcha. Elle leva les yeux vers lui en fronçant les sourcils.

— Renard, je vous ai dit un jour que je préférerais toujours entendre la vérité, quand bien même cette vérité pourrait me blesser. Je le pense toujours. Je veux que vous me disiez toujours la vérité. Je veux que vous me disiez ce qu'il s'est passé à Paris quand vous avez rendu visite à Estée…

— Mignonne, ne me le demandez pas maintenant. Quand je reviendrai de Fontainebleau…

— Qu'est-ce qui vous empêche de m'en parler avant votre départ ?

— J'aurai une meilleure idée de ce qui m'attend après mon séjour à Fontainebleau.

Antonia posa la paume de sa main sur l'avant de la robe de chambre en soie de son mari, là où elle pouvait sentir son cœur battre avec force dans son torse robuste. Elle releva la tête vers lui en souriant.

— Vous, oui, mais pas moi, mon mari chéri. Moi, je vais rester ici à m'inquiéter et à m'interroger sur ce qui pèse aussi lourd ici – sur votre cœur. Pourquoi ne pouvez-vous pas parler de ce qui vous trouble autant à votre femme ? Et si vous me laissiez ici avec toutes mes questions et que – à Dieu ne plaise ! – quelque chose devait vous arriver ? *Vous* ne pourriez jamais *vous* le pardonner. L'éternité est très longue quand on nourrit du regret – et vous regretteriez alors de ne pas vous être confié à moi, non ?

Un sourire se dessina sur le visage du duc et il attrapa les doigts de son épouse pour appuyer ses lèvres au centre de sa paume.

— Vous avez toujours une merveilleuse façon de relativiser les choses, ma fée.

— Oui ! Alors dites-moi tout.

Son sourire disparut et il plongea son regard dans les yeux vert clair de son épouse. Ses yeux noirs exprimaient des sentiments tellement intenses qu'elle n'osa plus respirer. Quand il reprit la parole, ce fut d'une voix rauque :

— J'ai appris que la comtesse Duras-Valfons a donné naissance à un fils en bonne santé au début du printemps.

Antonia fronça les sourcils, déroutée, mais quand le duc n'ajouta rien de plus, elle se projeta mentalement à l'époque où elle vivait à Versailles avec son grand-père ; elle voyait souvent le duc en compagnie de la belle et sculpturale comtesse, qui était alors sa nouvelle maîtresse. Visualisant la comtesse au bras de son amant le duc, elle eut soudain la tête pleine de dates, de chiffres et de calculs. Ces calculs entrèrent violemment en collision, tels deux nuages noirs pendant un orage, pour former une unique possibilité. Elle prit une soudaine inspiration en comprenant, la gorge sèche et brûlante, à vif.

— C'est votre enfant.

Ce n'était pas une question.

— C'est ce qu'elle affirme, et c'est la raison pour laquelle je me rends à Fontainebleau.

— Que comptez-vous faire ?

— Pour préserver mon honneur et protéger ma famille ? Tout ce qu'il faudra.

— Oui, bien sûr. Mais le bébé. Il est innocent. Que comptez-vous faire à propos de lui ?

— S'il se trouve que ce que prétend la comtesse est vrai… ? Je n'en ai pas la moindre idée. Voilà bien une chose qui est indiscutablement vraie.

ONZE

QUELQUES HEURES après le départ du duc de Roxton pour Fontainebleau, un coursier en livrée vint distribuer une invitation conviant madame la duchesse de Roxton à une soirée dans la maison versaillaise de la marquise de Touraine-Brissac – la vieille tante qu'ils appelaient tous tante Philippa. La lettre jointe à l'invitation expliquait qu'il s'agirait d'un rassemblement impromptu des membres de la famille qui arrivaient de Paris pour assister au retour de la cour au palais.

Tante Philippa s'excusait de ne pas donner plus de temps à madame la duchesse pour organiser ses obligations sociales, ajoutant qu'elle comprendrait si elle avait déjà autre chose de prévu pour la soirée. Néanmoins, elle espérait sincèrement que l'épouse de son neveu pourrait trouver un peu de temps pour rendre visite à ses parents Salvan, qui étaient tous impatients de la revoir avant que leurs obligations à la cour n'occupent tout leur temps libre.

L'UNE DE SES DAMES de compagnie entra en trombe dans la galerie bruyante, l'invitation à la main, pendant qu'Antonia, dans la partie de la pièce la plus éloignée de la nursery constamment agitée, était en pleine répétition de sa présentation à la cour sous l'œil critique du spécialiste de la danse et du protocole, monsieur Beauchamp.

La duchesse s'appliquait à faire la révérence devant Martin qui, en tant que reine de France, agitait consciencieusement son éventail d'un air majestueux, tandis que Lord Vallentine levait le menton et feignait une froideur appropriée à son rôle de roi de France, un coude posé sur la cheminée, un mouchoir bordé de dentelle dans une main lâche.

Ne voulant pas se déconcentrer et risquer ainsi de commettre une erreur, ce qui signifierait alors que monsieur Beauchamp la ferait recommencer le rituel depuis le début, Antonia dit à sa dame de compagnie de donner l'invitation à Sa Majesté, pour qu'il l'ouvre et la lise. Quand elle resta plantée là sans comprendre, Vallentine leva les yeux au ciel et lui lança impatiemment de se dépêcher, de lui donner la lettre à lui, le roi de France ! Il s'empara de l'invitation et de la lettre sur le plateau et d'un petit geste de la main impatient et impérieux digne d'un roi Bourbon, il congédia la domestique stupéfaite, lui disant que si un coursier attendait une réponse, il faudrait qu'il attende que Louis veuille bien la lui donner !

Soulagé d'avoir enfin une excuse pour baisser la tête, Vallentine se réjouissait également de cette distraction. Être roi de France était très fatigant.

Il reconnut les armoiries de la maison de Touraine-Brissac sur les cachets noirs fermant l'invitation et la lettre. Il connaissait bien toutes les vieilles tantes et leurs progénitures du fait des interactions de son épouse avec ses parents Salvan, que ce soit par écrit ou en personne. Il l'avait, bien malgré lui, accompagnée à de nombreuses soirées de la famille Salvan, ne trouvant jamais d'excuse convenable pour échapper à ce genre d'événement. Ainsi, le fait qu'Antonia reçoive une invitation pour un tel rassemblement aurait dû être tout à fait banal et, au-delà de son pur soulagement car elle ne lui était pas adressée, il n'aurait dû avoir aucune raison d'en penser quoi que ce soit. Mais cette invitation le troublait et le rendait méfiant, et ce pour deux raisons.

Lors de toutes ses visites aux vieilles tantes, ce n'était jamais tante Philippa qui organisait ces réunions familiales. Elle laissait sa sœur, la comtesse de Chavigny – tante Victoire – s'en charger. Dans la famille Salvan, tout le monde était pleinement conscient de l'avarice de tante Philippa. Pour plaisanter, ils disaient que si cela avait été acceptable, tante Philippa aurait fait en sorte que ses domestiques se payent eux-mêmes pour le seul privilège de la servir. Selon une triste rumeur, elle devait plus d'un an de salaire à ses domestiques les plus dévoués, qui s'accrochaient à leur poste dans l'espoir d'être payés un jour. Elle ne faisait pas de discrimination : elle avait la même opinion des artisans, des marchands, des modistes et de son médecin personnel, et traitait tout le monde de la même manière.

Par ailleurs, Vallentine était troublé que cette invitation en particulier arrive à ce moment précis, quelques heures seulement après le départ du duc à Fontainebleau pour affaires, alors qu'il s'agissait de la première nuit qu'il passerait loin de sa femme et de son fils. Il n'aurait pas été étonné que l'une des vieilles tantes ait envoyé une invitation à la duchesse en sachant très bien que le duc était absent. Elles avaient possiblement attendu qu'une telle opportunité se présente afin d'avoir la duchesse pour elles toutes seules, sans avoir à subir la présence du duc. Roxton avait toujours eu un don pour agacer ses parents Salvan, et depuis que le comte de Salvan avait été banni, les échanges entre le neveu et les vieilles tantes étaient devenus pour le moins tendus !

Si cela ne tenait qu'à lui, il jetterait l'invitation de tante Philippa au feu et n'en parlerait plus. Il était persuadé que le duc l'en remercierait. Mais son regard tomba par hasard sur Antonia à ce moment-là et il se ravisa. Elle était pleinement concentrée sur le perfectionnement de sa sortie après sa révérence devant la reine, glissant lentement vers l'arrière tout en levant la traîne de sa robe avec son talon, afin de ne pas trébucher sur ses pieds ou ses jupons. Il s'agissait d'une mascarade exigeante et – selon Vallentine – ridicule, qui exigeait que ceux qui étaient présentés aient des yeux derrière la tête. Le côté hasardeux de la chose était renforcé par la présence de la cour tout entière qui observait cette scène, bon nombre de ces personnes espérant assister à une erreur ou à une chute.

Il n'imposerait jamais une telle épreuve à sa femme, même pour tout le café de Perse !

Et même si ce n'était pas à lui de s'interroger sur les raisons pour lesquelles Roxton était déterminé à faire subir une présentation à la cour à sa duchesse, ni de les commenter, il s'inquiétait de la voir passer autant de temps à s'entraîner assidûment. Quand elle n'était pas occupée par les leçons astreignantes de maintien à la cour sous l'œil critique de monsieur Beauchamp, elle élevait un enfant ducal, sans parler des exigences constantes liées à la gestion d'un foyer qui reposaient sur ses épaules. Selon lui, elle devrait seulement profiter de la vie. C'était le duc qui lui avait rappelé que quand ils avaient le même âge que la duchesse, ils n'étaient que deux gais lurons sans aucun souci. Elle avait besoin de sortir un peu – d'une distraction –, loin de tout ce protocole pompeux et de la pagaille liée à sa maternité.

Il prit facilement sa décision.

Il se sacrifierait sur le maître-autel du devoir familial, renoncerait à une soirée paisible passée à la maison à parcourir les derniers journaux anglais et accompagnerait sa belle-sœur à cette soirée à l'Hôtel Touraine-Brissac. C'était le moins qu'il pouvait faire. Par ailleurs, elle ne pouvait décemment pas y aller toute seule. Il avait fait le serment, auprès de son meilleur ami, de protéger la duchesse et le petit lord, et de s'assurer qu'il ne leur arriverait rien chaque fois que Roxton devrait s'absenter. Mais il était hors de question qu'il fasse ce sacrifice tout seul. S'il devait s'engager à passer une soirée en compagnie des vieilles tantes, et sans son épouse pour le protéger de leur tissu de complots, il avait besoin d'un second.

— Vous venez avec nous. Ce n'est pas négociable, déclara-t-il à Martin Ellicott cinq minutes après avoir transmis l'invitation.

Ils étaient assis dans l'orangerie, où ils dégustaient un café et des gâteaux à la lumière du soleil hivernal. Antonia releva les yeux de la lettre de tante Philippa avec un sourire éclatant. Elle avait retiré sa robe de cour et ses paniers démesurés et portait un caraco en soie florale et des jupons piqués en soie rose.

— Oh ! Quelle excellente idée, Lucian. Martin, venez, je vous en prie !

— Je n'avais pas l'intention de refuser, madame la duchesse, répondit Martin en inclinant la tête et en lançant un regard en coin à Sa Seigneurie. Ce serait un honneur pour moi, et il s'agirait également de ma première sortie officielle depuis que j'ai changé de… hum… situation.

— Ne vous emballez pas trop, lui lança Vallentine en tendant la main pour attraper un autre chou à la crème, dans lequel il mordit. Tante Philippa est connue pour être très avare. Impossible de lui faire lâcher la moindre petite pièce ! Ne vous attendez donc pas à grand-chose en matière de rafraîchissements ou de divertissements. Cela dit, ajouta-t-il d'un ton pensif en léchant la crème sur ses lèvres, puisqu'il s'agira de votre première fois en leur compagnie, vous vous amuserez probablement.

Il redressa sa longue ossature dans son fauteuil, puis ajouta avec un soupir las :

— Leur charme s'épuise rapidement, croyez-moi. Et je ne vous le reprocherai pas si vous préférez fuir le salon et me rejoindre au fond du jardin. (Il arbora un sourire penaud.) C'est là que je serai, là où je file toujours dès que j'en ai l'opportunité et là où je reste, à me mêler de mes affaires, jusqu'à ce qu'on m'appelle pour dire au revoir. Estée remarque à peine mon absence.

— Lucian, je ne sais pas si je peux accepter, déclara Antonia en reposant l'invitation et la lettre près de sa tasse en porcelaine. C'est ce soir, je n'ai pas le temps de faire venir l'une de mes robes de l'hôtel. Je n'ai apporté que ces vêtements quelconques de Paris…

— *Quelconques ?* répéta Lord Vallentine en pouffant de rire. Ils n'ont rien de quelconque ! Vos vêtements sont ravissants, et personne n'oserait dire le contraire. Vous pourriez garder ce que vous portez actuellement et aucun membre de la famille Salvan ne sourcillerait. Les vieilles tantes seront seulement vertes de jalousie en constatant que Roxton dépense sans compter pour vous habiller.

— Sa Seigneurie a raison, madame la duchesse, approuva Martin. Votre caraco et vos jupons auraient leur place dans n'importe quel salon. De plus, cette invitation précise que cette soirée sera une affaire familiale…

Vallentine claqua des doigts.

— Exactement ! Ellicott a visé juste ! Puisqu'il n'y aura que des membres de la famille, je doute que les vieilles tantes fassent sortir leurs bijoux des coffres, et elles ne vont certainement pas gaspiller de l'argent pour s'acheter de nouveaux jupons afin de s'impressionner entre elles. N'oubliez pas ce que je vous ai dit à propos des cordons de la bourse de tante Philippa.

— Je ne l'ai pas oublié, Lucian, mais vous, avez-vous oublié que la cour pleure encore la dauphine ? répliqua Antonia. Et tant que Sa Majesté ne dit rien à ce sujet, tout le monde doit continuer à porter continuellement le deuil. Toute la ville – les boutiques, les carrosses et même les chaises à porteurs – est drapée de noir. Vous vous en êtes sûrement rendu compte lors de vos allers-retours entre ici et la Grande Écurie. C'est très morne. Mais selon monsieur le duc, nous n'avons pas besoin de porter le deuil à la maison, seulement quand je m'aventure à l'extérieur, et pour ma présentation, bien sûr. Ce sera peut-être également valable pour cette soirée, car même si je sors, ce sera pour aller rendre visite à de la famille, non ? J'aimerais que monseigneur soit là pour me conseiller, soupira-t-elle. Il saurait quoi faire.

Vallentine garda cette remarque pour lui, mais il doutait qu'une invitation serait arrivée pour la soirée des Salvan si le duc avait été à la maison.

— Vous avez peut-être raison, répondit Sa Seigneurie, mais d'après mes calculs, puisque tante Philippa est d'une avarice bien connue et que ses sœurs possèdent à peine une bourse pleine de pièces à elles toutes, elles auront limité leurs dépenses pour leurs tenues de deuil et se seront contentées du nécessaire absolu. Et elles ne s'embêteront pas à porter leurs robes de deuil si seuls des membres de la famille sont présents. Pourquoi le feraient-elles ? Elles ne sortent pas. Et qui voudrait porter du noir dans sa propre maison ? Autant qu'elles gardent leurs tenues mornes pour quand elles sont sous l'œil du public. Qu'en pensez-vous, Ellicott ? Ça paraît raisonnable, non ?

— Tout à fait, milord. Madame Touraine-Brissac précise dans son invitation qu'il s'agit d'une réunion impromptue, ce qui pousse à croire que les invitations pour les autres membres de la famille ont également été envoyées tardivement. J'imagine, dans ce cas, que les convives porteront ce qu'ils ont sous la main, ce qu'ils ont l'habitude de porter en compagnie les uns des autres.

— Voilà ! Je n'aurais pas dit mieux moi-même. Enfin, c'est ce que j'ai dit, non ? Peu importe ! Ce qui importe, c'est que vous feriez mieux de porter quelque chose d'estival…

— En automne ? l'interrompit Antonia, horrifiée. Vous voulez avoir une raison de porter du noir, vous aussi ? Je vais mourir de froid. Les températures sont presque assez basses pour faire geler l'eau du bassin !

— Mais, vous portez vos vêtements d'été ici, à la villa…

— N'avez-vous pas remarqué nos *quatre* poêles à catelles ? Grâce à eux, ajouta Antonia avec un sourire éclatant, c'est toujours l'été chez nous.

— Ha, ha ! Mais ce que vous ne savez pas, ma chère belle-sœur, c'est que bien qu'il soit impossible d'obtenir le moindre denier de la part de tante Philippa, elle dépense sans compter pour se chauffer. Ses appartements sont plus chauffés qu'une bassinoire remplie de charbons ardents !

Il fronça les sourcils et poursuivit d'un air pensif :

— Il doit s'agir d'un trait de caractère propre aux Salvan dont Roxton a également hérité, ce besoin d'avoir une maison excessivement chauffée.

Il se pencha vers l'avant et baissa la voix, son regard passant d'Antonia à Martin.

— On dit qu'elle se prépare pour l'au-delà.

— En chauffant ses appartements ? l'interrompit Martin Ellicott, quelque peu surpris, en lançant un regard en coin à la duchesse, qui dévisageait Sa Seigneurie avec tout autant de perplexité. C'est vraiment… extraordinaire !

Vallentine garda son sérieux et ajouta, toujours dans un murmure :

— Pas quand on sait que dans sa prochaine vie, elle sera envoyée en bas, dit-il en désignant les dalles du doigt, car elle ne sera pas la bienvenue là-haut, conclut-il en pointant vers le ciel.

Antonia et Martin éclatèrent de rire.

DOUZE

QUAND IL OBSERVA Antonia descendre l'escalier principal, Lord Vallentine oublia toutes ses appréhensions liées au fait que l'invitation à la soirée des Salvan était arrivée pendant l'absence du duc. Une seule façon de la décrire lui venait en tête, et il se rendait compte que c'était souvent ce qu'il pensait de sa belle-sœur : elle était à couper le souffle.

Elle avait, de toute évidence, fait bien attention à choisir une tenue discrète, mais les tissus qui la composaient et ses accessoires étaient révélateurs de son statut d'épouse de l'aristocrate le plus important du Royaume-Uni. Son pet-en-l'air en brocard ivoire chatoyant était somptueusement brodé de gerbes de fleurs colorées au niveau des manches aux larges revers ainsi que des plis arrière et latéraux. Un fichu en tulle bordé de dentelle était croisé sur sa large poitrine et rentré dans son décolleté carré plongeant. Sur les côtés, les plis de sa veste s'évasaient sur une robe à cerceaux en soie du plus pâle des verts, avec une unique ruche au niveau de l'ourlet.

Les mules en soie qu'elle portait sur ses pieds vêtus de bas avaient été confectionnées dans un tissu assorti à son pet-en-l'air et étaient ornées de broderies similaires. Ses talons de cinq centimètres aidaient à compenser sa minuscule stature. Quant à ses accessoires, un éventail peint à la gouache pendait à son poignet ganté et une simple rangée de perles encerclait sa gorge. Ses cheveux couleur miel étaient coiffés de manière sobre ; de nombreuses tresses dans lesquelles on avait passé des rubans en satin de la même teinte de vert que ses jupons en soie étaient plaquées en chignon sur sa tête et fixées grâce à une multitude d'épingles. Au-dessus de son oreille gauche, elle portait un peigne à cheveux décoré d'une unique aigrette couverte de minuscules diamants qui scintillaient à la lueur des bougies.

Martin Ellicott, qui se tenait près de Lord Vallentine et qui avait également levé la tête pour admirer la duchesse pendant qu'elle descendait l'escalier, exprima à voix haute ce qu'ils pensaient tous les deux, déclarant avec un soupir de bonheur :

— Personne ne peut égaler sa beauté…

— Avec son visage et sa silhouette, elle pourrait faire passer un sac de jute pour un vêtement à la pointe de la mode ! dit Vallentine à voix basse en soupirant à son tour.

Il détourna les yeux quand un valet de pied plein de sollicitude s'approcha et lui tendit son épée et sa ceinture. Il poursuivit, toujours dans un murmure :

— *Psst*, Ellicott. Il faut que nous restions vigilants ce soir ! Je ne fais pas confiance aux sœurs Salvan. Je réfléchissais à cette invitation pendant que je me préparais. Je ne serais pas étonné que les vieilles tantes aient orchestré cette réunion familiale uniquement pour qu'*elle* puisse faire la rencontre de Montbelliard en l'absence du duc…

— … car il a échoué dans sa tentative de le faire ici ? s'enquit Martin, surpris mais pas choqué. Je vois ce que vous voulez dire, et je reconnais que nous devons rester vigilants. Monsieur le duc sera mécontent…

— Il sera furieux. Mais nous ne pouvons plus reculer. Elle est impatiente d'y aller. Nous pouvons seulement limiter les dégâts en nous assurant qu'au moins l'un de nous deux reste constamment près d'elle. D'accord ?

— Bien sûr, milord. Ce sera plus sage… Madame la duchesse ! s'exclama Martin, interrompant sa conversation à voix basse avec Lord Vallentine quand Antonia s'approcha d'eux. Comme toujours, vous êtes la beauté incarnée. Vos perles sont parfaites pour cette réunion familiale. Monsieur le duc approuverait certainement.

Antonia, sceptique, regarda Vallentine, puis de nouveau Martin.

— Vous étiez en train de discuter de tout autre chose, le visage de Lucian me l'indique. Mais vous pourrez m'en parler plus tard. Pour l'instant, concentrons-nous sur notre petite excursion chez les vieilles tantes Salvan. Et je vous remercie, Martin. Mes dames de compagnie ont essayé de me faire porter toutes sortes de bijoux, mais j'ai refusé. Je ne veux pas mettre les vieilles tantes mal à l'aise en agitant la grande fortune de monseigneur sous leur nez. Il est très généreux avec moi et s'il était là, j'aurais porté un ou deux bijoux en plus pour lui faire plaisir. Mais malheureusement, il n'est pas là… dit-elle avec un profond soupir. Il me manque, et ce soir encore plus… (Elle se força à sourire.) J'ai donc choisi de porter uniquement les perles.

Martin se décala pour que le majordome puisse aider Antonia à enfiler une cape en velours bordée de fourrure et Lord Vallentine s'approcha du long miroir dans un coin du vestibule et ajusta son épée et sa ceinture jusqu'à ce qu'il soit satisfait. Pendant ce temps, la femme de chambre d'Antonia, Gabrielle, qui était déjà vêtue de sa cape et tenait le manchon en fourrure de la duchesse, s'approcha directement du carrosse sous le passage cocher pour s'assurer que tout était prêt pour accueillir sa maîtresse.

— Un chauffe-pieds vous attend dans le carrosse, indiqua Vallentine à Antonia tandis qu'on l'aidait à enfiler sa roquelaure à la doublure écarlate. Roxton me tomberait dessus si vos orteils devenaient tout bleus.

— Ce n'est pas de mes orteils qu'il faut se préoccuper, mais du bout de mon nez ! Maintenant, je vous en prie, il faut que nous nous dépêchions. Je ne veux pas être en retard, lança-t-elle par-dessus son épaule en suivant Gabrielle jusqu'au carrosse au bras de Martin Ellicott.

— C'est très en vogue d'être en retard, vous savez ! riposta Vallentine en montant dans l'habitacle tapissé de velours du second carrosse du duc pour s'asseoir à côté de Martin Ellicott. Roxton met un point d'honneur à toujours arriver en retard aux événements auxquels il assiste.

— C'est vrai. Et il fait toujours une entrée fracassante, dit Antonia avec fierté avant de se tourner vers Martin. Un jour, bientôt je l'espère, vous pourrez enfin voir à quel point l'arrivée de monseigneur est superbe et à quel point il satisfait son audience. Il est éblouissant.

— Je suis impatient que ce jour arrive, madame la duchesse, répondit Martin Ellicott. J'avoue que toutes ces années, j'ai souvent regretté de ne pas pouvoir profiter de sa splendeur vestimentaire, dans laquelle je jouais un petit rôle.

— Eh bien, j'aimerais qu'il soit là maintenant pour que vous puissiez voir ça, Ellicott, dit Lord Vallentine en toquant contre le dossier pour indiquer au cocher qu'il pouvait se mettre en route. Vous ne nous avez pas dit pourquoi il est parti à Fontainebleau au galop, dit-il en redressant ses épaules contre l'assise tapissée et en regardant Antonia, les sourcils froncés.

— Non. Mais cela pourrait me revenir si vous me dites ce que vous vous échangiez à voix basse dans le vestibule quand je descendais les marches.

Quand Vallentine et Martin Ellicott se regardèrent sans oser changer d'expression, les lèvres serrées, elle gloussa derrière sa main gantée.

— Ah, ah ! Si c'est ainsi, laissez-moi regarder par la fenêtre et ne me posez plus de questions à propos de monsieur le duc.

LE TRAJET EN CARROSSE jusqu'à l'Hôtel Touraine de la rue de la Paroisse fut de courte durée. La Villa Roxton, au sein de son vaste jardin adjacent au parc royal, se trouvait certes en périphérie de la nouvelle ville, mais celle-ci n'étant guère plus grande qu'un village de bonne taille, se rendre d'un endroit à l'autre prenait très peu de temps. À vrai dire, Antonia aurait très bien pu être transportée jusqu'à destination dans la chaise à porteurs qu'elle avait reçue pour son anniversaire, mais cela aurait forcé Sa Seigneurie et Martin Ellicott à venir à pied ou à cheval à côté d'elle, et Gabrielle aurait dû rester à la villa.

Lord Vallentine avait insisté pour qu'elle soit accompagnée d'au moins l'une de ses domestiques, et puisque cette réunion avait lieu le soir et que les journées raccourcissaient, il ne voulait pas prendre le risque de la laisser rentrer à la villa sans escorte en pleine nuit. Roxton ne le lui pardonnerait jamais s'ils étaient victimes d'une attaque de brigands ou si une mésaventure arrivait dans le noir à sa chaise à porteurs. Ils n'avaient donc pas le choix, ils devaient se déplacer en carrosse.

Antonia trouvait qu'il était excessif que des éclaireurs en livrée accompagnent le carrosse à l'avant et à l'arrière, mais sur ce point également, Vallentine n'accepta aucune opposition, affirmant que c'était ce que Roxton voudrait. Elle ne s'y opposa aucunement. Elle était tellement impatiente de sortir pour la soirée qu'elle s'accommoda de toutes les dispositions prises à sa place.

En quelques minutes seulement, le cortège ducal quitta la rue des Réservoirs et tourna sur la rue de la Paroisse. Cette rue bien plus étroite, bordée des deux côtés de villas couleur crème aux portes et volets bleus, était engorgée de carrosses et de chaises à porteurs à perte de vue. Cet embouteillage ralentit considérablement l'avancée du carrosse ducal et Antonia regarda par la fenêtre en se demandant s'il y avait eu un accident.

Quand le carrosse s'arrêta complètement, Vallentine abaissa le châssis et passa sa tête poudrée par la fenêtre. En élevant la voix, il indiqua à un éclaireur d'avancer pour aller voir ce qu'il se passait.

Puis il remonta le châssis pour éviter de faire entrer le froid et se réadossa brusquement contre l'assise tapissée.

— On pourrait croire que ces gens-là seraient capables de coordonner leurs calendriers sociaux pour que leurs soirées n'aient pas toutes lieu le même jour ! Mais non ! Il faut qu'ils rivalisent tous le même soir.

— La cour revient de Fontainebleau à la fin de la semaine, commenta Martin. Il semblerait que les courtisans soient déterminés à profiter de leurs derniers jours de liberté avant de retourner à leurs devoirs.

— Leurs devoirs ? Pouah ! Être courtisan doit être d'un ennui terrible, fit remarquer Lord Vallentine avec une grimace, comme s'il venait de manger quelque chose d'acide. Ils doivent rester debout toute la journée ne serait-ce que pour avoir la chance de faire passer un gant, un mouchoir ou encore une assiette d-de d'*anguilles* à leur voisin, qui le passe ensuite à un autre type d'un rang supérieur, et ainsi de suite jusqu'à atteindre Sa Majesté. C'est d'une stupidité sans limite, voilà mon opinion mûrement réfléchie.

— Mais, milord, assurément, nos cousins français se sentent

amplement récompensés, car ils ont eu l'honneur de manipuler le gant royal, ou cette… hum… assiette d'anguilles, n'est-ce pas ? répondit Martin avec un sourire furtif. Tout le monde n'a pas ce privilège…

— Récompensés ? Privilège ? Ha ! cracha Vallentine, mordant à l'hameçon. Je ne suis pas de cet avis, non ! Et je me moque de savoir qui m'entend ; ce sont des absurdités de flagorneurs qu'aucun Anglais ne tolérerait à la cour du palais Saint James. Je préfère largement un George germanique, qui sait rester à sa place et qui écoute les conseils de ses ministres, à un tas de gourdes qui se parfument et se pavanent…

— … et font passer des assiettes d'anguilles ? lança Martin d'un ton léger.

— Lucian, êtes-vous en train de traiter monseigneur de gourde ? demanda Antonia en détournant son regard de la même villa, le carrosse toujours à l'arrêt total, pour se tourner vers son beau-frère en haussant ses sourcils arqués.

— Hein ? C-comment ? Non ! Non ! Bien sûr que non ! Je ne parlais pas de… Dame ! Vous vous moquez tous les deux de moi maintenant.

Antonia secoua la tête et masqua ses gloussements derrière l'éventail qu'elle agitait, mais elle ne put cacher l'hilarité dans ses yeux verts. Enfin, elle se reprit en main et dit d'un ton solennel :

— C'était très méchant de ma part, je suis désolée. Lucian, demanda-t-elle, avez-vous envisagé que, peut-être, tous les gens dans ces carrosses se rendent à la même soirée, dans un hôtel de cette rue ou d'une rue voisine, et que ce sont les vieilles tantes qui ont prévu leur soirée le même jour que cet autre événement ?

Lord Vallentine tressaillit, comme s'il n'y avait pas du tout pensé, puis il laissa échapper un éclat de rire.

— Ha ! Ha ! Oui ! Et je parie que tante Philippa n'a pas reçu d'invitation à cet autre rassemblement et que, vexée, elle a organisé sa propre soirée. Cela expliquerait qu'elle ait prévenu si tard et qu'elle ait desserré les cordons de la bourse pour financer ses propres festivités.

— Tout à fait. Le mystère s'est résolu tout seul, déclara Antonia.

Elle adressa un bref sourire malicieux à Martin, puis elle dit à Sa Seigneurie avec un soupir :

— À présent, nous pouvons nous réjouir à l'idée de passer une soirée ennuyeuse avec les gourdes de la cour.

TREIZE

QUAND LES PASSAGERS de l'un des plus beaux carrosses de monsieur le duc de Roxton descendirent enfin sous le passage cocher de l'Hôtel Touraine, ils furent accueillis par un contingent de valets de pied, vêtus non de la livrée habituelle du noble foyer, mais tout de noir. Ce n'était pas surprenant, puisque toute la ville était en deuil, mais quelque chose dans leur air tourmenté troubla Lord Vallentine.

En vérité, la circulation anormalement encombrée dans cette rue avait nourri son appréhension. Les allées et venues des carrosses et des chaises à porteurs avaient quelque chose d'étrange. Et en tournant sous le passage cocher, il avait également remarqué un large groupe de porteurs qui musardaient pas loin. Il se demanda si d'autres personnes avaient été invitées à cette soirée – il était tout à fait possible que l'événement dont la duchesse avait parlé, qui était en train de se dérouler dans la même rue, soit en réalité en train de se dérouler sous ce même toit !

Les regards furtifs du portier pendant qu'on les débarrassait de leurs capes et manteaux ne firent qu'accroître ses soupçons.

Aux yeux de Sa Seigneurie, tous ces éléments combinés donnaient une très mauvaise odeur à cette soirée – comme un poisson qu'on aurait laissé au soleil en pleine journée : il semblait peut-être normal de loin, mais plus on s'approchait, plus il sentait mauvais. Il était tellement nerveux qu'il voulut rassurer Antonia, ce qui ne servit qu'à l'alarmer, et Martin Ellicott se demanda une nouvelle fois ce qu'il se passait réellement.

Alors qu'ils montaient le grand escalier derrière le majordome, Vallentine se pencha près de l'oreille de la duchesse et on put l'entendre lui siffler :

— Ce n'est pas parce que les domestiques portent leur livrée de deuil que le reste de la famille portera du noir.

Mais c'était le cas. Ils étaient vêtus de noir, tous les dix.

LES VIEILLES TANTES et les membres de leur famille s'étaient placés sous un lustre central, dans un salon auquel on accédait par un premier salon plus petit. Les dames étaient assises dans des fauteuils aux dossiers droits et les hommes se tenaient derrière elles. Ils semblaient avoir été positionnés pour un portrait de famille, mais le peintre et son chevalet étaient introuvables.

Les robes des femmes étaient en laine noire, mais ce n'était pas tout : les ruches de dentelle à leurs coudes, leurs éventails pliables, leurs bas et les rubans dans leurs cheveux étaient noirs également, et tous leurs bijoux étaient de jais. Les gentilshommes, eux aussi, portaient des ensembles en laine noire, et les boutons de leurs gilets et redingotes étaient recouverts d'un tissu assorti. Leurs cravates étaient en soie noire, tout comme leurs mouchoirs de poche et les rubans en satin qui retenaient leurs cheveux.

S'ils n'avaient pas été sous la lumière du lustre, Antonia aurait eu du mal à les voir, car les murs entre les hautes fenêtres étaient également drapés de larges étoffes de couleur noire et les rideaux en velours noirs étaient fermés, empêchant la lumière déclinante de l'après-midi d'entrer dans la pièce. Mais elle ne put passer à côté de leurs expressions sous la lueur des bougies. Peu importe leur âge, de seize à soixante ans, ils avaient tous la mine sinistre.

Le majordome s'arrêta à l'entrée de ce plus grand salon et annonça l'arrivée des nouveaux venus. Toutes les femmes, même les plus âgées, se levèrent en même temps, mais ils restèrent tous à leur place et leurs expressions demeurèrent inchangées.

Avant qu'ils ne pénètrent dans la pièce, Lord Vallentine attrapa la manche à revers d'Antonia. Il réussissait à peine à contenir sa rage.

— Laissez-moi me charger de cette-cette… *embuscade*, articula-t-il entre ses dents.

— Non, Lucian, dit Antonia à voix basse. Il ne faut pas qu'ils voient que nous sommes troublés…

Vallentine n'attendit pas d'entendre la fin de son objection. Il était trop en colère. Il s'avança dans le deuxième salon à grandes enjambées, Martin Ellicott le suivant machinalement. Antonia voulut les suivre également, mais elle fut distraite quand quelqu'un l'appela dans un chuchotement accentué ; elle s'immobilisa et regarda par-dessus son épaule. Dans un coin éloigné, la tête dépassant d'une porte dérobée dans le mur lambrissé, elle aperçut sa femme de chambre, Gabrielle.

— Madame la duchesse ! Venez ! S'il vous plaît ! Venez par ici !

Antonia hésita, surprise et indécise. Gabrielle l'implora donc une nouvelle fois, lui faisant cette fois signe d'approcher d'un geste éloquent de la main – il fallait que la duchesse se dépêche.

Curieuse, Antonia s'approcha de la porte dérobée pour demander à Gabrielle ce qu'elle faisait là quand la porte s'ouvrit en grand.

— Pardonnez-moi, madame la duchesse. Je n'ai pas le choix.

Après cette déclaration, Gabrielle attrapa sa maîtresse par le poignet et la tira dans l'ouverture. Au même moment, quelqu'un frôla Antonia dans la direction opposée, sortant dans le salon. La porte dérobée se referma brusquement, se fondant de nouveau dans le mur lambrissé. Pour quiconque se trouvant dans la pièce, la duchesse semblait s'être volatilisée.

De l'autre côté de la porte, Antonia et Gabrielle étaient plongées dans l'obscurité. Mais elles n'étaient pas seules.

QUATORZE

LA FLAMME D'UNE unique bougie vacillait juste devant les orteils d'Antonia, sur le palier exigu en haut d'un étroit escalier en colimaçon. Alors que sa vue s'habituait à l'obscurité, une femme d'âge mûr apparut dans la lueur jaune pâle de la bougie. Antonia avait l'impression de la connaître. Et pourtant, elle savait qu'il s'agissait d'une inconnue.

— Il faut que nous nous dépêchions, madame la duchesse, siffla-t-elle. Sophie dira que vous êtes indisposée, mais elle ne pourra pas les retenir éternellement. Venez !

Quand Antonia hésita, Gabrielle lui murmura à l'oreille :

— Vous pouvez faire confiance à cette femme. C'est ma sœur, Giselle. Je vous en prie, madame la duchesse. Vous allez rapidement tout comprendre. Je vous le promets.

Antonia avait paniqué un instant, mais ce sentiment s'évapora quand sa domestique la plus fiable et passionnément dévouée la rassura. Sans plus tarder, elle leva le bas de ses jupons en soie et suivit prudemment et calmement la sœur de Gabrielle, Giselle, dans l'escalier en colimaçon qui descendait vers un entresol.

Le petit appartement au plafond bas était sommairement meublé et ses petites fenêtres aménagées dans une rangée d'arches laissaient seulement entrer un peu de lumière hivernale. Cette partie de la maison ne bénéficiait ni d'un feu, ni de chauffage, la pièce était donc froide et humide. Giselle s'avança dans une deuxième pièce, où quelques bougies seulement étaient allumées dans les chandeliers fixés aux murs. Un lit à rideaux était enfoncé dans une alcôve et une table de travail équipée de deux chaises était poussée contre un mur.

Antonia frissonna involontairement, sa veste et ses jupons estivaux étant inadaptés dans cette pièce glacée. Mais elle s'interrogeait sur la raison de sa présence ici et s'intéressait à l'environnement dans lequel elle se trouvait, elle mit donc son inconfort de côté pour regarder autour d'elle. Elle se demandait si elle devait s'asseoir sur l'une de ces chaises quand une jeune femme qui devait avoir environ son âge et toute vêtue de noir apparut soudain, sortant d'une troisième pièce communicante.

— P-pardonnez notre duplicité, madame la duchesse ! déclara la jeune femme à bout de souffle, comme si elle était venue jusqu'ici en courant, avant d'exécuter une révérence bien basse. Mais il faut... il faut que je vous parle, car ma grand-mère est déterminée à me faire épouser un homme qui est veuf par deux fois. Mais c'est Hubert que j'aime. Grand-mère refuse de m'écouter. Et mon père dit que je ne peux pas épouser Hubert tant que-que son avenir est incertain – ce que je ne comprends pas du tout, car un jour, Hubert deviendra comte. Mais simplement, cela n'arrivera pas dans l'immédiat, et ma grand-mère et mon père ne veulent pas attendre !

— Je suis vraiment désolée que vous rencontriez ces difficultés, dit Antonia d'une voix mesurée tout en essayant de trouver un sens à l'offensive verbale de la jeune femme, parfaitement consciente qu'elle avait en réalité été enlevée par ces femmes. Mais rien de ce que vous me dites ne m'explique ce que je fais là ou ce que vous attendez de moi. Je ne sais même pas comment vous vous appelez ! Vos yeux bleus m'indiquent cependant que vous êtes une Salvan, n'est-ce pas ?

— Pardonnez-moi, madame la duchesse. Je suis Élisabeth-Louise Salvan Gondi Touraine – fille cadette du duc de Touraine, le fils de madame Touraine-Brissac...

— Tante Philippa est votre grand-mère ?

— Oui, malheureusement, madame la duchesse. Mon père m'a confiée à elle, mais elle est... elle est *tyrannique*...

— Mademoiselle Élisabeth-Louise ! la réprimanda Giselle.

Madame la duchesse aura une bien mauvaise impression de vous si vous faites des remarques impolies à propos de madame la marquise de Touraine-Brissac.

Élisabeth-Louise ne prêta pas attention à sa bonne et expliqua à Antonia, avec un sourire crispé et empreint de tristesse :

— Je pense réellement que grand-mère souhaite faire de ma vie un enfer, car tout chez moi la dérange.

— J'ai également une grand-mère de ce genre, répondit Antonia avec un sourire compatissant. Qu'attendez-vous de moi ?

— Madame la duchesse, je vous implore… Hubert vous implore… nous vous demandons tous les deux… de parler à monsieur le duc pour nous. Hubert a fait de nombreuses demandes d'entretien avec lui, en vain. Tout ce qu'il demande, c'est cinq minutes du temps de monsieur le duc de Roxton. Je sais que mon père écouterait monsieur le duc. Ils sont cousins et bons amis, et si monsieur le duc ne s'oppose pas à notre mariage, alors grand-mère ne pourra pas s'y opposer non plus et…

Antonia fit un pas vers Élisabeth-Louise en l'observant intensément.

— Mademoiselle Touraine, nous venons de nous rencontrer, dans des circonstances tout à fait surprenantes, et vous voulez que je défende votre cause auprès de monsieur le duc ? Je n'ai que votre parole, votre père et votre grand-mère ont peut-être de bonnes raisons de s'opposer à cette union. Par ailleurs, je ne sais absolument rien de vos qualités, ni de celles du jeune homme que vous souhaitez épouser. Monsieur le duc penserait que sa femme a bu un peu trop de vin si je venais le solliciter avec pour seuls arguments votre nom et votre souhait d'épouser ce Hubert, et je ne le lui reprocherais pas.

— Ah, madame la duchesse ! Mais vous avez épousé monsieur le duc par amour ! déclara Élisabeth-Louise. Grand-mère dit que les mariages d'amour sont réservés aux paysans, pas aux gens comme nous. Elle dit que votre mariage est anormal et a causé du tort à nos familles, car il a donné de faux espoirs aux filles de la noblesse d'épée, comme moi, qui espèrent pouvoir elles aussi se marier par amour ! Je vous le dis en toute honnêteté, madame la duchesse, ma grand-mère est encore sous le choc que le duc, ce grand satyre, ait fini à genoux et se soit marié par amour. Mais je me moque de savoir à quel point elle est stupéfaite ou mécontente, car j'estime que nous aussi, nous devrions pouvoir nous marier par amour. Vous montrez l'exemple et votre mariage nous donne tant d'espoir, à Hubert et moi.

— Je suis flattée, ma chère petite, répondit gentiment Antonia en frissonnant, car le froid s'infiltrait à travers ses vêtements légers. Mais vous vous méprenez totalement si vous pensez que l'amour que monsieur le duc me porte a amoindri ses facultés de quelque manière que ce soit. Il reste monsieur le duc de Roxton, il conserve sa fierté et son indépendance, et ce sera toujours le cas. Je suis vraiment désolée, mais si votre père et votre grand-mère s'opposent à votre union avec ce Hubert, alors monsieur le duc n'interviendra pas, que je plaide en votre faveur ou non…

— Mais, madame la duchesse, c'est à cause de *vous* que ma grand-mère s'oppose à mon mariage.

— Pourquoi ? Parce que monsieur le duc est tombé amoureux de moi ?

— Non, madame la duchesse. C'est parce que la famille considère que c'est votre faute si notre cousin le comte de Salvan a perdu ses fonctions d'État et a été banni de la cour. Maintenant, nous, les Salvan, portons le poids de son déshonneur sur nos épaules, et les vieilles tantes qui vivaient grâce à sa charité sont encore plus pauvres que…

Antonia se tourna vers sa femme de chambre.

— Je ne comprends vraiment pas pourquoi vous m'avez emmenée ici pour que je me fasse insulter de cette façon !

— Madame la duchesse, je n'aurais jamais accepté d'organiser cette rencontre si j'avais su quelles étaient les vraies intentions de mademoiselle Touraine, murmura Gabrielle avec véhémence. Je suis aussi surprise que vous. Giselle m'a dit…

— Madame la duchesse ! Les intentions d'Élisabeth-Louise n'engagent qu'elle ! l'interrompit Giselle. Elle devait vous confier quelque chose d'entièrement différent, et si l'opportunité de plaider sa cause à propos de ses propres difficultés se présentait, elle devait le faire seulement après avoir attiré votre attention sur certaines-certaines… *choses* qui se passent dans cette maison en ce moment même.

— Madame la duchesse, vous devez nous croire ! l'implora Gabrielle.

— Je vous crois. Mais j'ai froid, allons-nous-en. Avant de partir, ajouta Antonia en posant les yeux sur Élisabeth-Louise et en redressant les épaules, je dois vous détromper à propos de quelque chose : monsieur le comte de Salvan était déjà pauvre avant son exil, et il a cherché à régler ses problèmes financiers en contractant un mariage avec moi, contre ma volonté, mais avec la connivence de ses vieilles tantes. Il y aurait beaucoup d'autres choses à dire à ce sujet, mais elles sont trop douloureuses pour que je les évoque. Je pardonne votre grande ignorance, car on vous a raconté des mensonges. Maintenant, je vous prie de me ramener dans une pièce chauffée, auprès de monsieur Vallentine, qui doit assurément être en train de retourner toute la maison pour me retrouver. Pressons !

À la stupéfaction de toutes, Élisabeth-Louise tomba à genoux et saisit le bas des jupons en soie de la duchesse, les pressant contre sa joue humide, empêchant Antonia de bouger.

— Pitié ! Madame la duchesse ! Je vous en supplie ! Cette opportunité ne se présentera peut-être plus jamais, et vous pourrez ne plus jamais m'adresser la parole si tel est votre souhait, mais il faut que vous écoutiez ce que j'ai à vous dire !

— Élisabeth-Louise ! Levez-vous ! exigea Giselle dans un murmure embarrassé, attrapant sa jeune maîtresse par le haut du bras en essayant de la relever. Vous vous ridiculisez et vous mettez madame la duchesse très mal à l'aise ! Ce n'est pas une façon de demander de l'aide…

— Non ! Ne me touchez pas ! Vous ne savez pas ! Personne ne sait ! Pas même Hubert ! Si madame la duchesse ne peut pas m'aider, je serai déshonorée et maudite à jamais !

La jeune femme éclata en sanglots et resta prostrée aux pieds d'Antonia, agrippant toujours le bas de ses jupons, comme si elle avait besoin d'un ancrage. En l'observant, Antonia fut frappée d'une vive acuité, se rappelant la situation malheureuse et délicate qu'elle avait elle-même connue quand elle vivait avec sa grand-mère, qu'elle aimait désespérément le duc, mais que son avenir était incertain. Elle avait tellement perdu espoir face à sa situation désespérée qu'elle avait prévu de s'enfuir à Venise.

— Giselle, allez chercher un verre de sirop à votre maîtresse, ordonna-t-elle à voix basse. Gabrielle, donnez votre mouchoir à mademoiselle Touraine et installez-la sur une chaise. Puis apportez-moi l'édredon de ce lit. Je suis glacée jusqu'aux os. S'il y en a deux, gardez l'autre pour vous.

Quand la bonne de la jeune femme eut quitté la pièce et qu'Élisabeth-Louise fut installée à la table, le visage sec grâce au mouchoir de Gabrielle, Antonia s'assit en face d'elle, enveloppée dans l'édredon du lit, et dit :

— Mademoiselle, si vous voulez mon aide, il faut que vous me disiez la vérité.

Élisabeth-Louise renifla et hocha vivement la tête.

— Bien, madame la duchesse. Demandez-moi ce que vous voulez !

— Vous êtes enceinte, n'est-ce pas ?

L'exclamation de surprise ne vint pas de la jeune femme, mais de Gabrielle.

QUINZE

ÉLISABETH-LOUISE éclata derechef en sanglots quand Antonia lui posa cette question, gentiment mais sans ménagement, ce qui suffit à lui confirmer les faits. Puisque Giselle pouvait revenir d'un instant à l'autre avec le verre de sirop, Antonia poussa la jeune femme à se confier sur sa fâcheuse situation en allant droit au but. C'était la seule façon pour Antonia de savoir comment elle pourrait l'aider. La duchesse lui prêtait une oreille tellement attentive et compatissante qu'Élisabeth-Louise n'eut pas besoin d'encouragement.

Hubert la courtisait depuis des mois, mais la famille d'Élisabeth-Louise – et en particulier sa grand-mère – ignorait ce qu'ils ressentaient l'un pour l'autre. C'était un visiteur régulier, qui accompagnait souvent son mentor, le marquis de Chesnay. La raison des visites si régulières du marquis était devenue évidente seulement quand il avait annoncé à la grand-mère d'Élisabeth-Louise qu'il voulait faire de cette dernière sa troisième épouse. Naturellement, cette perspective avait horrifié le jeune couple. Hubert avait alors écrit au duc de Touraine pour lui demander la main de sa fille. Sa grand-mère avait ainsi appris les intentions d'Hubert, et on avait interdit à Élisabeth-Louise de le revoir.

— Nous étions obligés de nous voir en secret, chez ma sœur Michelle, expliqua la jeune femme. Peut-être avez-vous entendu, madame la duchesse, les trois filles de ma sœur jouer dans leur jardin ? Michelle est votre voisine. Et je vous ai vue, par les fenêtres de sa maison, dans votre jardin avec vos dames de compagnie et votre bébé. Giselle n'a jamais dit à notre grand-mère que j'allais voir Hubert chez Michelle, car cela lui permettait d'aller voir ses sœurs à elle, la femme de chambre de Michelle, Rose, et la vôtre, Gabrielle.

En entendant cette révélation, Antonia l'arrêta et se tourna vers Gabrielle.

— C'est la vérité, madame la duchesse. Et notre quatrième sœur, Yvette, notre aînée, est la femme de chambre de la sœur de monsieur le duc, madame Vallentine. Je vous ai déjà parlé d'Yvette, mais pas de Giselle, ni de Rose.

— Seigneur ! Est-ce que *toutes* vos sœurs sont femmes de chambre chez des membres de notre famille ?

— Oui, madame la duchesse, répondit Gabrielle d'un ton neutre. Comment trouver de bons postes dans les meilleurs foyers si ce n'est en faisant jouer les relations familiales ?

— Je sais que toutes les familles nobles sont liées les unes aux autres par le sang et par le mariage, mais j'admets que je viens d'apprendre quelque chose ! dit Antonia avec un sourire. Je ne savais pas du tout que la petitesse de notre monde s'appliquait également au vôtre. C'est très satisfaisant, et je suis contente que vous puissiez voir vos sœurs.

— Merci, madame la duchesse, répondit Gabrielle en lui retournant son sourire. Le monde est petit pour nous tous. Pour ceux qui servent, comme moi, et pour ceux qui sont servis, comme vous. Et ce n'est pas une coïncidence si la sœur de mademoiselle Touraine vit dans la maison voisine de la villa, car c'est moi qui ai dit à ma sœur Rose que la maison était à louer, et elle a ensuite transmis l'information à sa maîtresse.

— Madame la duchesse, je vous en prie, ne tenez pas Hubert pour responsable d-de mon embarras, dit Élisabeth-Louise d'une petite voix en baissant les yeux, ses joues s'empourprant. Nous sommes secrètement fiancés et nous pensions sincèrement que notre mariage ne serait qu'une simple formalité. C'est la raison pour laquelle je... il... *nous* nous sommes permis de-de...

De nouvelles larmes se déversèrent sur ses joues et elle se couvrit le visage avant de révéler :

— C'est arrivé seulement deux fois ! Nous voulions attendre l'échange de nos vœux, mais…

— Je vous en prie. N'en dites pas plus. Séchez vos larmes, ma chère petite, dit doucement Antonia, ajoutant avec un petit rire : Croyez-moi, je suis la dernière personne qui vous reprocherait d'avoir succombé à vos désirs. Je ne suis pas hypocrite.

Elle prit une profonde inspiration, puis poursuivit d'un ton neutre :

— Ce qui est fait est fait, nous ne pouvons pas revenir en arrière. C'est sur votre avenir que nous devons nous concentrer, sur la meilleure façon de vous aider à obtenir ce que vous désirez tous les deux, et ce le plus rapidement possible.

Les yeux d'Élisabeth-Louise s'illuminèrent.

— Allez-vous en parler à monsieur le duc ? Allez-vous… ?

— Oui. Mais c'est tout ce que je peux vous promettre.

Élisabeth-Louise bondit de sa chaise, se jeta aux pieds d'Antonia et enlaça ses chevilles.

— Oh, merci ! Merci ! Vous êtes trop bonne ! Trop généreuse !

— J'ai soudain l'impression d'être une vieille dame, marmonna Antonia en sortant à contrecœur sa main de la chaleur de l'édredon pour tapoter affectueusement l'épaule de la jeune femme. Gabrielle, aidez mademoiselle Touraine à se rasseoir.

Quand Élisabeth-Louise fut de nouveau tranquille et silencieuse, Antonia lui dit sérieusement :

— Soyez bien consciente que même si je compte faire tout mon possible pour plaider votre cause auprès de monsieur le duc, je ne lui demanderai jamais d'agir à l'encontre de son honneur. Il écoutera ce que j'ai à dire, mais la décision lui appartiendra. Comprenez-vous ?

Quand la jeune femme hocha la tête, Antonia lui adressa un petit sourire entendu et continua :

— Je pense que vous êtes plus maligne que ce que vous laissez penser, car vous n'avez pas une seule fois mentionné le nom de famille d'Hubert. Et vous l'avez omis délibérément, n'est-ce pas ? Vous craigniez que je ne vous écoute pas du tout si j'avais su dès le début qu'Hubert est en fait le chevalier Montbelliard. Bien ! Fini de jouer ! Je suis peut-être un peu plus vieille que vous…

— J'ai vingt ans, madame la duchesse.

Antonia marqua à peine une pause.

— Je suis peut-être un peu plus jeune que vous, mais peu importe. Dites-moi quelque chose cependant. Je suis curieuse. Pourquoi n'êtes-vous pas déjà mariée ? Les filles de la noblesse d'épée sont mariées bien avant votre âge, non ?

— Vous avez raison, madame la duchesse. Mes sœurs se sont mariées à quatorze ans. J'étais promise à un homme, mais il est mort quand j'avais treize ans, puis mon père m'a laissée à l'Abbaye-aux-Bois. C'est peut-être parce qu'il avait marié ma sœur Michelle à Gérard, le fils d'un fermier général, contre la volonté de grand-mère. Elle ne lui a jamais pardonné d'avoir apporté le déshonneur sur notre famille…

— Car votre sœur a été mariée à un membre de la bourgeoisie ?

— Oui, madame la duchesse. Et c'est pour cette raison que ma grand-mère est déterminée à me marier de force au marquis de Chesnay. Mais je sais qu'une fois que vous aurez plaidé ma cause auprès de monsieur le duc, ma grand-mère sera obligée de changer d'avis. Et puis, elle ne peut pas vraiment s'opposer à notre union, car Hubert deviendra un jour comte de Salvan.

— Je suis désolée de vous l'apprendre, mais changer de prétendant ne sera pas aussi simple que ce que vous pensez, déclara Antonia avec douceur. Le comte de Salvan est l'ennemi juré de monsieur le duc, et cela représente une entrave importante à votre bonheur futur avec le chevalier Montbelliard.

Elle se leva, tout en gardant l'édredon enroulé autour d'elle, et ajouta :

— Il y a au moins un mystère de résolu : je n'ai plus besoin de me demander pourquoi le chevalier était déterminé à faire ma rencontre… Il espérait, comme vous, me convaincre de parler à monsieur le duc de sa part. Mais j'imagine que votre Hubert ne comprend pas l'urgence de votre situation, car vous ne lui avez pas encore révélé votre grande surprise, n'est-ce pas ? Et c'est pour cette raison que vous avez pris les choses en main et orchestré cette rencontre pour plaider votre cause. Et c'est une réussite pour vous, d'ailleurs, puisque j'ai accepté d'en parler à monsieur le duc. Voilà !

Quand Antonia se leva de sa chaise, Élisabeth-Louise se dépêcha d'en faire autant. Elle n'avait démenti aucun propos de la duchesse. En réalité, elle l'admirait encore plus qu'avant et laissa échapper :

— Pour quelqu'un de votre grande beauté, vous êtes également très intelligente !

— La beauté n'empêche ni l'intelligence, ni la stupidité, mademoiselle Touraine, dit Antonia, un éclat dans ses yeux verts et un sourire espiègle aux lèvres. Mais vous avez raison. Je suis intelligente. Et c'est pour cette raison que monseigneur m'aime. J'ai maintenant passé assez de temps dans cette pièce glaciale qui a tout d'une cave, dit-elle d'un ton catégorique en se débarrassant de l'édredon, qu'elle tendit à Gabrielle. Je dois y retourner avant que mon absence ne se fasse vraiment ressentir. S'il vous plaît, emmenez-moi auprès de monsieur Vallentine…

Élisabeth-Louise se plaça en travers du chemin d'Antonia et fit une nouvelle révérence.

— Pardonnez-moi de vous avoir fait perdre du temps avec mes préoccupations personnelles, madame la duchesse, mais je dois maintenant vous parler de quelque chose qui vous préoccupera, vous. C'est la raison pour laquelle vous avez été emmenée ici.

Antonia ravala une riposte, tempéra son impatience et dit sans ménagement :

— Dites-le-moi aussi succinctement que possible, avant que des stalactites ne se forment sur mes bras.

— Vous avez été invitée ici sous un faux prétexte. Ce n'est pas seulement la famille qui est réunie ici ce soir, mais toute la bonne société. C'est pourquoi je vous ai empêchée d'entrer dans le salon de grand-mère. Elle sait que monsieur le duc n'est pas en ville. Elle s'est assurée qu'il serait absent pour que vous veniez toute seule.

Quand Antonia ne dit rien et continua à la dévisager, Élisabeth-Louise poursuivit à voix basse :

— Grand-mère a l'intention de déclarer à tous ses invités qu'elle regrette profondément que monsieur le duc de Roxton n'ait pas pu se joindre à eux. Puis, madame la duchesse, elle vous demandera pourquoi il ne vous a pas accompagnée…

— Elle est exactement comme ma grand-mère ! s'exclama Antonia.

— … tout en sachant qu'il est parti à Fontainebleau, et pourquoi…

— Elle sait que monsieur le duc est parti à Fontainebleau… et-et *pourquoi* ? répéta Antonia, incrédule.

— Ils sont *tous* au courant. Et ils savent tous *pourquoi* il y est allé. Elle le leur a dit !

Antonia était tellement secouée par cette révélation qu'elle en perdit l'usage de la parole. Elle fixa la jeune femme sans la voir, les doigts serrés autour de son éventail fermé. Face à cette absence de réaction, Élisabeth-Louise se dit que la duchesse ne la croyait peut-être pas, elle entra donc dans les détails :

— Grand-mère a témoigné de sa compassion pour vous en buvant son café au lait. Elle disait que nous devions faire notre possible pour ne pas mentionner le fait que monsieur le duc a filé à Fontainebleau dès que la comtesse Duras-Valfons lui a demandé de venir. Que sans vouloir se vanter, elle savait que ce n'était qu'une question de temps avant que monsieur le duc ne retourne à ses habitudes perverses de satyre. Elle dit qu'on ne change pas les gens, et qu'une jeune fille qui a tout d'un petit papillon ordinaire ne peut pas espérer accaparer l'attention d'un homme qui a passé sa vie à écarter les ailes de centaines de magnifiques papillons…

— J'en ai assez entendu, l'interrompit Antonia, la gorge en feu. Je ne sais pas si je devrais vous remercier ou vous réprimander d'avoir répété des absurdités si malveillantes. Maintenant, je vous prie de me faire sortir d'ici. Merci.

Ce fut au tour de Gabrielle d'empêcher la duchesse de partir.

— Madame la duchesse, je vous en prie. Mademoiselle Touraine n'a pas fini…

— Elle n'a pas fini ? Elle a d'autres… d'autres crasses, d'autres affreuses sottises à me raconter ? Non, Gabrielle, déclara Antonia en passant devant elle, rebroussant chemin pour se diriger vers l'escalier en colimaçon. Non ! Non ! Non ! Je n'écouterai aucun autre propos calomnieux à propos de monsieur le duc…

— Le bébé ! lâcha Gabrielle, ne trouvant pas d'autre moyen d'arrêter sa maîtresse et de faire en sorte qu'elle les écoute. Madame la duchesse… l'enfant de madame Duras-Valfons… il est *ici*. Son bébé est ici, dans cette maison même !

Quand Giselle revint enfin des cuisines avec le sirop, l'entresol était désert. Elle vérifia dans les quatre pièces et monta même l'escalier en colimaçon qui menait à la porte dérobée s'ouvrant sur le salon. En entendant quelqu'un hausser la voix derrière la porte, elle devina que la bonne qui montait la garde essayait difficilement de convaincre la personne qui lui criait dessus que la duchesse était encore indisposée après tout ce temps.

Elle vérifia que le verrou qui empêchait toute intrusion par cette porte était bien tiré, puis elle revint sur ses pas et quitta l'entresol. Sûre de savoir où Élisabeth-Louise avait emmené la duchesse, elle traversa un labyrinthe de couloirs étroits réservés aux domestiques et d'escaliers de service exigus et pleins de courants d'air, et arriva dans une minuscule pièce dans le grenier, sous le toit mansardé dans le coin le plus reculé de l'hôtel. Dans cet endroit, ni les membres de la famille, ni les domestiques, ni les invités ne pouvaient entendre les hurlements discordants d'un bébé négligé.

SEIZE

Toute la société était rassemblée dans la salle de bal de la marquise de Touraine-Brissac, éclairée de mille feux par trois lustres et des centaines de bougies supplémentaires placées dans les chandeliers ouvragés fixés aux murs décorés de miroirs. N'importe quel autre soir, les invités auraient été vêtus de soieries brodées de fils métalliques et parés de leurs bijoux scintillants. Ils auraient étincelé et miroité à la lueur des bougies, voulant tous se faire de l'ombre les uns les autres. Mais vêtus de laine et de velours noirs et parés de leurs bijoux de jais, ils absorbaient toute la luminosité éclatante de la pièce. Elle semblait avoir été envahie, au mieux, par une armée de fourmis ou, au pire, par un nuage d'orage bas qui se serait infiltré sous les rebords des fenêtres fermées et qui flotterait juste au-dessus du parquet.

Philippa Alexandra Salvan Gondi, marquise de Touraine-Brissac, connue sous le nom de tante Philippa et aînée des sœurs Salvan que tous appelaient les « vieilles tantes », n'aurait pas pu espérer meilleure assistance. Elle avait dépensé plus d'argent pour cette seule soirée que pour la cire de ses bougies pour une année entière, mais ce n'était pas grave. Ces dépenses vaudraient bien le plaisir qu'elle ressentirait en assistant à l'humiliation publique de l'épouse de son neveu. Dans les faits, c'était Roxton qui serait humilié – et c'était exactement ce qu'elle voulait. Après tout, c'était à cause de lui que la famille Salvan souffrait actuellement de difficultés financières. Et puisque son autre neveu avait promis de rembourser les dettes de tante Philippa dès que son exil serait rescindé et qu'il retrouverait ses fonctions à la cour, elle n'avait que peu de scrupules.

Tout et tout le monde était prêt : la famille était rassemblée dans le salon, les invités dans la salle de bal, et le morveux braillant de Thérèse était prêt à être apporté et déposé aux pieds de madame la duchesse de Roxton quand tante Philippa en donnerait le signal. Il ne manquait plus que l'arrivée de la jeune épouse de son neveu, à qui on avait fait croire qu'elle venait assister à une petite soirée en famille.

Mais tout ne se passa pas comme prévu, et ce dès l'instant où Lord Vallentine s'avança dans le salon.

Avec toute la fanfaronnade, la franchise et la grossièreté dont seuls les Anglais étaient capables, Sa Seigneurie se dispensa des formalités et exigea de savoir à quel jeu la famille de sa femme était en train de jouer. Pourquoi étaient-ils tous vêtus de noir alors que cette soirée était censée être une réunion familiale ? Pourquoi étaient-ils installés de façon aussi crispée, tels des juges alignés pour une exécution publique ? Et quelle était la source de tout ce bruit derrière ces portes ? La moitié de la ville avait-elle réellement été invitée pour le souper ? À quoi donc jouaient les vieilles tantes ?

Avant que tante Philippa n'ait le temps de feindre l'ignorance et de prendre un air offensé, l'une de ses sœurs fit une crise de nerfs. Tante Sophie-Adélaïde n'avait jamais été témoin que du côté affable et chaleureux du mari d'Estée, sa nièce. Ainsi, en voyant Lucian Vallentine se mettre en colère, le visage rouge de rage, elle perdit tous ses moyens. Sophie-Adélaïde disait depuis le début que les machinations de sa sœur les enverraient toutes directement en enfer, car leur comportement était contraire aux valeurs chrétiennes. Ce à quoi Philippa avait rétorqué que c'était exactement le genre de réaction qu'elle attendait d'elle, une nonne. Et qu'en tant que nonne, sa seule occupation consistait à prier toute la journée pour les membres de sa famille, mais qu'elle devrait surtout prier pour que leur chance tourne, sinon elle ne pourrait même pas se permettre de retourner dans son couvent !

Tante Victoire ne supporta pas de voir sa sœur jumelle dans un tel état. Elle lança à Lord Vallentine que rien de tout cela n'était leur idée. Et si l'enfer l'attendait, qu'il en soit ainsi. Mais elle avait de bien plus grandes et immédiates raisons de s'inquiéter tant qu'elle était sur cette terre : il fallait déjouer le courroux du diable en personne – leur neveu Roxton.

Tante Philippa fit bonne figure. Offensée par le comportement de Lord Vallentine, elle osa le regarder de haut et rétorquer qu'elle ne voyait pas du tout pourquoi il se mettait dans tous ses états alors qu'il ne s'agissait que d'une simple réunion familiale pour un souper avec quelques amis.

Lord Vallentine était sur le point de lui expliquer exactement pourquoi quand le petit-fils dégingandé de tante Victoire, qui souffrait d'un rhume de cerveau, éternua bruyamment. Le majordome crut que cet éclat nasal était en fait le signal pour que les valets de pied ouvrent grand les portes de la salle de bal. Ils s'exécutèrent donc, révélant malencontreusement et d'un grand geste un peu prématuré toute l'étendue de la supercherie orchestrée par la famille.

Le salon s'emplit immédiatement de la lumière et du bruit venant de la salle de bal pleine à craquer, faisant bouillir le sang de Lord Vallentine. Mais il n'eut pas le temps de trouver des mots assez polis pour les oreilles des vieilles tantes afin d'exprimer sa rage, car les invités envahirent le salon. Ils arrivèrent en masse – telles des fourmis jaillissant d'une fourmilière qu'on aurait dérangée –, tant et si bien que rapidement, la famille Salvan et Lord Vallentine se retrouvèrent encerclés et assiégés.

Seul Martin Ellicott garda son sang-froid. Il était resté en retrait près de l'entrée du salon, car il préférait garder ses distances, observer ce qu'il se passait de loin. Il ne s'était jamais retrouvé de ce côté du profond fossé qui séparait les maîtres et leurs domestiques auparavant, et il trouvait tout cela à la fois fascinant et plus grisant encore que ce qu'il aurait pu imaginer. À l'époque où il accompagnait le duc dans diverses maisons nobles, il attendait son maître dans les espaces réservés aux domestiques. Il n'aurait jamais pensé se mêler un jour à ces êtres glorifiés, ni être leur invité, il avait donc du mal à croire à ce à quoi il assistait.

Le spectacle était tellement dramatique – du genre digne d'une salle de théâtre et de frais d'entrée – et captivant qu'il lui fallut un peu de temps avant de se rendre compte que la duchesse de Roxton n'était plus avec eux. Et si le sang de Lord Vallentine était en train de bouillir, celui de Martin Ellicott se glaça à l'idée que lui et Sa Seigneurie avaient échoué dans leur seule et unique mission : s'assurer que la duchesse était en sécurité et dans leur champ de vision à tout instant.

Il laissa Lord Vallentine gérer la mêlée sociale et revint rapidement sur ses pas, à la recherche de la duchesse. Il avait traversé le premier salon et presque atteint le haut de l'escalier quand il se rendit compte qu'il était passé devant une jeune domestique qui rôdait près d'une fenêtre au rideau ouvert. Il s'approcha d'elle. Elle piétinait nerveusement, les mains dans le dos et les yeux levés vers le plafond ornementé. Elle fit une révérence, mais elle laissa ensuite son regard errer dans la pièce, comme si elle tenait absolument à passer inaperçue. Elle était clairement coupable de quelque chose. Martin voulut lui demander si elle savait où se trouvait madame la duchesse de Roxton, mais de l'agitation sur le palier détourna leur attention à tous les deux.

La jeune fille se décrocha la mâchoire et écarquilla les yeux d'admiration en assistant à l'arrivée de cet invité de dernière minute. Mais quand Martin vit de qui il s'agissait, il ne put refouler son immense satisfaction en vivant enfin ce que chaque valet espérait toute sa vie : voir le résultat de leur dur travail vestimentaire en action sur l'avant de la scène sociale. Si seulement George Geraghty était là pour profiter de cet instant avec lui ; il était tellement heureux qu'il s'étreignit lui-même et ne put effacer son large sourire.

Traversant le salon d'un pas nonchalant, vêtu de velours et de dentelle de couleur noire, levant un mouchoir et une tabatière en or dans les airs afin de mettre au mieux en valeur ses longs doigts fins et sa très large manchette relevée et perlée de jais, monsieur le duc de Roxton venait de faire son entrée.

Sa somptueuse tenue de deuil et son expression solennelle lui donnaient l'air d'un chef de cortège lors d'un enterrement royal. Par ailleurs, il avançait à une allure d'une lenteur glaciale digne d'une telle occasion, ce qui donna à son public plus de temps pour les admirer, lui et son ensemble. Cela signifiait également que le temps qu'il atteigne le deuxième salon et se positionne dans l'embrasure de la large porte, les conversations, les disputes et le vacarme général produit par tous ceux qui étaient présents avaient eu le temps de se réduire à un murmure.

Il était inutile d'annoncer monsieur le duc dans une pièce remplie de ses parents et amis, mais le valet de pied suivit ses instructions. Cette annonce accentua la solennité de son arrivée, et ainsi, non seulement tous les yeux se tournèrent vers lui, mais chaque conversation s'interrompit et tous se retrouvèrent bouche bée d'admiration.

Les vieilles tantes étaient tellement choquées de voir leur neveu qu'elles furent incapables de bouger ou de dire quoi que ce soit. En réalité, tous les membres de la famille Salvan qui étaient réunis au milieu du salon étaient tellement paralysés d'effroi qu'on avait l'impression qu'un fantôme s'était invité parmi eux. Tante Philippa leur avait assuré qu'ils n'avaient pas de quoi s'inquiéter, que monsieur le duc était loin d'ici, à Fontainebleau. Alors comment pouvait-il se tenir sur le pas de la porte ? Pourquoi était-il ici, et non là-bas ? S'agissait-il d'une apparition ? Se manifestait-il sous la forme d'un fantôme afin de protéger sa jeune épouse de leur trahison ? Si quelqu'un était capable de les hanter, c'était bien le sinistre et omniscient duc de Roxton. Telles étaient les pensées qui leur traversaient l'esprit à vive allure, tandis que leurs expressions stupéfaites et leurs visages empourprés trahissaient leur culpabilité.

Rongée par le remords et incapable de contenir sa honte, tante Sophie-Adélaïde poussa un cri étouffé et s'évanouit promptement. Elle s'écroula sur l'accoudoir de son fauteuil et se serait retrouvée par terre si Lord Vallentine ne l'avait pas rattrapée dans ses bras d'un geste expert.

Personne ne remarqua cette scène. Personne ne pouvait détacher son regard du duc, qui levait à présent son lorgnon afin d'observer d'un œil agrandi ses parents maternels abasourdis.

On aurait pu entendre une mouche voler dans le silence qui suivit son arrivée, qui fut néanmoins rompu quand le fauteuil de tante Sophie-Adélaïde bascula et vint heurter le parquet dans un bruit sourd.

DIX-SEPT

— CHER AMI ! Vous êtes venu, finalement ! s'exclama le marquis de Chesnay, se détachant de la foule.

Il s'inclina devant son ami d'un geste grandiose, les ruches en dentelle entourant son poignet venant frôler le parquet, puis il se redressa sur toute sa hauteur, dans ses talons rouges, leva les yeux vers lui avec un sourire accueillant et ajouta :

— J'étais sûr que vous viendriez. Personne ne me croyait. Mais vous voilà !

— Vos talents de… hum… prophète sont infaillibles, Gustave, dit le duc en tournant son lorgnon vers Chesnay. Vous aviez sans doute également prédit la présence de madame la duchesse, n'est-ce pas ?

— Tout à fait, mon cher ! annonça Chesnay avec un sourire satisfait en regardant autour de lui avant de reporter son attention sur le duc. Je leur ai dit : « Faites confiance à Gustave. Ils viendront tous les deux ! Forcément ! Depuis le mariage de monsieur le duc… », et pardonnez mon audace, je disais cela avec toute l'affection que je vous porte, je vous l'assure, « Depuis son mariage », j'ai dit, « Roxton et sa divine duchesse ne sortent jamais l'un sans l'autre, ils sont toujours collés l'un à l'autre, comme deux doigts de la main ! ».

— Vous a-t-on cru ?

— Non ! Enfin, oui ! Oui, ils ont cru au fait que madame la

duchesse serait là, mais pas que vous seriez là avec elle. On m'a dit que vous étiez parti ailleurs…

— Ailleurs ?

Le duc fit la grimace et laissa retomber son lorgnon, suspendu à un ruban en soie noir qui pendait entre ses doigts. Il le fit délicatement osciller et demanda :

— Voulez-vous bien m'expliquer, Gustave, comment deux… hum… doigts d'une main pourraient être au même moment à des endroits différents ?

La foule silencieuse fit inconsciemment un pas vers l'avant, les yeux rivés sur le lorgnon qui se balançait tel un pendule, les oreilles grandes ouvertes et bien tendues, car personne ne voulait rater un seul mot de cet échange ; le duc était connu pour son ton mesuré et ses éviscérations verbales.

Le marquis de Chesnay entrouvrit ses grosses lèvres, les doigts écartés sur sa poitrine, et regarda par-dessus son épaule avec de grands yeux expressifs qui semblaient dire : « Je vous l'avais dit ! » Il n'aurait pas paru plus ébahi si on l'avait payé pour exécuter ce geste.

— Roxton ! *Là encore*, c'est exactement ce que j'ai dit ! Je vous assure ! Je suis un prophète, c'est vrai. Mais on m'a assuré avec insistance que vous ne seriez pas là ce soir, car vous étiez parti pour Fontainebleau.

— Avec insistance, vous dites ?

— Avec beaucoup d'insistance.

— Pourquoi serais-je là-bas alors que ma duchesse est ici ? C'est un mystère, dit le duc de son ton le plus sympathique et le plus déconcerté, lâchant son lorgnon contre l'avant de son gilet en soie brodé. Mais peut-être que vous n'êtes pas seulement doué en prédictions, mais que vous savez également résoudre les mystères et que vous avez une réponse à cette question ?

— Un mystère ? Sur ce point…

Le marquis haussa les épaules et afficha une moue faussement nonchalante. Mais il était soudain aux aguets, et il avait chaud au point que son cuir chevelu le démangeait sous sa perruque aile-de-pigeon. Quand le duc se montrait affable et badinait avec lui, c'était toujours pour une raison cachée, et ce n'était jamais parce qu'il voulait simplement se montrer amical. Tout ce que Roxton faisait avait un but précis. Il était en quête de quelque chose, et Chesnay était presque sûr de savoir ce qu'il cherchait à dénicher et d'avoir même la réponse à ses interrogations. Par ailleurs, en tant que courtisan accompli, il savait jauger une situation et décider à qui il devait sa loyauté à un moment donné. Il avait passé des mois à créer des liens avec la marquise de Touraine-Brissac dans l'espoir de faire de sa petite-fille sa troisième épouse. Mais son ami Roxton était un aristocrate qui était passé maître dans l'utilisation de méthodes sinistres pour parvenir à ses fins, et qui avait par ailleurs une richesse illimitée qu'il pouvait utiliser en ce sens — ce n'était pas quelqu'un qu'il fallait prendre à la légère, surtout pas.

Il lui fallut à peine une seconde pour décider que ce n'était peut-être pas une si mauvaise chose s'il restait célibataire pour le moment : cela apaiserait sa maîtresse, Marguerite.

— À une époque, personne ici n'aurait été surpris d'apprendre que vous étiez parti au galop pour Fontainebleau afin de coucher avec une exquise créature, déclara le marquis avec assurance, conservant son rôle d'imbécile malgré lui pour satisfaire leur audience. Mais Marguerite a insisté : « Gustave », a-t-elle dit… Non ! Elle a soupiré de déception. Vraiment, je vous l'assure ! Quel ange ! Elle a soupiré et a dit : « Gustave, malheureusement pour celles qui aspiraient à partager un jour le lit de monsieur le duc, cette époque est révolue… »

Il ricana pour attirer la pleine attention du duc, se lécha les lèvres et continua :

— « Cette époque est révolue, car aucun homme sain d'esprit, pas même Roxton, ne délaisserait une créature aussi divine que madame la duchesse de Roxton. » (Il regarda autour de lui en hochant la tête.) C'est ce qu'elle a dit ! Vraiment ! Mot pour mot. Comme je vous le disais, Marguerite est vraiment un ange.

Le duc inclina la tête pour signifier qu'il était d'accord, puis il ajouta, visiblement perplexe :

— Et pourtant, ceux qui sont présents ici ce soir ne partagent pas les convictions de Marguerite. C'est là que réside le plus grand mystère…

— Ah, ah ! Mais c'est un mystère qui se résout facilement ; madame Touraine-Brissac a dit à tout le monde que vous étiez à Fontainebleau avec une certaine comtesse, l'interrompit le marquis sans artifice et sans quitter le duc du regard. Qui sommes-nous pour faire preuve d'impolitesse en remettant en cause la parole de notre hôtesse, et ce sous son propre toit ? Elle qui est votre tante, par ailleurs…

— Monsieur le marquis, quelles histoires êtes-vous en train de raconter à mon neveu ? déclara madame Touraine-Brissac sans animosité.

Telle une péniche sur un fleuve encombré, elle fendit la foule qui s'écarta sur son passage, forçant ses invités à se disperser à droite et à gauche. Avec un *tss-tss*, elle donna un petit coup taquin de son éventail fermé sur le bras de Chesnay.

— Quelque chose qu'une tante âgée ne devrait pas entendre, j'en suis sûre. Vous avez l'air très en forme, Roxton, continua-t-elle dans le même souffle, se détournant du marquis pour tendre la main à son neveu. Le mariage – à moins que ce ne soit la paternité, ou les deux – a donné un éclat à votre regard ; d'où qu'il vienne, il vous sied à merveille.

Sans lui laisser le temps de répondre, elle se tourna derechef, vers ses invités cette fois-ci, et annonça avec un sourire :

— Ne vous avais-je pas dit que monsieur le duc ne nous décevrait pas et assisterait à notre petite soirée ? Et le voilà ! Allons maintenant déguster quelques rafraîchissements dans la salle de bal. Je vous en prie ! Allez-y ! Ne laissez pas le champagne tiédir ou les canapés aux huîtres s'avarier ! Allez-vous-en, ajouta-t-elle avec un sourire quand ses invités voulurent s'attarder. Je dois m'entretenir en privé avec mon neveu, mais soyez certains que monsieur le duc et moi vous rejoindrons dans un instant.

— Bien joué, la complimenta le duc. Vous avez réussi à faire passer Chesnay pour la commère de ce petit drame de votre création, tout en vous déchargeant de toute culpabilité. Il est trop malin, et vos invités trop polis, pour pointer du doigt la véritable hypocrite. C'est de vous que je parle, au fait… Mais laissez-moi vous aider à calmer vos nerfs, ce qui nous évitera de faire venir votre médecin, ajouta-t-il en ouvrant sa tabatière d'un petit geste avant de la lui proposer. Faire s'évanouir deux vieilles tantes le même jour, ce n'est pas un comportement digne d'un bon neveu, n'est-ce pas ?

Consommatrice invétérée de tabac à priser, elle plongea avidement les doigts dans la fine poudre. Elle prit le temps de réfléchir pendant qu'elle en prélevait une pincée entre son pouce et son index, avant de déposer la poudre sur son poignet potelé.

— Vous avez toujours les meilleurs mélanges, Roxton, avoua-t-elle à contrecœur avant de renifler habilement le tabac par l'une de ses narines, puis l'autre, ce qui l'aida à se sentir mieux.

Le duc lui offrit son bras et lui dit sur le ton de la conversation :

— J'ai beaucoup de choses à vous dire, mais rien de plaisant. Mais en tant que neveu prévenant, je vais vous éviter une humiliation publique… ce que vous alliez refuser à mon épouse, d'après ce que l'on m'a dit.

Il ignora son bref regard en l'air, s'accordant un instant pour examiner la pièce, où ne restaient que des membres de la famille. Ils s'affairaient autour de tante Sophie-Adélaïde, prise en charge par le médecin de famille. Lucian était parmi eux. Ce n'était pas le cas d'Antonia, mais Martin non plus n'était pas là. Il modéra donc son inquiétude et se concentra sur la matriarche de la famille Salvan, dont il devait s'occuper.

Pour un observateur extérieur, rien dans l'attitude du duc ou dans son timbre de voix n'indiquait que juste en dessous de son apparente civilité bouillonnait une rage dévorante qu'il réussissait à peine à contenir. Elle l'accompagnait depuis qu'on l'avait abordé sur la route reliant Versailles à Fontainebleau, pour lui faire part de la complicité de la famille Salvan dans un complot visant à humilier publiquement son épouse.

DIX-HUIT

PLUS TÔT, trois heures après son départ pour Fontainebleau, le duc s'était soudain rendu compte que son plan d'action n'était pas seulement insensé, mais inutile. Tout ce qui importait, tout ce à quoi il tenait, tout ce qu'il aimait et chérissait, il l'avait laissé derrière lui à Versailles – et pour quoi ? Il n'avait jamais été du genre à laisser des rumeurs infondées influencer ses décisions. Il avait d'autres moyens de gérer la comtesse Duras-Valfons et ses déclarations sordides. Mais abandonner sa femme et son fils n'était pas la bonne solution, il avait donc fait faire demi-tour à son cheval et s'était mis en route pour rentrer chez lui.

Le destin avait fait qu'avec ses palefreniers, ils s'étaient arrêtés dans une auberge où ils prenaient leurs rafraîchissements quand un cavalier fit irruption dans la cour, réclamant un changement de cheval. Le jeune homme, vêtu d'un pardessus froissé et d'un tricorne rabattu sur son front, était dans un tel état de panique que de l'aubergiste aux voyageurs, ils se demandèrent tous si un véhicule avait été attaqué quelque part sur la route, et si des bandits se dirigeaient vers l'auberge. Mais le jeune homme les rassura, ce n'était pas le cas ; il fallait simplement qu'il change de cheval et se remette en route le plus rapidement possible s'il voulait avoir le moindre espoir de rattraper monsieur le duc de Roxton.

À la mention de ce nom illustre, l'agitation fut instantanée.

Les palefreniers de Roxton sursautèrent en entendant parler de leur maître, car il demeurait toujours incognito quand il voyageait à cheval. Le duc, lui, ne fut pas surpris. Il avait reconnu la voix du jeune homme et leva les yeux au ciel face à ce coup du destin. Il envoya ses hommes chercher le voyageur, et quand ils l'eurent escorté de force dans un coin de la cour où leur conversation ne pourrait pas être entendue, le poussant à obtempérer et à se taire en le menaçant de lui casser les dents, le duc se joignit à eux.

— Que voulez-vous, Montbelliard ? s'enquit Roxton d'une voix traînante témoignant d'un agacement inhabituel, levant son menton hors du col douillet de son pardessus pour révéler son visage sous son tricorne.

Le jeune homme était tellement choqué et soulagé de voir le duc, de l'avoir trouvé à temps, que ses jambes se dérobèrent sous lui. Il se serait effondré s'il n'avait pas été soutenu par les palefreniers du duc, qui resserrèrent leur poigne sous ses bras.

— Dieu soit loué ! Dieu soit loué ! murmura le chevalier avant de regarder dans les yeux noirs du duc et de lui lancer : Vous devez me croire ! Ce que j'ai à vous dire va vous paraître complètement farfelu, mais je vous assure, monsieur le duc, que tout est vrai ! Je ne pouvais pas les laisser faire sans intervenir ! Sur mon honneur, sur l'honneur de mon cher père – que Dieu bénisse son âme –, je vous assure que tout est vrai !

— Si vous voulez que je vous croie, il faut d'abord que vous me disiez ce que je suis censé croire.

Montbelliard hocha la tête.

— Bien sûr ! Oui ! Mes excuses, monsieur le duc. Mais par où commencer… ?

— Commencez par le commencement. Et ne vous arrêtez pas tant que vous n'aurez pas terminé. Vous pouvez me croire, je suis… hum… tout ouïe.

DIX-NEUF

—JE ME SOUVIENS de la première fois où je vous ai vue ; vous nous aviez rendu visite et ma mère avait demandé à ma nurse de m'emmener dans une autre pièce, dit Roxton sur le ton de la conversation en parcourant le périmètre du petit salon avec sa tante Philippa, qui lui avait pris le bras. Elle m'avait répété avec insistance que je ne devais pas dire à mon père que vous étiez venue. C'était inutile, puisque je n'avais aucune idée de qui vous étiez. Mais en tant que fils obéissant, je n'ai jamais rien dit.

» J'étais encore assez jeune pour porter une robe, j'ignorais donc naturellement les politiques familiales qui entouraient le mariage de mes parents, le déshonneur et le scandale que ma mère avait apporté aux Salvan en se mariant en secret avec mon père, ce qui l'avait conduite à son exil du giron familial. (Le duc lança un regard en coin à sa tante et sa voix prit une note plus sévère.) Lors de votre visite, vous portiez votre masque de sœur compatissante. Mais en réalité, vous étiez venue collecter des informations que votre frère pourrait ensuite utiliser contre ma mère...

— Comment ? Pas du tout ! C'est... c'est une-une insinuation *scandaleuse* !

— C'est un fait, l'interrompit-il d'un ton catégorique.

— Qui a dit... ? Qui aurait osé... ? Pourquoi... ?

— Il n'y a personne à démasquer. Vous ne pouvez pas rejeter la faute sur quelqu'un d'autre. Tout est dans les lettres que vous échangiez avec votre frère. Une correspondance que j'ai maintenant en ma possession.

En entendant cette révélation, madame Touraine-Brissac leva les yeux vers lui, perplexe. Sa crainte qu'il ait pu découvrir sa supercherie s'apaisa pour laisser place à l'incrédulité.

— En votre possession ? ricana-t-elle. On ne possède pas les correspondances d'autrui. En Angleterre, où le commerce est roi, il est peut-être acceptable de faire un achat aussi ridicule. (Elle fit la moue et souffla.) Même si je me demande pourquoi qui que ce soit voudrait posséder ce genre de lettres… Mais en France ? Non ! Aucun membre de la famille n'oserait vendre, et encore moins acheter…

Le duc rit doucement.

— L'ignorance donne tant d'assurance… Et c'est vous qui dites cela, vous qui êtes une adepte de l'art obscur de la vénalité ! En effet, c'est mon grand-père anglais qui m'a enseigné que toute *chose*, et toute *personne*, a un prix. Il suffit simplement de déterminer quel est ce prix. Et mon oncle Salvan avait certainement le sien.

— Maintenant, je sais que vous vous moquez de moi, Roxton ! répondit-elle en gloussant et en dépliant son éventail pour l'agiter. Mon frère n'aurait jamais déshonoré notre famille en vendant ses correspondances privées pour de l'argent !

— Vous pensez si bien le connaître. Il ne s'agissait pas seulement de ses lettres à lui, répondit Roxton avec entrain. Il m'a vendu la collection entière des correspondances de votre famille, remontant sur Dieu sait combien de siècles. Je conserve à présent cette collection dans ma bibliothèque, où mon bibliothécaire se charge de la cataloguer.

— Je ne vous crois pas !

— Croyez bien ce que vous voulez, répondit le duc d'une voix traînante. Cela ne fait aucune différence pour moi.

— Je ne vois pas pourquoi il aurait fait une telle chose, marmonna-t-elle.

— Oh, ne vous inquiétez pas, il n'a pas sali l'honneur familial publiquement. Il m'a fait cadeau de cette correspondance dans son testament. Une façon discrète et *courtoise* de rembourser sa dette ; je lui avais avancé une quantité considérable d'argent pour qu'il puisse payer les sommes accablantes qu'il avait perdues aux jeux chez Rossard.

Madame Touraine-Brissac resta silencieuse un instant. Enfin, elle dit d'un air pensif :

— Je me souviens qu'il était préoccupé par une large somme d'argent qu'il devait, je ne sais plus à qui, mais qui était tellement considérable qu'il ne pouvait pas la rembourser sans l'intervention de la famille. Il avait envisagé d'abandonner ses obligations à la cour pour passer du temps sur le domaine familial, mais… s'interrompit-elle en se tournant vers le duc et en relevant rapidement les yeux pour croiser son regard sombre, surprise. Mais c'était quelque six ou sept ans avant sa mort.

— Sept ans. J'aurais pu attendre bien plus longtemps. Je suis… hum… *doué* d'une patience infinie. Encore une chose que mon grand-père m'a enseignée. (Le coin de sa bouche tressauta.) Un ami de mon père, Jean Chardin, le disait mieux que moi : « La patience est amère, mais son fruit est doux. » Je vous recommande fortement *Voyages en Perse et autres lieux de l'Orient*. (Il baissa les yeux.) Mais les récits de voyage d'un marchand protestant seraient indignes d'une Salvan. Et c'est là que réside la faiblesse de la famille.

Sa tante le dévisagea avec un mélange d'émerveillement et d'incompréhension. Elle redressa rapidement les épaules, retrouvant toute sa vanité familiale, et se moqua de lui :

— Vous avez peut-être de la patience, et vous nous trouvez sans doute faibles, mais votre arrogance aurait pu vous coûter cher. Et si mon frère n'avait pas honoré votre accord ? Où serait alors passée votre patience *infinie* ?

Roxton, imperturbable, garda les yeux rivés sur son visage rond. S'il avait remarqué les deux silhouettes en pleine discussion animée près d'une fenêtre de l'autre côté de la pièce, il ne le montra pas, leur tournant simplement le dos. Il demeura entièrement concentré sur sa tante. Il arbora un large sourire, comme s'il venait d'entendre une bonne blague, mais sa colère était incandescente.

— Mais il l'a honoré. Et ces sept années d'attente ne m'ont pas du tout paru longues, car j'ai fini par découvrir enfin à quel point vous étiez tombée bas, non seulement pour jeter le discrédit sur le mariage de mes parents, mais aussi pour vous immiscer dans leur bonheur. Ce que vous avez fait subir à ma mère était inadmissible, mais j'étais prêt à laisser cette histoire derrière nous pour le bien de l'harmonie familiale. Et parce que je préfère éviter de déterrer des souvenirs douloureux. Douloureux pour moi, pas pour vous.

— Comment pouvez-vous croire que je voudrais… ?

— Vous oubliez à qui vous parlez, l'interrompit le duc d'un ton glacial. Je ne suis pas l'un de vos malheureux parents. Je ne fais même pas partie de votre famille. Je ne vous dois rien. D'ailleurs, c'est même plutôt le contraire. Mais par égard pour votre fils, qui n'est pas seulement mon cousin mais un bon ami, et pour les sœurs de ma mère, qui sont inoffensives, ont un grand cœur et veulent seulement voir le bien chez les autres, je ne suis pas intervenu – jusqu'à ce jour. J'ai même fermé les yeux sur vos manigances perpétuelles avec votre autre neveu – cette créature qui moisit à Limoges – pour lui faire réintégrer la cour. Mais aujourd'hui, votre trahison a dépassé les bornes et a tout changé – *tout*.

— Qu'est-ce que ce jour a de si particulier ? demanda-t-elle avec désinvolture et autant de bravoure que possible, ses années de machinations dans les couloirs du palais dans le seul but de faire progresser les ambitions politiques de sa famille – et plus particulièrement de son fils – l'ayant rendue experte dans l'art de la dissimulation émotionnelle. Vous avez simplement devant vous votre famille et vos amis, réunis pour célébrer le retour de Sa Majesté et de la cour à Versailles… Oh ! s'exclama-t-elle, feignant un éclair de lucidité. Avez-vous du chagrin car j'ai invité votre délicieuse et douce jeune épouse sans vous ? Mais je tenais de source on ne peut plus sûre – de la comtesse en personne, à vrai dire – que vous étiez parti la rejoindre à Fontainebleau…

Le duc laissa échapper un éclat de rire sans joie.

— Seigneur, si seulement vous étiez un homme, je pourrais alors vous provoquer en duel ! Alphonse l'a toujours dit, c'est vous qui portez la culotte dans la famille !

— Vous m'attribuez trop de mérite, Roxton, déclara-t-elle, glaciale face à sa vulgarité, refermant son éventail d'un geste sec. Je ne peux pas dire que j'aie apprécié notre petite promenade, mais vous n'aviez pas prévu que je passe un bon moment. Maintenant, si vous voulez bien m'excuser, mes invités m'attendent et je…

Il se plaça en travers de son chemin.

— Je vous libérerai seulement quand je le voudrai bien, et pas avant.

Elle fit un pas en arrière et leva le menton.

— Que comptez-vous faire à la sœur de votre mère, et ce sous son propre toit ?

— À vous ? Rien. C'est ce que je vais faire pour ruiner la vie de votre fils aîné qui devrait vous inquiéter.

— Mon… mon fils ?

Son visage peint perdit toute couleur et pour la première fois depuis qu'elle était entrée dans le salon à son bras, ses épaules s'affaissèrent. Ses yeux bleus et sa voix trahirent la peur et le doute qui s'étaient emparés d'elle.

— Alphonse ? Vous causeriez sa perte ? Mais… mais c-c'est votre cousin le plus proche, votre plus grand ami ! Vous lui feriez du mal pour me blesser ? Vraiment ?

— J'en ressentirais véritablement du regret, car je tiens réellement à Alphonse, avoua le duc placidement, mais cela ne m'empêcherait pas d'interférer dans sa vie et la façon dont il a décidé de la mener. Alors oui, il souffrira. Mais seulement si vous vous écartez du chemin que je m'apprête à tracer pour vous.

— Ce sont des paroles en l'air ! Je suis bien consciente des préférences anormales de mon fils, répliqua-t-elle, s'efforçant de ne pas le croire et de reprendre le dessus dans la conversation. Lui et moi, nous nous sommes mis d'accord il y a bien longtemps. Il reste avec son régiment et n'intervient pas dans les affaires familiales dont je me charge moi-même ici, à la cour. Cela nous convient à tous les deux.

— Je ne parlais pas de ses préférences sexuelles, répondit le duc avec un soupir impatient. Je me moque suprêmement de savoir avec qui il couche. Mais… je crains que Louis, lui, ne s'en moque pas. Les inclinations et les goûts de votre roi sont plutôt prosaïques. Je ne pense pas qu'il le prendrait très bien s'il apprenait que l'un de ses généraux les plus décorés couche avec son sous-officier aux cheveux dorés toutes les nuits.

— C'est précisément parce que Sa Majesté est prosaïque qu'elle ne croira jamais qu'Alphonse, duc de Touraine, a des penchants qui s'éloignent des siens.

— Si c'est moi qui lui en parle, Louis me croira.

— Est-ce de cela que vous me menacez ?

— Non. Je ne faisais qu'énoncer des faits. Mais si Louis venait à le découvrir, il ferait rentrer Alphonse de sa campagne et mettrait un terme à sa carrière militaire. Quel dommage de perdre un esprit aussi brillant et tactique ! Assurément, Louis lui demanderait de se présenter à la cour et en tant que chef de famille, monsieur le duc de Touraine ne pourrait que se plier à cette demande. Il exècre Versailles et toutes ses intrigues mesquines. Et vous n'auriez alors plus aucun rôle à jouer. Mais vous pourriez vous consoler l'un l'autre…

— Très bien ! grogna-t-elle avant de renifler, puis de lancer d'une voix basse et rageuse : Qu'attendez-vous de moi ?

— En tant que mère du duc de Touraine, c'est à lui et à sa maison que vous devez d'abord votre allégeance, pas à votre neveu, bien qu'il soit à la tête de la maison Salvan. Ce que vous devez faire, c'est ce que vous auriez dû faire dès que le comte a été banni de la cour.

— Vous voulez que je retire mon soutien au comte de Salvan, que je lui tourne le dos.

— Eh bien ! Vous avez l'esprit vif ! En un mot, oui. Et donc… ?

Quand elle le dévisagea, perplexe, il haussa un sourcil et patienta. Elle comprit, se racla la gorge et dit d'un ton monotone, avec un léger tremblement dans la voix :

— Monsieur le duc a ma parole que moi et ma famille n'apporterons plus notre soutien au comte de Salvan, de quelque manière que ce soit. La famille Salvan et la maison Touraine vont également mettre un terme à leurs efforts visant à faire retrouver au comte de Salvan les fonctions à la cour dont il avait hérité.

Elle leva les yeux vers lui et ajouta précipitamment :

— Est-ce que cela signifie que vous allez reconnaître Montbelliard en tant qu'héritier de Salvan ?

— Pourquoi ferais-je une chose pareille ?

— Comment ? Et pourquoi pas ?

— Voyons, ma tante ! Vous ne pouvez quand même pas me demander de donner à Salvan la moindre lueur d'espoir que son titre perdurera après lui !

— Mais Montbelliard héritera un jour du titre, avec ou sans votre soutien.

— Voilà donc votre réponse.

— Mais ne comprenez-vous pas que si Sa Majesté le reconnaissait officiellement, dès maintenant, en tant qu'héritier de Salvan, il le laisserait aussi assurément reprendre les fonctions à la cour que l'exil de Salvan a libérées ? Montbelliard pourrait alors recevoir sa pension héréditaire et...

— ... et vous pourriez redevenir la Grande Prêtresse de la Vénalité ?

Quand elle lui lança un regard plein d'espoir, sa remarque sarcastique lui ayant complètement échappé, il baissa suffisamment sa garde pour lui dire d'un ton hargneux :

— Après ce que ce monstre a fait à mon épouse, avec votre connivence, et après ce que vous avez essayé de perpétrer aujourd'hui, vos attentes et vos opinions sont fortement déplacées.

La férocité de son ton la poussa à reculer. Mais elle n'était pas secouée au point de s'empêcher de demander, d'une voix laissant envisager cette possibilité :

— Et si... et si Salvan était mort ?

— Mort ? Il est déjà mort à mes yeux, même si malheureusement, il respire toujours. J'ai ouï dire que sa santé et son moral étaient au beau fixe. L'air de la campagne et ses produits lui font un bien fou, il y a donc de fortes chances pour qu'il vive encore dix, vingt, trente ans, voire plus. Il vivra plus longtemps que vous.

Elle se rapprocha de lui pour pouvoir chuchoter :

— Mais s'il était mort, vous reconnaîtriez Montbelliard.

— Montbelliard hériterait du titre et Louis le recevrait à la cour. Cette conversation ne mène donc à rien.

— Mais vous ne lui feriez pas obstacle ?

— Non.

Elle poussa un petit soupir de soulagement en hochant la tête.

— Madame, vous m'avez donné votre parole. Votre famille va couper tous ses liens avec votre neveu de Limoges, il n'y aura ni visites, ni correspondance. Il est prisonnier de son château pour une bonne raison, et il doit être traité en tant que tel par tout le monde. M'avez-vous bien compris ?

— Oui.

— Et il y a une autre personne dont vous et votre famille devez vous dissocier.

— Bien sûr, répondit-elle mollement. La comtesse Duras-Valfons n'existera plus à nos yeux.

Il tendit la main, celle qui portait la bague ducale ornée d'une imposante émeraude carrée, non pour qu'ils se serrent la main comme le feraient deux gentilshommes qui viennent de conclure un accord, mais comme s'il se trouvait face à un vassal à qui il demanderait son allégeance.

— Jurez-le, madame.

Elle leva les yeux vers lui et lui baissa les siens vers elle, patientant. Elle savait ce qu'il attendait d'elle – une obéissance absolue – et elle savait aussi ce qu'elle devait faire pour lui prouver cela. Elle attrapa le bout de ses doigts et se pencha vers l'avant pour embrasser la bague ducale.

— Je le jure sur ma vie, sur celle de mon fils Alphonse, duc de Touraine, et sur celle de ses héritiers, dit-elle malgré sa difficulté à prononcer ces mots.

— J'accepte votre parole, ma tante. Mais si jamais vous deviez vous éloigner du chemin que j'ai tracé pour vous, sachez une chose : Alphonse recevrait alors anonymement l'ensemble de votre correspondance avec votre frère, qui vous implique tous les deux dans la disparition et la mort d'un certain Sébastien Laval…

— Je ne connais pas cet homme…

— Ce n'était pas un homme, l'interrompit le duc avec mépris. C'était un jeune garçon – tout comme votre fils à l'époque. C'était l'amour de sa vie. Quand Alphonse a refusé de remplir son devoir auprès de la jeune fille qu'il avait été forcé d'épouser, vous avez fait en sorte que Sébastien Laval soit enlevé, enrôlé de force dans l'armée et embarqué sur un bateau à destination des Amériques. On ne l'a plus jamais revu. La lettre qu'il a laissée à Alphonse, la lettre qui a brisé le cœur de votre fils, a été écrite sous la contrainte. Vous et votre frère avez veillé à garder vos distances. Rien, à l'exception des lettres que vous échangiez, ne peut révéler votre implication dans la disparition de Laval. Pendant des années, Alphonse a envoyé des hommes à sa recherche aux quatre coins de la France et plus loin encore. J'étais avec lui quand il a enfin appris… appris que Laval était mort de dysenterie dans la jungle de quelque avant-poste colonial reculé. Cette nouvelle a brisé son cœur une seconde fois. Mais votre réaction… mon Dieu, c'était tout autre chose ! Tout est là, écrit noir sur blanc de votre main. Vous étiez folle de joie, vous vous êtes réjouie du décès de Laval comme une maîtresse jalouse qui aurait triomphé !

— Alphonse avait besoin d'un héritier. Nous avons fait le nécessaire pour assurer la survie du duché !

— Alphonse a trois frères, qui ont tous eu de grandes familles. Il a rempli son devoir et sa femme lui a donné quatre filles qui se sont rapidement succédé, puis elle est morte jeune. Il ne se remariera jamais, il n'aura donc jamais de fils, jamais d'héritier direct. S'il devait lire cette correspondance, je doute qu'il verrait vos agissements en sa faveur comme ceux d'une mère dévouée, qu'en pensez-vous ?

— Même vous, vous ne tomberiez pas aussi bas !

— Pour protéger ma femme et mon fils… ?

Le duc s'inclina devant elle d'un superbe geste. Quand il se redressa, il n'y avait plus l'ombre d'un sourire sur son visage et ses yeux avaient perdu tout éclat de vie.

— Pour eux, je tomberais aussi bas que les feux de l'enfer.

Elle le fixa en battant des paupières et frissonna, sans voix. Elle le croyait.

VINGT

QUAND ANTONIA entra dans la petite chambre mansardée, quatre de ses cinq sens furent assaillis au-delà du tolérable. La pièce était sombre et froide, une odeur nauséabonde y régnait, et un bébé hurlait. Élisabeth-Louise, Giselle et Gabrielle reculèrent précipitamment dans le couloir, mais Antonia plaqua une main sur son nez et sa bouche et avança résolument dans l'obscurité. Elle fut tellement atterrée de ce qu'elle découvrit qu'elle oublia instantanément son inconfort et son dégoût, ainsi que le fait que cet enfant qui criait était le fils de l'ancienne maîtresse de son époux, et peut-être son fils à lui également.

Dans le coin de cette pièce exiguë et étouffante, une vieille dame était assise, voûtée sur un tabouret bas, un bras tendu au maximum faisant balancer un berceau en bois, les yeux rivés sur le sol. Penchée au-dessus du berceau, une jeune fille maigre comme un coucou vêtue de jupons élimés faisait la grimace face à son minuscule occupant, tout en essayant de lui faire téter un biberon. Une pile de langes sales se trouvait dans un coin, près d'un seau à ordures. Il n'y avait pas de cheminée et la petite fenêtre était recouverte de tant de poussière qu'il n'y avait pas besoin d'un rideau, qui aurait pourtant servi à repousser le froid.

Antonia s'avança droit sur le berceau. La vieille dame continua à le balancer et la frêle jeune fille à faire la grimace. C'était comme si Antonia n'était pas là du tout, et elle se demanda s'il s'agissait de l'endroit où la famille enfermait ses idiots. Elle récupéra le biberon de la main de la jeune fille, renifla le liquide qui sortait de la tétine et comprit qu'elle essayait de calmer le bébé en lui faisant boire un alcool fort. Antonia était furieuse.

— Mon Dieu, pauvre petit bébé, murmura-t-elle en baissant les yeux vers l'enfant agité. Ne pleure pas, mon petit chou, dit-elle de la voix apaisante qu'elle prenait pour parler à son propre fils. Bientôt, tu seras au chaud et au sec et tu auras le ventre plein. Je te le promets.

Le visage du bébé était grimaçant et rubicond. Il était emmailloté, son minuscule corps immobilisé par des bandes de lin serrées autour de ses membres, de son torse et de sa tête, l'empêchant entièrement de bouger et ne laissant entrevoir que les traits de son visage.

L'emmaillotage, quand il était bien réalisé, n'était pas une si mauvaise chose, et la plupart des bébés étaient réconfortés d'être bien serrés dans du tissu. Antonia, elle, ne voulait pas emmailloter son fils, car son père s'était opposé à cette pratique dans sa maternité, sauf pour les enfants les plus fragiles, car il considérait que les mères et les nurses avaient tendance à devenir paresseuses et à ne pas changer les langes qui enveloppaient leur enfant assez souvent.

En examinant ce nourrisson dans son berceau en bois, Antonia soupçonna qu'il s'agissait de l'une des raisons de son malheur. Ses langes étaient mouillés jusqu'à l'extérieur et elle n'aurait pas été surprise d'apprendre qu'il s'était souillé à plusieurs reprises tant l'odeur dans la pièce était nauséabonde.

— Où est sa nourrice ? demanda Antonia à la vieille dame avant de se tourner vers la jeune fille, qui s'était reculée dans un coin, les mains sur le visage. Sa nourrice ? Où est-elle ?

— Faim. Pas de pain, marmonna la vieille dame. Pas de pain. Faim.

— Levez-vous ! Faites preuve d'un peu de respect ! exigea Gabrielle, venant se placer derrière Antonia. Il s'agit de madame la duchesse de Roxton, espèce de nigaude !

La vieille dame resta assise. Mais elle n'était pas sourde. Elle plissa les yeux en regardant Gabrielle, qui avait de nouveau couvert sa bouche et son nez avec ses jupons, avant de tourner ce même regard vers Antonia. Elle l'observa de haut en bas, puis sa bouche édentée laissa échapper un gloussement, comme si elle venait d'entendre une bonne blague.

— Si cette fée est une duchesse, alors moi j'suis la reine du pain !

— Nous ne tirerons rien de sensé d'elle ou de cette jeune fille, marmonna Antonia en sortant dans le couloir pour aller interroger Élisabeth-Louise et sa bonne. Êtes-vous certaines que le bébé dans cette pièce est celui de madame Duras-Valfons ?

— Oui, madame la duchesse, répondit Élisabeth-Louise sans hésiter.

— Comment pouvez-vous en être sûre ?

Déroutée, la jeune femme regarda Giselle avant de dire avec assurance :

— Il n'y a pas d'autre bébé dans cette maison, madame la duchesse.

— Cela ne prouve pas que c'est l'enfant de la comtesse. Comment pouvez-vous être sûre que c'est le sien ? Est-il né dans cette maison ?

— Non, madame la duchesse, répondit Élisabeth-Louise. La comtesse l'a confié à ma grand-mère avant de se rendre à Fontainebleau.

— Ce qui ne prouve pas qu'elle a donné naissance au bébé qui se trouve dans cette pièce, rétorqua Antonia. Des bébés non désirés peuvent être achetés pour un écu dans n'importe quelle ruelle de Paris.

— Mais faire semblant d'avoir donné naissance… puis acheter un nourrisson et le faire passer pour le sien… il doit assurément s'agir d'un péché mortel ! s'exclama Élisabeth-Louise, horrifiée.

— Je ne suis pas sûre de cela, mais ce dont je suis sûre, c'est de la réputation de madame Duras-Valfons, déclara Antonia. Elle n'est pas du genre à s'inquiéter de ses péchés, qu'ils soient mortels ou non. Si ce bébé est réellement le sien, il m'en faut la preuve…

— Madame la duchesse ! Je suis au courant de quelque chose, l'interrompit Giselle d'un air penaud, car elle avait découvert ce qu'elle savait en écoutant aux portes. J'ai entendu la comtesse dire à madame Touraine-Brissac que quand elle reviendrait chercher son fils, la première chose qu'elle ferait serait de vérifier derrière son oreille gauche pour s'assurer qu'il s'agissait bien de son bébé, qu'on ne l'aurait pas remplacé par un autre ! Il a une tache de naissance rouge fraise derrière l'oreille. Je me disais qu'elle plaisantait, mais toutes les plaisanteries ont une part de vérité, n'est-ce pas ?

— En effet. Merci, répondit Antonia. Je vérifierai qu'il a bien cette tache de naissance quand il aura été lavé et qu'il se sera calmé. Mais tout d'abord, nous devons nous assurer qu'il survive. Il est en très mauvaise condition, à tout point de vue. Je ne fais aucunement confiance à cette nourrice absente. Si elle existe, il doit s'agir également d'une imbécile, sinon pourquoi l'aurait-elle laissé avec ces deux-là ? Gabrielle, envoyez l'un de nos valets de pied chercher Cécile ou Céleste, celle qui sera prête et volontaire pour nourrir un bébé à cette heure-ci. Qu'elle vienne dans ma chaise à porteurs. Ce sera plus rapide que de faire faire l'aller-retour au carrosse. Demain, nous lui trouverons une nourrice pour lui tout seul.

Gabrielle fit une révérence, puis elle hésita, chuchotant à l'oreille d'Antonia :

— Madame la duchesse, si cet enfant est réellement celui de la comtesse – et même s'il ne l'est pas –, ne vaut-il pas mieux laisser son sort entre les mains de Dieu ?

Antonia eut un mouvement de recul.

— Vous pensez que je devrais fermer la porte et partir ? Non ! Non ! C'est un bébé innocent. Et maintenant que nous sommes ici et que je suis au courant de son existence, je ne peux pas le laisser souffrir entre des mains incompétentes. Vous devez m'obéir. Sinon, comme je vous le dis toujours, vous êtes libre de partir…

— Jamais, madame la duchesse ! Jamais. Je resterai *toujours* à vos côtés.

Antonia sourit.

— C'est bien ce que je pensais. Allez-y, maintenant ! Nous avons déjà perdu assez de temps ! Allez-y ! Dépêchez-vous !

— Comment pouvons-nous nous rendre utiles, madame la duchesse ? s'enquit Giselle avec empressement.

— Trouvez-moi une couverture dans laquelle l'envelopper ; je compte l'emmener dans le petit appartement, dit Antonia à Giselle. Il aura aussi besoin de langes propres, de davantage de couvertures et d'une robe pour bébé.

Giselle fit une révérence et s'éloigna précipitamment dans le couloir, vers les quartiers des domestiques, puis Antonia se tourna vers Élisabeth-Louise.

— Allez chercher l'intendante. Il faut allumer un feu dans le petit appartement, et qu'une bonne y installe une baignoire sabot remplie d'eau chaude…

— Il pleure peut-être parce qu'il est malade ? l'interrompit Élisabeth-Louise en se tordant les mains, ses yeux larmoyants regardant au-dessus des cheveux clairs d'Antonia pour voir ce qu'il se passait dans la pièce. Si nous nous approchons de lui, il pourrait nous rendre malades, nous aussi…

— Tous les bébés pleurent, vous le découvrirez bientôt, répondit sèchement Antonia. Et celui-ci arrêtera de pleurer quand il n'aura plus faim, qu'il sera au sec et au chaud. Mais il tombera malade si vous ne m'écoutez pas et que vous n'allez pas chercher l'intendante…

— Je suis désolée, madame la duchesse, mais je ne me suis jamais aventurée dans cette partie de la maison auparavant. Je ne saurais pas où chercher, je me perdrais… Je crois que moi aussi, je vais être malade !

— Voilà une couverture, madame la duchesse ! annonça Giselle en revenant avec une couette légère et une bonne à tout faire sur les talons. Voici Danielle. Une jeune fille qui a la tête sur les épaules.

— Que Dieu bénisse les jeunes filles qui ont la tête sur les épaules, dit Antonia à voix basse avant de sourire à ladite jeune fille. Danielle, il faut que vous trouviez l'intendante.

Elle lui répéta ce qu'elle avait demandé à Élisabeth-Louise, et quand la bonne à tout faire fut repartie en courant dans le couloir, elle dit à Giselle :

— Je vais avoir besoin de votre aide avec le bébé.

— Bien sûr, madame la duchesse.

— Giselle ! Giselle ! Vous ne pouvez pas m'abandonner ! Je vais me sentir mal, déclara Élisabeth-Louise à travers ses larmes.

— Vous allez devoir vous sentir mal toute seule, rétorqua Giselle en suivant Antonia dans la chambre mansardée.

À SON RETOUR dans le petit appartement, Gabrielle le trouva débordant d'activité, avec un feu qui brûlait dans l'âtre et plus de lumière. Giselle s'occupait de sa jeune maîtresse, qui était étendue sur le lit dans l'alcôve avec un cataplasme sur le front ; la duchesse faisait les cent pas entre la porte et la table, une couverture autour de ses épaules la réchauffant ; et agenouillées devant une baignoire, deux bonnes et une femme plus âgée donnaient un bain le plus rapidement possible au bébé dont les cris de détresse affectaient toutes celles présentes dans la pièce.

— C'est bon, madame la duchesse, annonça Gabrielle, essoufflée. Le valet de pied n'a eu aucun mal à emprunter un cheval quand le valet d'écurie a vu sa livrée ! La nourrice devrait donc arriver à temps.

— Je pense au contraire que nous allons manquer de temps, affirma tristement Antonia, qui observait le nourrisson qu'on était à présent en train de sécher. Nous ne savons pas quand il a été nourri pour la dernière fois. À en juger par son insistance, cela doit faire un bon moment.

— Ne vous inquiétez pas, madame la duchesse. La nourrice morvandelle arrivera à temps, et il arrêtera alors de pleurer. Le petit lord retrouve instantanément son calme quand il tète. Le silence qui suit… (Gabrielle soupira et sourit.) Un vrai petit miracle.

— Mon Dieu ! C'est moi l'imbécile ! déclara Antonia en prenant une brusque inspiration quand une idée lui traversa l'esprit.

Elle s'approcha de la cheminée et se débarrassa de la couverture, puis elle commença à déboutonner sa veste en soie brodée.

— Gabrielle ! appela-t-elle. Apportez-moi un fauteuil et aidez-moi à enlever ceci.

Après avoir défait les boutons de sa veste, elle dénoua habilement le nœud de son corselet piqué et en délaça l'avant. Et quand Gabrielle l'eut aidée à enlever sa veste, elle s'assit dans le fauteuil près du feu et dénoua le petit nœud en satin de l'encolure de la fine chemise en coton qui couvrait ses seins. Enfin, elle releva la tête et dit :

— Amenez-le-moi.

Gabrielle hésita, horrifiée.

— Madame la duchesse, nous ne savons rien de cet enfant ! Que dirait monsieur le duc s'il savait que sa duchesse donne le sein à un bébé qui est le fils de… qui pourrait très bien… dont nous ne savons rien !

— Nous savons qu'il souffre énormément parce qu'il a faim. Ce que pense monseigneur n'a donc aucune importance, répondit Antonia avec un petit soupir. Pour cet enfant, je ne suis qu'un moyen de se nourrir, et monsieur le duc serait d'accord avec moi sur ce point.

— Quand je pense que vous aviez presque réussi à sevrer le petit lord de votre sein, dit Gabrielle, attristée.

— Voilà encore un détail qui n'a aucune importance pour ce bébé.

— Bien, madame la duchesse.

Gabrielle alla chercher le nourrisson et Giselle s'assura qu'Antonia était confortablement installée. Elle plaça une couverture pliée sur l'accoudoir du fauteuil pour le rendre plus moelleux, en déposa une autre sur les genoux d'Antonia pour le bébé et enveloppa les épaules de la duchesse d'une autre couverture pour la tenir au chaud.

On plaça un bébé hurlant, mais tout propre et enveloppé lâchement dans un lange blanc, dans les bras d'Antonia.

— Après tout, c'est peut-être le destin qui nous a toutes réunies ici aujourd'hui, déclara Antonia, s'adressant doucement au petit paquet agité dans ses bras. Allons, allons ! l'apaisa-t-elle quand le bébé tourna la tête vers la chaleur de son corps, cherchant instinctivement ce dont il avait absolument besoin pour mettre un terme à ses souffrances, ses hurlements ponctués de gémissements trahissant ce besoin. Voilà. Chut. Sois tranquille. Ne pleure plus, dit-elle doucement, l'aidant à prendre le sein. Tu peux en prendre autant que tu le souhaites, et plus encore. Je te le promets.

Toutes dans le petit appartement, à l'exception de Gabrielle, se rapprochèrent doucement, fascinées, comme s'il s'agissait de la première fois qu'elles voyaient un bébé téter le sein d'une femme qui n'était pas sa mère. Pour Élisabeth-Louise, c'était certainement vrai, et elle se redressa sur un coude sur le lit, sa migraine entièrement oubliée tandis qu'elle observait, les yeux écarquillés d'incrédulité, une duchesse nourrir un enfant de son propre sein. Ce fut une révélation.

Mais pour les bonnes, pour les femmes qui travaillaient, les bébés étaient confiés à des femmes qui n'étaient pas leur mère, cela allait de soi. Il n'y avait rien de nouveau là-dedans. Comment pourraient-elles continuer à travailler autrement ? Ce qui était inhabituel, ce qui les captivait, c'était de voir une aristocrate donner le sein ; ce n'était pas le genre de chose qu'on voyait deux fois dans sa vie. Ces créatures qui recevaient une délicate éducation, dans leurs soies et leurs velours, qui vivaient dans un monde exceptionnel où on faisait tout à leur place, ne nourrissaient pas les enfants. Les aristocrates étaient trop délicates, trop raffinées, trop nobles pour faire quelque chose d'aussi terre à terre que de fournir du lait de leur poitrine. Leurs bébés étaient envoyés dans les campagnes reculées dès leur naissance, ils y étaient allaités et élevés par de robustes familles de fermiers, et s'ils survivaient, ils revenaient auprès de leurs parents des années plus tard. Du moins, c'était ce qu'elles croyaient toutes dans ce petit appartement, jusqu'à ce qu'elles assistent à cette scène ! Pour elles aussi, ce fut une révélation.

Quand le nourrisson fut enfin satisfait, le calme envahit la pièce, provoquant un soupir de soulagement inconscient et collectif qui poussa Antonia à relever les yeux et à regarder autour d'elle. Quand les autres femmes détournèrent rapidement les yeux et reprirent leurs diverses tâches, elle réprima un sourire et feignit de ne rien avoir remarqué. Elle s'adressa à Gabrielle :

— Faites apporter un café au lait, s'il vous plaît.

Et à Élisabeth-Louise, qui n'avait pas détourné les yeux mais continuait à fixer le nourrisson, fascinée, elle demanda :

— A-t-il un nom ?

— Robert, madame la duchesse, répondit Giselle. J'ai entendu madame Duras-Valfons l'appeler ainsi quand elle parlait à madame Touraine-Brissac.

— Robert ? Un nom bien robuste pour aller avec tes pleurs puissants, mon petit chou, dit Antonia en souriant, s'adressant au bébé qui agrippait fermement l'un de ses doigts dans sa main. Et ta maman sera ravie de constater que tu n'as pas été échangé avec un autre enfant. Cette tache de naissance a bel et bien la même couleur qu'une fraise. Mais avec le temps, tes cheveux pousseront et personne ne la verra.

Elle leva la tête et s'adressa à l'ensemble des personnes présentes dans la pièce d'une voix mesurée :

— Maintenant que Robert est calmé, il est temps d'ouvrir la porte de l'escalier, car la personne qui tape dessus va assurément finir par l'enfoncer.

— Laissez-moi m'en charger, madame la duchesse, répondit platement Martin Ellicott.

Sans même lancer un regard en coin à la duchesse, dont les yeux verts s'écarquillèrent de surprise, il passa devant les femmes ébahies – qui avaient toutes interrompu ce qu'elles étaient en train de faire pour dévisager cet étranger arrivé parmi elles – et traversa la pièce pour rejoindre la cage d'escalier. Aucune d'elles ne dit un mot, même si elles se demandaient toutes depuis combien de temps il était là. Elles pensaient ne pas pouvoir être plus stupéfaites que cela, jusqu'à ce qu'un deuxième homme sorte de l'obscurité menant vers le passage réservé aux domestiques d'où était apparu le premier. Personne n'eut à s'interroger sur l'identité de ce gentilhomme superbement vêtu, car Antonia s'exclama joyeusement :

— Monsieur le duc ! Quelle merveilleuse surprise ! Je suis si heureuse que vous m'ayez trouvée !

VINGT-ET-UN

Plus tôt, Martin Ellicott avait interrogé Sophie, la jeune bonne qui avait reçu comme instructions de rester près de l'entrée de l'escalier menant vers l'entresol et de ne révéler à personne où se trouvait madame la duchesse de Roxton. La jeune fille, obéissante, n'avait pas mentionné la duchesse et avait présenté des excuses à Martin, lui expliquant qu'elle ne pouvait pas ouvrir la porte dérobée, car elle était verrouillée de l'intérieur. C'était à cet instant que Lord Vallentine s'était approché à grandes enjambées, exigeant de savoir où se trouvait la duchesse.

Martin avait commencé à lui expliquer la situation, mais Vallentine lui avait dit de le laisser s'en charger. Il savait s'occuper des domestiques récalcitrants. Il parviendrait à faire parler cette fille, quand bien même elle n'aurait pas de langue, et à faire ouvrir cette porte *subito*. Sinon, il se rabattrait sur sa solution de secours : il enfoncerait la porte. Et s'il n'y arrivait pas, il ferait venir des hommes avec des pioches, mais dans tous les cas, il finirait par avoir accès à ce qui se trouvait derrière cette porte, quoi que ce soit !

La jeune bonne avait fondu en larmes et s'était recroquevillée par terre. Un valet de pied qui passait par là s'était approché pour savoir ce qu'il se passait. Un deuxième s'était joint à lui. Puis une domestique de haut statut, qui se trouvait jusque-là dans le plus grand salon où elle faisait partie du contingent de serviteurs qui assistaient le médecin de famille, était arrivée. Tandis qu'elle s'occupait de Sophie, les deux valets de pied écoutaient attentivement les demandes de Lord Vallentine.

Martin avait voulu interrompre Sa Seigneurie pour lui indiquer qu'il y avait une autre solution, mais Lord Vallentine était pris d'une telle fureur qu'il n'était pas disposé à entendre parler d'une solution n'impliquant pas de casser quelque chose. Martin l'avait donc laissé vociférer contre les valets de pied, exigeant des réponses à des questions auxquelles ils étaient assurément incapables de répondre, et était allé trouver le duc.

Roxton venait justement de se séparer de sa vieille tante. Elle était retournée dans le grand salon et il était resté à l'autre bout de cette pièce, spectateur curieux des événements qui se déroulaient devant la porte dérobée verrouillée. Et à cet instant, il avait rejoint Martin au centre de la pièce, sous le lustre.

— Laissez-moi deviner. Vous avez perdu la duchesse, avait malicieusement lancé le duc.

Il avait dit cela sur le ton de la plaisanterie, mais quand Martin avait blêmi, les yeux du duc avaient perdu toute trace de gaité et il avait pincé les lèvres, attendant plus d'explications.

— Je ne l'ai pas perdue, Votre Grâce, avait répondu Martin d'un ton embarrassé et en anglais pour que leur conversation reste privée. Je pense savoir où se trouve Sa Grâce. Mais pour atteindre cette pièce en provoquant le moins d'agitation possible…

— … et en évitant que Vallentine n'enfonce la porte ?

— … il faut que nous empruntions les couloirs des domestiques.

— Et vous sauriez vous repérer dans cette partie de la maison ?

— Oui, Votre Grâce. Je saurais me repérer dans de nombreuses maisons comme celle-ci.

Aucun d'eux n'avait eu besoin d'exprimer ce qui était évident : ces dernières années, Ellicott avait accompagné le duc dans de nombreuses maisons nobles ; certaines étaient habitées par ses parents et ses amis, et beaucoup d'autres par ses diverses maîtresses. Et tandis que son maître était occupé à l'étage, Ellicott l'attendait en bas.

— Bien sûr, avait répondu le duc d'un ton mesuré. Passez devant, je vais vous suivre.

Martin avait hésité.

— Devrions-nous prévenir Lord Vallentine… ?

— Et gâcher son plaisir ? Ce serait très malvenu de ma part.

Martin avait réprimé un sourire et tourné les talons. Lui et le duc avaient quitté le salon au bruit des cris de Lord Vallentine, qui menaçait d'éviscérer le prochain qui prétendrait ne pas savoir où se trouvait madame la duchesse de Roxton.

Repérant une chaise inoccupée près de la table, le duc la rapprocha de la cheminée devant laquelle Antonia était assise, releva ses basques et s'installa près d'elle. Il ne remarqua que vaguement la présence d'autres personnes dans la pièce exiguë et sommairement meublée. Il lui fallut un moment pour retrouver sa voix – la joie non dissimulée d'Antonia quand elle le voyait ne manquait jamais de lui assécher la gorge, qui finissait toujours serrée par l'émotion. Mais cette fois-ci, il fut encore plus ému que d'habitude, car son geste altruiste l'avait également rendu muet d'admiration, lui qui était rarement touché de cette manière par quoi ou qui que ce soit.

— Tout le plaisir est pour moi, mignonne, parvint-il à lui dire doucement de sa voix traînante.

Il se racla la gorge, les yeux brillants, et lui adressa un sourire, de ceux qui lui étaient exclusivement réservés. Il chercha son lorgnon sur lui et d'une main qu'il empêchait difficilement de trembler, il le leva devant son œil, qu'il posa ensuite sur sa poitrine exposée.

— Vous… hum… vous êtes-vous enfuie afin de poursuivre votre vocation ?

Antonia poussa un long soupir et leva les yeux au ciel.

— Il n'y avait pas d'autre solution, monseigneur. Je suis désolée…

— De vous être enfuie ? Ou d'avoir suivi cette vocation ?

— Bêta ! Ni l'un ni l'autre. Je ne me suis *pas* enfuie, et après m'être autant plainte auprès de vous à propos de cette même tâche, pensez-vous honnêtement qu'il s'agit d'une vocation que je choisirais ?

Il sourit et laissa retomber son lorgnon.

— Dans ce cas, vous n'avez pas de quoi être désolée.

Elle regarda le nourrisson qui tétait, satisfait, et pour la première fois depuis qu'elle était entrée dans le grenier et y avait trouvé ce bébé dans des conditions aussi affreuses, l'émotion la submergea enfin. Les larmes lui montèrent aux yeux.

— Il fallait que je m'occupe de lui… il n'y avait personne d'autre ! Si je n'étais pas intervenue…

Il glissa son mouchoir en lin propre entre les doigts d'Antonia et se rappuya contre le dossier de sa chaise.

— Vous êtes vous-même la mère d'un bébé, il est tout naturel que vous ayez voulu l'aider.

Elle se sécha les yeux et hocha la tête, puis elle lui adressa un sourire et dit avec un soupir :

— Tout cela n'a plus aucune importance maintenant que vous êtes là.

Il lui rendit son sourire et après quelques instants, lui dit doucement :

— Merci.

— Pourquoi me remerciez-vous, monseigneur ?

— Vous me donnez une vraie leçon d'humilité, ce dont j'ai parfois besoin.

Antonia gloussa et tendit la main vers lui.

— Renard, ne soyez pas absurde ! Il n'y a pas une once d'humilité chez vous, et c'est tout naturel !

Il fit la grimace, lui lança un clin d'œil et prit sa main dans la sienne.

Quand, distraite, elle se tourna vers la cage d'escalier d'un air inquiet, il lui dit en anglais :

— J'ai demandé à Martin d'attendre le plus longtemps possible avant de déverrouiller la porte, jusqu'à ce que Lucian soit sur le point de l'enfoncer à coups de pioche. Nous pouvons ainsi profiter d'un tête à tête pendant quelques instants. Ah ! ajouta-t-il, repassant au français quand deux bonnes s'approchèrent. Et ainsi, vous aurez le temps de boire votre café au lait tranquillement.

Ce fut Giselle qui déposa un plateau contenant le nécessaire à café sur une table basse qu'une bonne avait placée devant le couple ducal. Puis Gabrielle prépara le café de la façon dont Antonia le préférait avant de lui tendre la tasse sans sa soucoupe. Élisabeth-Louise rôdait en arrière-plan ; elle voulait s'assurer que la duchesse n'allait pas oublier son problème, mais elle était suffisamment impressionnée par le duc pour garder le silence. Elle s'approcha du couple ducal, les yeux baissés, et fit une révérence.

— Élisabeth-Louise, la prochaine fois que vous irez voir votre sœur qui habite la villa voisine de la nôtre, n'hésitez pas à venir me rendre visite toutes les deux, dit gentiment Antonia. Mais maintenant, il faut que vous alliez retrouver votre grand-mère, sinon elle va elle aussi envoyer toute une troupe à votre recherche !

Élisabeth-Louise fit une nouvelle révérence.

— Merci, madame la duchesse. Je n'y manquerai pas ! Nous vous rendrons visite avec Michelle. Merci ! Mer…

— Venez, mademoiselle, dit Giselle à voix basse, éloignant la jeune femme à sa charge.

— C'est la fille cadette du duc de Touraine, indiqua Antonia au duc tandis qu'il observait avec les sourcils froncés la jeune femme qu'on conduisait hors de la pièce.

— Ceci explique cela. Elle ressemble beaucoup à Alphonse, son père.

Le duc se réinstalla contre le dossier de sa chaise et ajouta avec un sourire en coin :

— A-t-elle joué un rôle dans tout le mélodrame qui entoure ce bébé ?

— Non, monseigneur. Elle doit gérer son propre mélodrame, dont il faudra que je vous parle, mais plus tard.

— Je vais avoir du mal à contenir mon impatience.

Antonia gloussa une nouvelle fois, ce qui lui fit du bien.

— Je suis tellement heureuse que vous soyez revenu auprès de moi !

— Je ne suis jamais parti bien loin, ma fée. Mais je suis désolé pour ce moment de folie. Mon trajet à cheval m'a éclairci les idées. Je sais ce que je vais faire pour régler la situation… hum… fâcheuse dans laquelle je me trouve actuellement.

— Oui, monseigneur ?

— Rien.

Antonia but une gorgée de son café en fronçant les sourcils d'un air perplexe.

— Rien ?

— Tout ce qui m'importe, tout ce qui m'importera jamais, c'est vous et Julian.

Il ajouta en anglais, afin de continuer leur conversation en privé :

— Je n'ai jamais été du genre à commenter les commérages fallacieux à propos de ma conduite. Je n'ai pas l'intention de commencer aujourd'hui.

Le visage d'Antonia s'éclaircit.

— Très bien, dit-elle, catégorique. Cette idée me plaît beaucoup plus.

— Je suis content que vous approuviez.

Elle tendit sa tasse de café à Gabrielle pour appuyer le bébé contre son épaule et lui frotter délicatement le dos afin qu'il rote pour chasser les éventuelles bulles d'air de son estomac. Ce faisant, elle regarda le duc et lui dit en anglais :

— C'est un beau bébé, mais vous n'êtes pas son géniteur.

Le regard du duc se posa brièvement sur l'enfant avant de croiser celui d'Antonia. Les traits de son visage restèrent parfaitement immobiles.

— C'est un immense soulagement. Comment le savez-vous, ma vie ?

— La principale préoccupation de mon père, en tant que médecin, était de mettre au monde dans de bonnes conditions un grand nombre de bébés, je sais donc de nombreuses choses à propos des nourrissons, n'est-ce pas ? Je suis également la fière mère d'un bébé de quatre mois en pleine croissance et en bonne santé, à qui je donne le sein depuis la naissance. Et vous êtes un époux on ne peut plus fidèle et dévoué. Oh ! Et je suis douée pour l'arithmétique. Et voilà !

Le duc inclina la tête en signe d'approbation de tous ces points importants, lançant un regard en coin au bébé pris de hoquet.

— Il est vrai qu'il semble un peu petit pour un bébé supposément né au printemps.

— Né au printemps ? dit Antonia en soufflant bruyamment d'une façon tout à fait indigne d'une dame. Il ne peut pas avoir plus de six ou sept semaines !

Le duc éclata de rire face à sa réponse Vallentinesque.

— Renard ! Je me moque totalement de savoir comment elle était sous les draps, la mère de ce bébé est une sorcière au cœur de pierre !

Il hocha la tête, une main plaquée sur sa bouche, l'hilarité dont il était victime l'empêchant toujours de parler.

Antonia lui lança un regard noir et s'apprêtait à exprimer plus en détail son opinion sur les talents maternels de madame Duras-Valfons, mais son rire était contagieux. Un grand sourire se dessina sur ses lèvres quand elle comprit soudain ce qui l'avait fait rire, et elle lui dit d'un ton espiègle, se penchant vers lui en tenant toujours le nourrisson blotti dans son cou :

— Maintenant je comprends mieux pourquoi Julian se met à glousser quand Vallentine fait un bruit aussi absurde ! Tel père, tel fils !

Leur doux moment intime fut interrompu par un claquement sonore au-dessus de leurs têtes. Il venait en réalité de la porte dérobée, qui venait de s'ouvrir si violemment qu'elle était venue heurter le mur. Ils entendirent des bruits de lutte, des cris, puis ils eurent l'impression qu'un bataillon entier descendait l'escalier en colimaçon à toute allure. Le duc et la duchesse se redressèrent, attentifs, et toutes les autres personnes dans la pièce s'immobilisèrent et patientèrent. Seul le nourrisson grognon continuait à faire du bruit, voulant encore se nourrir. Tous les yeux étaient rivés sur la cage d'escalier, à l'autre bout de la pièce adjacente.

Lord Vallentine bondit hors de l'obscurité et Martin Ellicott lui emboîta le pas à une allure tranquille. Il était lui-même suivi par plusieurs valets de pied agités. Vallentine s'avança, en colère, traversant la première pièce pour arriver dans la deuxième, puis il s'arrêta et regarda rapidement autour de lui. Il recula de quelques mètres, ses yeux bleus écarquillés de stupeur.

— Roxton ! Vous êtes ici ? Antonia ! Dieu soit loué ! Et... (Il s'approcha en plissant les yeux.) Hé ! Ce n'est pas mon neveu !

— Vos talents d'observation sont sans égal, fit remarquer le duc de sa voix traînante et de son ton le plus affable.

Le regard de Lord Vallentine passa au-dessus de leurs têtes et se posa sur les nombreuses bonnes stupéfaites avant de revenir sur son meilleur ami. Son soulagement de voir que la duchesse était saine et sauve et en compagnie de son époux fut tel qu'il se manifesta de façon bien étrange. Il hurla :

— Nom d'une pipe, que se passe-t-il ici ?

VINGT-DEUX

— REDITES-MOI CE qu'il s'est passé quand Montbelliard vous a rattrapé dans cette auberge, s'enquit Lord Vallentine en tendant sa fourchette en argent vers la table basse pour transpercer un morceau de jambon, qu'il laissa ensuite tomber dans son assiette. Cette partie de l'histoire me déconcerte toujours autant. Comment a-t-il pu savoir que vous vous trouveriez dans cette auberge-ci ?

— Il ne le savait pas, répondit le duc en tendant son gobelet à l'un des valets de pied, prenant soin de ne pas déranger Antonia, qu'il étreignait de l'un de ses bras.

Dans leurs tenues décontractées – ils avaient enfilé des robes de chambre en soie sur leurs vêtements de nuit et des mules en cuir souple de chevreau sur leurs pieds vêtus de bas –, les membres de la famille dégustaient un souper tardif près de la chaleur du feu, dans la bibliothèque de la villa. Sa Seigneurie et Martin Ellicott étaient assis dans des bergères en face du duc et de la duchesse, qui étaient pelotonnés sur la méridienne. Antonia avait appuyé son dos contre le flanc de son époux et replié les jambes, leur bébé installé contre ses genoux, calé dans les plis de sa robe de chambre en soie brodée de style chinois. Elle avait donné à son enfant un bout du ruban en satin rose qui retenait toujours sa longue et épaisse tresse de cheveux dorés, accaparant toute l'attention du bébé. De temps à autre, elle tirait délicatement dessus, souriant quand il resserrait son petit poing, déterminé à ne pas le lâcher.

— Montbelliard est entré par hasard dans cette auberge pour changer de cheval, expliqua le duc, alors que je m'apprêtais à repartir pour rentrer à la maison.

Lord Vallentine prit quelques instants pour assembler la nourriture dans son assiette en un encas succulent, puis il lança un coup d'œil à Martin Ellicott, qui buvait son café en silence et observait la duchesse. Il dit entre deux bouchées :

— Et il était prêt à venir vous chercher jusqu'à Fontainebleau ? Uniquement pour pouvoir vous prévenir du projet ridicule de tante Philippa visant à embarrasser votre duchesse ?

— Quelque chose dans ce genre, oui, répondit le duc.

— J'imagine que les prouesses de Montbelliard méritent quelques louanges de votre part. Mais suite à cela, êtes-vous mieux disposé envers lui et sa revendication du titre de Salvan ?

— Je le rencontrerai en privé. Je ferai ce que je peux pour lui. Mais je ne le reconnaîtrai pas publiquement, ni sa revendication, tant que Salvan sera de ce monde.

Lord Vallentine continua à gober son petit pain fourré avec des tranches de jambon, du fromage et des oignons vinaigrés.

— Dans ce cas, il devra se satisfaire de cela… Dame ! s'indigna-t-il en repensant aux vieilles tantes. Tante Philippa est une vieille chouette sacrément fourbe, hein ! Mais je ne l'aurais jamais pensée fourbe à ce point ! La combine qu'elle a manigancée était en dessous de tout !

— Une combine que vous avez rapidement décelée, milord, fit remarquer Martin Ellicott. Et heureusement, nous avons pu la déjouer juste à temps.

— Je l'ai décelée rapidement, hein ? Oui, c'est vrai ! répondit Vallentine en se penchant vers Martin. Redites-moi comment j'ai réussi cet exploit.

— Votre réaction initiale en arrivant chez les Touraine, votre fureur palpable, c'était un superbe coup tactique.

— Un superbe coup tactique ? répéta Lord Vallentine en hochant la tête, très satisfait de cette description, avant de lever le menton. C'est vrai que c'était un superbe coup, non ? (Il agita son petit pain à moitié mangé.) Continuez, je vous prie, expliquez tout à Leurs Grâces.

Je ne veux pas me jeter moi-même des fleurs, et vous avez été témoin de ce-ce… « superbe coup ».

— Bien sûr, milord, répondit Martin d'un ton mesuré, ravalant un petit rire en surprenant le sourire en coin du duc. C'est avec précision et vivacité d'esprit qu'à peine cinq minutes… non ! à peine cinq *secondes* après être arrivé à l'étage pour être présenté, Sa Seigneurie a compris ce qui se tramait en voyant la famille solennellement vêtue de tenues de deuil. Vous avez parlé d'« embuscade », milord…

— Parbleu ! C'est vrai ! J'ai dit ça ! Bonne mémoire, Ellicott, répondit Vallentine, ajoutant, les dents serrées : C'est exactement ce dont il s'agissait. Ils guettaient, à l'affût, et ont essayé de faire passer leur embuscade pour un souper avec quelques amis ! Ha ! Quelques amis, mon œil !

— Et avant que madame la duchesse ne puisse répondre, ou d'ailleurs, avant même que la famille ne puisse nous accueillir, continua calmement Martin, Lord Vallentine est passé à l'attaque. Dire qu'il était furieux serait un euphémisme. D'ailleurs, ce n'est pas étonnant que madame Sophie-Adélaïde ait crié et se soit évanouie. Le raffut qui a suivi a été une distraction suffisante pour retarder et finalement déjouer les plans de madame Touraine-Brissac.

— Je ne l'aurais pas mieux dit moi-même, Ellicott !

Antonia poussa un profond soupir et posa ses grands yeux verts sur Sa Seigneurie.

— Quel dommage que je n'aie pas pu vous voir en action, Vallentine…

— Oui, c'est bien dommage, mais…

— … mais dès que vous avez eu le dos tourné, j'ai été enlevée sous votre nez…

— Sous… sous mon nez ? bégaya Sa Seigneurie, se levant de son fauteuil et mordant à l'hameçon. Hé ! Voilà qui est injuste ! J'ai eu le dos tourné pendant moins de temps qu'il n'en faut pour le dire ! Comment aurais-je pu savoir ce qu'elles avaient prévu, elles… ?

— N'allez pas vous rendre malade, se plaignit Antonia. J'aurais vraiment aimé voir votre colère impétueuse en action et la réaction des vieilles tantes.

Elle dit à Martin avec délectation, les yeux écarquillés et un sourire espiègle aux lèvres :

— La scène devait être terriblement divertissante !

— Elle l'était, madame la duchesse. Et l'arrivée de monsieur le duc a fortement contrasté avec la prise d'assaut du salon par Sa Seigneurie. Mais les deux ont atteint le même but : prendre madame Touraine-Brissac par surprise et enrayer ses plans élaborés.

— Mais bien sûr. Peu importe dans quel salon il entre, personne ne peut faire de l'ombre à monsieur le duc. Il est toujours magnifique, déclara Antonia avec fierté en levant la tête vers son mari. J'aurais aimé assister à votre grande entrée à la lumière du lustre ! Même dans l'obscurité de l'entresol, vous étiez un régal pour les yeux dans votre habit de velours noir et avec vos bijoux de jais.

Elle lui adressa un sourire effronté et ajouta à voix basse :

— Mais je préfère largement quand vous ne portez…

Roxton l'arrêta d'un tendre baiser et murmura, restant difficilement impassible :

— Tenez-vous bien.

Elle fit la moue, feignant l'abattement, mais elle non plus ne put dissimuler la gaieté dans ses yeux.

— Mais je n'ai pas du tout l'intention de *bien me tenir* tout à l'heure, quand nous…

Il l'embrassa derechef, mais cette fois-ci ce furent les cris perçants de leur fils qui l'interrompirent vraiment, mettant un terme au moment intime partagé par le couple. Leur bébé agitait les bras et serrait fort dans son poing gauche le ruban en satin rose qui s'était détaché des cheveux de sa mère.

— Quel petit singe effronté ! s'exclama Antonia en gloussant.

Elle se pencha vers l'avant, embrassa la joue rose de son fils, blottit son visage dans son cou, puis embrassa son petit poing en retirant habilement le long ruban en satin d'entre ses doigts afin de rattacher sa tresse avant qu'elle ne se défasse.

— Tu cherches à voler la vedette à ton papa, Juju ! Hein ?

— C'est pas demain la veille qu'il va la lui voler ! s'exclama Lord Vallentine d'un ton bourru.

Il se prépara à se retirer, reposant son assiette et resserrant sa robe de chambre sur sa poitrine, puis il se leva et dit en poussant un soupir :

— La journée a été très longue pour nous tous, et je dois me lever de bonne heure pour retrouver Montbelliard à la Grande Écurie…

— Vous êtes gêné parce que j'ai échangé un baiser avec monseigneur ? s'enquit Antonia avec curiosité. Je suis désolée que vous soyez gêné, mais je ne suis pas désolée de l'avoir embrassé. Et je ne veux pas que vous partiez déjà. Je dois vous remercier de…

— C'est inutile !

— Antonia vous demande de rester, Lucian, dit le duc d'une voix traînante, lui indiquant de s'asseoir d'un regard.

Vallentine se rassit, mais tout au bord du coussin de sa bergère et avec les mains entre les genoux, comme un écolier qui n'aurait pas été sage, ce qui ne fit que souligner son inconfort et donner raison à Antonia. Son embarras s'accentua encore quand il dut attendre qu'elle dise bonne nuit à son fils avant de le confier à ses nurses. Il observa ces femmes s'éloigner rapidement avec le bébé ducal sous leur responsabilité, sa paternité imminente occupant tellement ses pensées qu'il hocha la tête quand Martin Ellicott s'adressa à lui, sans avoir aucune idée de ce qu'il avait dit. Il resta perdu dans ses pensées jusqu'à ce qu'un valet de pied s'approche de lui avec un plateau contenant une carafe en cristal et des gobelets. Il prit machinalement un verre de brandy, qui faillit glisser d'entre ses doigts quand Antonia reprit la parole.

— Je vous aime, Lucian, dit doucement Antonia, un sourire se dessinant sur ses lèvres quand il prit une teinte écarlate. Vous êtes le meilleur des frères. Ce que vous avez fait aujourd'hui à la soirée de tante Philippa, car vous vouliez me protéger et défendre l'honneur de monsieur le duc, était réellement héroïque. Nous le pensons sincèrement, n'est-ce pas, Renard ?

— Oui.

— Ne pensez donc jamais que nous ne vous apprécions pas. Mais moi, ajouta-t-elle, sa fossette se creusant, j'aime vous taquiner ! Et à qui d'autre puis-je faire subir mes taquineries, si ce n'est à mon beau-frère ?

— Et après le rôle que vous avez joué dans le petit… hum… drame d'aujourd'hui, j'imagine que vous vous posez encore quelques questions, dit le duc en buvant une petite gorgée de brandy et en esquissant un sourire en coin. Et je préférerais vous apporter les réponses à ces questions plutôt que de vous laisser vous baser sur ce que votre épouse vous dit dans ses lettres.

Vallentine ne but pas son brandy par petites gorgées. Il vida son gobelet d'une traite et le tendit pour qu'on le lui remplisse. Après avoir posé le gobelet de nouveau plein sur son genou vêtu de soie et adressé un regard en coin à Martin Ellicott, qui sirotait la même boisson, il se racla la gorge et dit :

— Je m'interroge, oui. Mais vous préférerez peut-être ne pas répondre à mes questions. C'est votre droit, et...

— En effet, l'interrompit le duc. Mais croyez-moi, vous avez gagné le droit d'avoir des réponses, Lucian. Je cache de toute façon peu de choses aux personnes ici présentes. (Il souffla.) Quant à ces quelques choses que je cache, je suis sûr que Martin est déjà au courant et pourrait répondre à vos questions. Alors allez-y – posez-les !

VINGT-TROIS

— DANS CE CAS, il y a deux choses qui me laissent perplexe depuis que j'ai déboulé de cet escalier et vous ai trouvé tous les deux.

Lord Vallentine se pencha vers l'avant, tenant à présent son gobelet dans ses mains, et demanda à voix basse, comme s'il avait peur qu'on surprenne leur conversation :

— Il est impossible de poser cette question avec la moindre délicatesse, je vais donc y aller franchement : ce bébé que madame la duchesse était en train de-de… nourrir. À qui appartient-il, hein ?

— C'est le fils de la comtesse Duras-Valfons et de son époux, le baron Thesiger.

Vallentine leva son gobelet en pouffant de rire.

— Ha ! Si c'est ce que vous voulez faire croire à tout le monde, alors c'est ce que je dirai.

Antonia pencha la tête de côté, déconcertée.

— Ne croyez-vous pas monseigneur ?

— Je croirai ce qu'il me dira de croire, mais entre nous, si cet enfant a été engendré par Ricky le Vorace, alors je veux bien manger ma propre chaussure !

Antonia se redressa.

— Je me moque complètement de savoir ce que les vieilles tantes ont entendu, ce que madame vous a dit dans ses lettres ou ce qui se murmure de manière générale, mais cet enfant n'a pas été engendré par monsieur le duc…

— Non ! Non ! Ce n'est pas ce que j'étais en train d'insinuer ! Vous avez ma parole d'honneur ! Avez-vous déjà rencontré Thesiger ?

— Non. Je n'ai pas encore eu ce plaisir.

Sa Seigneurie pouffa de rire une nouvelle fois.

— Ce plaisir ? Ricky a tout d'un phénomène de foire, et ce depuis l'époque où il fréquentait Eton avec nous ! C'est un glouton par excellence. À votre avis, pourquoi l'appelle-t-on Ricky le Vorace, hein ? Ça doit bien faire dix ans qu'il n'a pas vu ses orteils, voire plus.

Le duc fit tournoyer le brandy dans son verre et regarda son ami.

— Tout ce qui importe, c'est qu'il soit marié à la comtesse Duras-Valfons. Et toute progéniture qui découle de cette union leur appartient entièrement, que sa… hum… circonférence alarmante soit un obstacle à l'accomplissement du devoir conjugal ou non.

Lord Vallentine fit une grimace de dégoût, puis il lança un regard noir au duc, désignant la duchesse d'un regard en coin entendu, comme pour lui rappeler sa présence. Mais la réponse d'Antonia fut d'une franchise rafraîchissante, à tel point qu'il se demanda pourquoi il avait eu peur qu'elle soit dans l'embarras.

Antonia toucha la main du duc.

— Si elle a cet homme pour mari, la comtesse doit profondément regretter de ne plus vous avoir comme amant. J'ai un peu de peine pour elle. Mais seulement un petit peu. Elle a tant négligé son enfant que je ne peux pas ressentir plus que cela pour elle. (Elle pensa soudain à quelque chose.) Monseigneur ! Que son vorace de mari soit capable de remplir son devoir conjugal ou non, si elle donne naissance à un enfant, la loi considère automatiquement qu'il a été engendré par son mari, n'est-ce pas ?

— En effet, approuva le duc avant d'embrasser le dos de sa main. Et c'est pour cela que j'ai dit qu'il s'agit du fils de la comtesse Duras-Valfons et de son époux le baron Thesiger.

Antonia plissa les yeux.

— Dans ce cas, je reprends ma sympathie pour elle ! Remettre en question les origines de son fils, c'est absolument monstrueux ! Peu importe que son mari soit grossièrement gras, qu'il soit le père de cet enfant ou non, ce bébé mérite d'avoir un héritage. Et donc, si le baron Thesiger reconnaît cet enfant, c'est qu'il s'agit de son fils. Voilà !

— Malgré la conduite affreuse de la comtesse envers nous, soyez certains que le baron Thesiger ne passera pas à côté de l'opportunité d'avoir un héritier.

— Avez-vous l'intention de le lui dire ? s'enquit Lord Vallentine.

— Oui. Si mes souvenirs d'Eton sont bons, Ricky le… hum… Vorace n'était pas un type déplaisant. Il était insipide, mais il n'y avait pas une once de malveillance en lui. Je lui enverrai une lettre demain pour le prévenir que sa femme a abandonné son enfant pour aller prendre du plaisir à Fontainebleau, le laissant aux soins d'une vieillarde, d'une idiote et d'une nourrisse négligente. (Le duc but une gorgée de brandy.) Cet enfant ne pourrait certainement pas s'en tirer plus mal que cela si Thesiger décidait de le reconnaître.

— L'acceptera-t-il, monseigneur ? s'enquit Antonia, inquiète.

— Il n'aura possiblement pas d'autre opportunité d'avoir un héritier reconnu par la loi. Thesiger n'est pas un homme cruel, mignonne, dit-il doucement pour apaiser ses craintes. À vrai dire, je pense qu'il sera reconnaissant et le traitera bien.

— Dans ce cas, je serais très contente s'il endossait le rôle de père du bébé, répondit Antonia. Et je vais vous dire ce qui fait également mon bonheur… (Elle adressa un sourire à Martin, puis se tourna vers Sa Seigneurie.) Savoir ce que Lucian mangera pour le petit déjeuner !

— Hein ? Le petit déjeuner ? Pourquoi la composition de mon petit déjeuner fait-elle votre bonheur ?

Sa Seigneurie était perplexe, mais ce n'était pas le cas de Martin Ellicott, dont les épaules étaient déjà secouées par le rire.

— Madame la duchesse, s'enquit-il avec un petit éclat de rire, que suggérez-vous, une crème d'Isigny ou une béchamel pour accompagner le cuir de chaussure ?

Tous se mirent à rire, à l'exception de Vallentine.

— Oh ! Ha, ha ! Vous pouvez rire ! Mais je ne serai pas le seul à manger ma chaussure au petit déjeuner quand tout le monde apprendra que Ricky Thesiger le Vorace a engendré un héritier ! Et puis sa diablesse de femme affirme le contraire, j'aimerais donc bien savoir comment vous allez vous y prendre pour faire taire ces rumeurs.

— L'opinion des autres n'a aucune importance, dit Antonia d'un ton dédaigneux. Tout ce qui importe, c'est ce que pense la famille de Monseigneur, ajouta-t-elle, son regard passant de l'un à l'autre. Ce que vous, vous pensez.

Martin Ellicott et Sa Seigneurie se regardèrent, trinquèrent et levèrent leurs gobelets vers leurs hôtes.

— Bien dit ! s'exclamèrent-ils.

— Je vais vous dire quelque chose en passant, fit remarquer Lord Vallentine. Je ne suis pas un expert des bébés, mais le morveux de Thesiger m'a semblé bien petit pour un enfant censé être né à la même période que mon neveu.

— Estée vous a raconté l'histoire sordide qui circule en détail, à ce que je vois ! lança malicieusement le duc.

Lord Vallentine se tortilla dans son fauteuil et se creusa les méninges pour trouver une réponse convenable, qui n'impliquerait pas son épouse et qui n'offenserait pas non plus son meilleur ami. Antonia vint à son secours et il poussa un soupir de soulagement que tous purent entendre.

— Quand votre propre bébé sera là, vous apprendrez à le connaître intimement et le verrez grandir à une vitesse folle. Ces choses ne seront alors plus un mystère pour vous, lui expliqua-t-elle. Mais je vous félicite d'avoir vu la différence entre les deux enfants, car beaucoup de gens ne l'auraient pas remarquée ! Ils voient seulement deux bébés, alors que quiconque a passé du temps entouré de jeunes enfants sait qu'un bébé de six semaines ne fait pas du tout la même taille et n'a pas du tout les mêmes capacités qu'un bébé de quatre mois. (Elle haussa les épaules avec une moue.) Les courtisans n'ont aucune idée de ce à quoi ressemblent leurs bébés, car ils sont écartés de la cour dès leur naissance ! Ce que je trouve inconcevable, et très triste. Me séparer de Julian reviendrait à arrêter de respirer !

— Pourquoi les envoient-ils à la campagne ? demanda Vallentine sur le ton de la conversation. Après avoir passé tout ce temps enceintes, avec tous les ennuis que cela implique, sans parler de l'accouchement, elles se séparent de leur bébé, comme ça ? Moi-même, j'ai du mal à comprendre !

Il avait à peine fini de parler qu'il se redressa subitement et battit des paupières tant il était surpris de constater qu'il était réellement intéressé par la réponse à cette question et par le sujet des bébés en général. Son regard se posa par hasard sur le duc, qu'il surprit en train de le regarder avec un sourire entendu et les sourcils haussés. Il sut alors, à cet instant, que sa révélation n'était plus d'ordre personnel, et qu'il n'était pas le seul à en avoir fait l'expérience. Il arbora un grand sourire embarrassé, puis termina en une gorgée son verre de brandy.

— Ils sont envoyés à la campagne pour être élevés par d'autres personnes, lui dit Antonia. Et ils y restent jusqu'à ce qu'ils ne soient plus des bébés ! Certains parents prennent la peine d'aller voir leur enfant de temps à autre pour s'assurer qu'il est encore en vie et se porte bien, mais c'est rare.

— Vous n'avez pas vécu cela, ni le duc et sa sœur.

— La séparation a eu lieu un peu plus tard pour moi, dit le duc d'un ton monotone avant de soupirer et de se reprendre pour ajouter : Mais non, mes parents ne nous ont pas envoyés à la campagne. Cependant, les autres considéraient que leur envie de garder leurs enfants dans leurs pattes était extrêmement étrange. En perpétuant cette tradition familiale, nous serons sans doute, nous aussi, jugés étranges…

— Mais nous nous en moquons complètement, n'est-ce pas, Renard ?

— En effet.

Lord Vallentine se tourna vers Martin.

— Et vous, Ellicott ? À votre naissance, avez-vous été envoyé à la campagne ?

— Mes parents étaient déjà à la campagne, milord. Et je suis resté avec eux, même quand le quatrième duc a proposé de me payer une place dans le pensionnat de la région.

— Ma parole, Martin ! Si vous avez réussi à obtenir la moindre somme d'argent du quatrième duc, c'est que vous deviez vraiment traîner dans ses pattes au point d'en devenir pénible ! Bravo !

— Merci, Votre Grâce.

— Et vous, Lucian ? s'enquit Antonia. Avez-vous été élevé à la campagne ?

— Je pense que les choses se font différemment en Angleterre. Mais je crains de ne garder aucun souvenir de ma vie jusqu'à l'âge d'Eton environ, s'excusa Vallentine.

Antonia fit la grimace.

— Eton, ce n'est pas un âge. C'est un village et une école.

— Ha ! Détrompez-vous ! Pour moi, il y a un avant, un pendant et un après Eton. Avant Eton, tout est un peu flou. J'ai été envoyé dans un pensionnat presque immédiatement après avoir troqué ma robe pour un haut-de-chausses. Je dirais que je devais avoir environ six ans...

— Six ans ? répéta Antonia, horrifiée. Mon Dieu ! C'est monstrueux !

Lord Vallentine haussa les épaules.

— C'est possible. Mais je n'ai jamais rien connu d'autre. Et quelques années plus tard, Roxton a débarqué pour me tenir compagnie, et la vie a pu réellement commencer ! (Il fronça les sourcils.) Vous me détestiez, au début. Vous me jetiez des cailloux et de la boue.

— Ne le prenez pas personnellement. Je détestais tout le monde.

— Ah, ah ! Ça oui. Et à l'évidence, ce n'était pas réciproque, puisque je suis encore là !

Il pensa soudain à quelque chose et demanda à Antonia :

— Ces bébés qui sont envoyés à la campagne... si leurs parents ne les revoient pas d'une année sur l'autre... comment peuvent-ils être sûrs, quand ils retrouvent leur enfant qui a grandi, que c'est bien le même enfant que celui qu'ils avaient confié à cette famille ?

Antonia haussa les épaules.

— C'est une très bonne question, Lucian. Je ne peux pas vous répondre.

Lord Vallentine, horrifié, bondit de son fauteuil.

— C'est décidé ! Mon fils ne sera envoyé nulle part. Il va rester avec nous. Peu importe ce qu'en dira Estée. Elle pourra piquer autant de colères qu'elle voudra, je ne flancherai pas !

— Soyez tranquille, Lucian, dit placidement le duc. Mon neveu sera élevé en famille, auprès de son cousin, que vous et ma sœur le vouliez ou non.

— Parfait ! Vous pourrez lui annoncer.

— Oui, dit le duc avec un sourire en coin, je me disais bien que cette tâche me reviendrait.

— Ne vous inquiétez pas, tous les deux, déclara Antonia. Madame ne voudra pas que son enfant soit envoyé à la campagne. Elle ne souhaite pas l'allaiter, mais elle le dorlotera.

— Puis-je savoir, milord, ce qui vous a décidé ? s'enquit Martin Ellicott.

— N'est-ce pas évident ? Si je le confie à quelqu'un d'autre, comment pourrai-je être sûr de récupérer le même enfant ? Non ! Il restera sous mon nez jour et nuit jusqu'à ce que je puisse être sûr, rien qu'en le regardant, que c'est bien le mien !

— C'est un problème qui sera réglé dans les deux premiers jours après sa naissance, murmura le duc. Vous aviez une autre question ? demanda-t-il à voix haute.

Lord Vallentine s'empara d'une valise tapissée posée près de son fauteuil et la vida sans plus de cérémonie sur la table basse, créant une pile volumineuse d'échantillons de tissu, de notes écrites, de bouts de cordelettes et de rubans, de carrés peints de diverses teintes de rouge, bleu et jaune, et d'échantillons de papier à motifs. Antonia et Martin se penchèrent vers l'avant, émerveillés face à cet étalage d'échantillons qui serviraient probablement à choisir du papier peint, de la peinture et du tissu d'ameublement. Le duc devina immédiatement à quoi ces échantillons étaient destinés et de qui ils venaient. Il ricana discrètement.

— Tout ceci est arrivé de la part de ma chère épouse pendant que nous étions en compagnie des vieilles tantes, expliqua Lord Vallentine, les yeux baissés vers la pile d'échantillons, se grattant la tête à travers la douce soie de son bonnet de nuit à pampille. Selon sa lettre, j'ai quelques choix difficiles à faire pour la rénovation de ma chambre à coucher, de mon cabinet et de la chambre de Pearson… (Il se tourna soudain vers le duc, les sourcils froncés.) Était-ce votre idée ?

— Oui. Une idée tombée à point nommé.

— Elle arrive d'ici la fin de la semaine et sera accompagnée de quelques marchands merciers. Il semblerait que nous ne puissions pas nous contenter de changer les peintures, les tapis, les meubles et les rideaux, il nous faut également toute une myriade d'objets d'art pour aller avec ! Elle veut que je fasse des choix, et surtout elle s'attend à un certain résultat !

— Madame ne souffre plus de ses nausées matinales ? s'enquit Antonia, surprise.

— Ses nausées matinales ? répéta Sa Seigneurie. Maintenant que j'y pense… elle ne les mentionne à aucun moment dans sa lettre.

— Elle a tout un appartement à rénover, réaménager et remplir jusqu'au plafond d'objets d'art, pourquoi en souffrirait-elle toujours ? fit remarquer le duc de sa voix traînante.

Antonia ouvrit grand les yeux, se tourna vers le duc et retomba contre lui en le regardant.

— Oh ! Renard ! Que vous êtes futé !

Roxton lui adressa un sourire et frotta le bout de son nez contre celui d'Antonia avec un sourire malicieux.

— N'est-ce pas ?

— Hé ! Hé ! Revenons au cœur du problème ! se plaignit Lord Vallentine.

— Quel est-il, milord ? s'enquit Martin.

Ils regardèrent tous les trois Sa Seigneurie en attendant sa réponse.

Vallentine observa sa famille d'un air paniqué.

— Pour l'amour du Ciel, que suis-je censé faire de tout ça ?

VINGT-QUATRE

L E MAJORDOME FIT ENTRER Michelle Haudry, sœur d'Élisabeth-Louise et voisine des Roxton, dans la bibliothèque. Il l'accompagna jusqu'au milieu de la pièce, puis il partit sans dire un mot. Trop polie pour inspecter la pièce du regard, elle garda les yeux rivés droit devant elle, posés sur l'aristocrate assis derrière un imposant bureau jonché de parchemins et de livres. Il ne leva pas la tête, continuant à écrire comme si elle n'était pas là. Elle lança un coup d'œil au domestique qui se tenait silencieusement près de la chaise de son maître, un poudrier à la main. Mais il ne réagissait pas non plus à son arrivée, elle se demanda donc si elle ne tombait pas au mauvais moment. N'ayant pas été éconduite à la porte, elle en déduit que sa présence ne devait pas être si importune que cela.

Elle n'avait pas besoin d'être douée d'une intelligence remarquable pour deviner immédiatement que c'était le maître de maison qui maniait sa plume. Elle avait déjà aperçu monsieur le duc de Roxton de chez elle, par la fenêtre de l'étage, quand il se promenait dans son jardin avec sa duchesse sous le soleil hivernal. Mais maintenant qu'elle se retrouvait à quelques mètres de lui, elle s'apercevait qu'il était excessivement beau, une beauté renforcée par sa tenue de velours noir et de dentelle blanche. Une robe de chambre en soie de style chinois entourait ses épaules et ses cheveux noirs naturels étaient attachés sur sa nuque par un large nœud en soie blanc.

Elle n'était pas d'un naturel timide et en tant que fille d'un duc, elle n'était pas impressionnée par sa noblesse, mais monsieur le duc de Roxton avait quelque chose de captivant... une aura... Oui ! C'était exactement cela ! Il projetait une aura d'autorité sinistre et de décadence contenue, ce qu'elle trouvait fascinant, mais la faisait aussi légèrement frissonner.

Instinctivement, elle voulut faire une révérence, présenter ses excuses et battre en retraite. Mais elle se souvint de sa mission en tant qu'épouse, sœur et fille, et du fait qu'elle n'était pas là pour une visite sociale, mais pour trouver une solution qui conviendrait à toutes les personnes concernées, une solution qui assurerait non seulement l'avenir de sa sœur, mais également celui de la famille qu'elle avait elle-même intégrée par le mariage.

Redressant les épaules, elle s'était résolue à s'approcher du bureau quand une douce voix interrompit le fil de ses pensées et cloua ses mules au parquet.

— Madame Haudry ! Comme c'est gentil de nous rendre visite. Je vous prie de m'excuser de vous recevoir dans notre bibliothèque, mais mon beau-frère a transformé mon petit salon en salle d'exposition pour ce créateur de génie qu'est monsieur Meissonier ! Voulez-vous vous joindre à moi pour un café au lait ?

Michelle Haudry se retourna et se retrouva face à une magnifique et minuscule femme, vêtue d'une robe volante en lampas jaune citron tissé de fils argentés et de soie verte, qui se tenait devant une méridienne tapissée, un livre à la main. Cette fois encore, elle reconnut la personne devant elle, car elle avait déjà aperçu la duchesse dans son jardin. Cette fois encore, elle fut surprise. Elle l'avait d'abord été par le duc, et à présent par sa duchesse, qui n'était pas seulement d'une beauté saisissante, avec ses yeux verts des plus ensorcelants, mais qui était également toute petite. Élisabeth-Louise lui avait dit que la duchesse avait tout d'une fée parmi les humains, et pour une fois, Michelle ne jugea pas que sa sœur exagérait.

— Madame la duchesse ! J-je vous présente mes excuses, répondit-elle en s'empourprant quand elle se rendit compte qu'elle était en train de la fixer du regard, avant de se baisser en une révérence marquée. Je ne vous avais pas vue.

— Il faudrait peut-être que je réhausse mes talons de deux ou trois centimètres, hein ? répondit Antonia avec un sourire en désignant le canapé face à elle avant de se rasseoir.

Elle posa son livre près d'une pile de lettres ouvertes et plaça ses mains sur ses genoux ; Michelle Haudry remarqua que les poignets de la duchesse étaient entourés de bracelets de perles, dont l'un était paré d'un camée représentant le duc.

— Je suis heureuse de faire enfin la connaissance de notre voisine, reprit Antonia. Nous ne pouvons pas dire qu'il s'agit d'un événement fortuit, puisque ce sont nos femmes de chambre qui ont arrangé cette rencontre. Le monde est petit, non ? Mais c'est un monde dont je me réjouis, car il permet à chacun de vivre comme il l'entend.

Avant que Michelle Haudry ne puisse répondre, la duchesse fit signe aux deux valets de pied qui patientaient près du chariot à thé de poser le plateau en argent contenant le nécessaire à café et une assiette de macarons sur la table basse entre elles.

— C'est à mon tour de vous demander pardon ; veuillez excuser nos tenues décontractées, continua Antonia d'un ton léger. J'avais dit à monsieur le duc que nous pouvions nous attendre à une visite de votre part plus tard dans la journée, mais nous ne vous attendions pas si tôt après le petit déjeuner. Il faudra donc que vous nous acceptiez tels que nous sommes. J'avais peut-être mal compris l'heure à laquelle vous aviez prévu de nous rendre visite ?

Si les somptueuses étoffes portées par le couple constituaient en réalité des tenues décontractées, il s'agissait d'une autre surprise pour Michelle Haudry, mais elle fit de son mieux pour contenir sa stupéfaction et dit d'un ton aussi mesuré que possible :

— Vous aviez bien compris, madame la duchesse. C'est entièrement ma faute. J'interromps votre matinée, mais il fallait que je vous parle en l'absence de ma sœur.

— Oh ? Est-elle au courant ? Ou alors, vous reviendrez peut-être toutes les deux cet après-midi ?

— Tout dépendra de l'issue de cette première visite, répondit Michelle Haudry, distraite, tandis qu'elle observait les valets de pied verser du café dans deux des trois tasses. Elle... Élisabeth-Louise ne sait pas que je suis venue.

— Dans ce cas, espérons que l'issue de cet entretien sera celle que vous espérez, répondit Antonia avec un sourire.

Elle tendit l'une des tasses en porcelaine à son invitée, puis s'installa plus confortablement sur la méridienne pour boire son café. Elle ne fit aucun autre commentaire, mais son expression laissait clairement entendre qu'elle attendait que son invitée lui explique plus amplement pourquoi elle faisait intrusion dans leur solitude matinale.

— Madame la duchesse, Élisabeth-Louise m'a rendu visite hier soir et m'a raconté les événements extraordinaires qui se sont déroulés chez notre grand-mère. Ce serait un euphémisme de dire que j'étais sous le choc. Mais j'ai ensuite discuté avec sa femme de chambre, qui m'a assuré que ce qu'elle racontait était réellement arrivé. Je dois admettre que je suis toujours impressionnée par votre altruisme vis-à-vis d'un bébé que vous ne connaissez pas, qui...

— Je vous en prie, madame Haudry. Vous êtes mère. J'ai fait ce que n'importe quelle mère ferait pour un enfant en détresse.

— Non, madame la duchesse, la contredit catégoriquement Michelle Haudry en reposant le pot à lait avant de prendre sa tasse de café. Aucune mère, dans mon cercle social, n'aurait eu votre présence d'esprit. Je m'inclus dans ce jugement. J'ai trois filles, dont deux qui apprennent encore à marcher, mais des nourrices se chargent de leur alimentation depuis leur naissance.

Elle but une gorgée de café, puis elle regarda la duchesse dans les yeux et lui dit d'un ton neutre :

— Madame la duchesse, je sais que vous êtes au courant de la... *situation délicate* dans laquelle se trouve Élisabeth-Louise, et qu'elle a demandé votre aide. Je déplore son impétuosité et vous présente des excuses en son nom. Elle n'aurait pas dû faire de vous sa confidente. Cela vous a contrainte à un engagement, et je suis sûre qu'elle en est parfaitement consciente. Élisabeth-Louise a toujours été du genre à prendre le chemin le plus court pour obtenir ce qu'elle veut, sans se préoccuper des risques. Et ce qu'elle veut, c'est devenir la femme du chevalier Montbelliard, elle a donc fait tout ce qui était en son pouvoir pour forcer la main de mon père, pour le pousser à accepter cette union.

— Vous vous pensez, d'une façon ou d'une autre, responsable de ce qui arrive à votre sœur ? s'enquit Antonia avec curiosité. Vous ne devriez pas. Quand le cœur l'emporte sur la raison, dans le feu de l'action, les conséquences n'ont plus aucune importance. Cette simple vérité vous fait tressaillir, mais je vous assure que c'est tout à fait naturel, pour deux personnes amoureuses, de céder à leurs sentiments. Et voilà ! Maintenant, elle se retrouve dans cette situation délicate. (Sentant une présence près d'elle, elle releva la tête.) Suis-je trop brusque, monseigneur ?

— Pas du tout, dit le duc d'une voix traînante en se joignant à elles. Vous n'êtes pas brusque, vous êtes franche. Et vous visez juste, comme toujours. Pardonnez-moi de ne pas vous avoir accueillie quand vous êtes arrivée, madame Haudry, j'étais occupé à régler mes dernières correspondances du jour.

— C'est parfait, dit joyeusement Antonia en rassemblant ses jupons pour qu'il puisse s'asseoir près d'elle. Maintenant, vous pouvez boire le café avec nous.

Michelle Haudry se leva du canapé et se baissa en une révérence d'un geste fluide. Et quand le duc s'inclina devant elle, reconnaissant non seulement sa présence, mais également son rang en tant que fille du duc de Touraine, elle ravala une boule qui s'était formée dans sa gorge et se sentit trop bouleversée pour parler.

Le duc resserra sa robe de chambre en soie sur l'avant de son gilet en velours noir, puis il s'assit à côté de sa duchesse. S'ils avaient remarqué que leur invitée était émotionnellement troublée, ils firent semblant de ne pas s'en être rendu compte et le duc se chargea de ramener Michelle Haudry à l'instant présent avec, à son tour, une remarque brusque :

— Vous ne ressemblez pas du tout à votre père, madame Haudry.

Michelle Haudry se rassit, ayant retrouvé ses aises, et dit avec un petit rire :

— C'est vrai, monsieur le duc. Élisabeth-Louise ressemble énormément à notre père. J'ai hérité de son intelligence, et elle de sa beauté.

Roxton dit à Antonia :

— Vous voyez. Madame Haudry et moi sommes francs tous les deux. Mais elle est trop sévère avec elle-même.

— Madame la duchesse, si monsieur le duc avait été brusque, il aurait dit que je suis la sœur la plus banale de la famille.

— Monsieur le duc s'exprime toujours avec sincérité. C'est vrai que vous êtes trop sévère, déclara Antonia. Vous avez une superbe contenance et vos yeux sombres sont très expressifs. Et ceux qui sont doués d'une grande beauté mais d'aucune intelligence deviennent rapidement ennuyeux ; ils perdent tout intérêt, autant pour les yeux que pour le désir. Monsieur le duc pourra vous le dire lui-même.

— Inutile, vous vous en êtes déjà chargée, mignonne, lança malicieusement le duc avant de regarder madame Haudry par-dessus le rebord de sa tasse de café. Et si nous passions aux choses sérieuses ? Puisque vous êtes venue seule et à cette heure-ci, je suppose que vous avez été envoyée ici en tant qu'émissaire. Ainsi, si l'issue de cet entretien vous déçoit, vous pourrez battre en retraite tout en gardant intact l'honneur de votre père – et la fortune considérable de votre beau-père.

Antonia apprenait tout cela. Elle s'accrocha à la seule partie qui avait un sens à ses yeux.

— On vous a envoyée ici ? Pourquoi donc ?

— Monsieur le duc a vu juste, madame la duchesse, expliqua Michelle Haudry d'un ton mesuré. Je suis bien venue ici en tant qu'émissaire. Ce n'est pas mon père, mais mon beau-père, André Grimod Haudry qui m'envoie. Mon beau-père et moi, nous avons jugé qu'il valait mieux ne rien dire à mon père avant cette rencontre.

— Le duc de Touraine ignore que sa fille cadette a été… hum… mise enceinte par le chevalier ?

Michelle Haudry prit une teinte écarlate, mais sa voix resta stable.

— Tout à fait, monsieur le duc.

— Qu'en est-il de la demande en mariage du chevalier ?

— Le chevalier a une nouvelle fois écrit à mon père, mais il n'a pas encore reçu de réponse. Et c'est parce que mon père attend ma réponse à moi.

— Votre père accorde beaucoup de valeur à votre opinion.

— Oui, monsieur le duc.

Le regard d'Antonia passa du duc à madame Haudry, puis revint sur le duc, et elle dit d'un ton inquiet :

— Je ne comprends pas. Assurément, le père d'Élisabeth-Louise se réjouirait d'une union entre le chevalier et sa fille, non ? Montbelliard est pauvre à l'heure actuelle, mais en tant qu'héritier du comte de Salvan, de nombreux créanciers lui prêteraient volontiers des fonds. Et le duc de Touraine peut attendre que le mariage soit passé pour apprendre l'autre nouvelle. Ce problème se règle donc tout seul, non ?

Le duc prit la main de la duchesse sur son genou vêtu de velours et lui dit gentiment :

— Si seulement c'était si simple, ma vie.

— Pourquoi… pourquoi n'est-ce pas si simple, monseigneur ?

Avant que le duc ne puisse répondre, Michelle Haudry profita du bref silence pour offrir plus d'explications :

— Mon beau-père m'a donné la permission de vous faire une proposition, monsieur le duc. Si les termes de cette proposition vous semblent acceptables, alors je suis persuadée que mon père sera favorable à cette union, surtout quand il apprendra à quel point mon beau-père est généreux, et encore plus quand il sera certain que vous ne vous y opposez pas. (Elle esquissa un petit sourire.) Élisabeth-Louise a un tempérament tellement impétueux qu'il n'a jamais vraiment entretenu l'espoir qu'elle fasse un splendide mariage. Il sera donc fou de joie. Bien sûr, les préparatifs du mariage se mettront en place au plus vite, au vu de la… hum… *situation délicate* de ma sœur.

Elle s'adressa à Antonia avec un tendre sourire :

— Tout le monde sera heureux, et nous ne serons que quelques-uns à ne pas être surpris quand, peu de temps après la cérémonie, ils annonceront qu'ils attendent un enfant. Alors oui, ce problème-ci se réglera tout seul, madame la duchesse.

Antonia lui rendit son sourire, mais elle restait anxieuse.

— Vous parlez de « ce problème-ci », j'en déduis donc qu'il existe d'autres problèmes, dont vous êtes au courant tous les deux, mais dont j'ignore la nature.

— En effet, madame la duchesse, déclara Michelle Haudry en lançant un coup d'œil au duc, qui sirotait son café en silence. Et seuls monsieur le duc et mon beau-père sont capables de régler ces problèmes-là.

— Je comprends parfaitement que le chevalier doive épouser votre sœur immédiatement, répondit Antonia. Et je comprends que vous ne souhaitiez pas contrarier votre père en lui révélant la situation dans laquelle elle se trouve, car cela le mettrait assurément dans les pires dispositions par rapport au chevalier. Ce que je ne comprends pas, c'est le rôle de votre beau-père dans cette histoire, ni pourquoi il était nécessaire que vous lui serviez d'émissaire. Je ne comprends pas non plus pourquoi monsieur Haudry vous fait une proposition, monseigneur, ajouta-t-elle en se tournant vers le duc. Assurément, c'est à la famille Touraine de régler tout cela, non ? Et pourtant, même le duc de Touraine souhaite obtenir votre approbation ? C'est vous qui détenez la clé. Mais la clé de quoi ? (Elle leva une main au ciel.) Je suis perdue !

— Beaucoup le seraient, ma vie, répondit le duc avec un sourire compréhensif. Je vais essayer de tout vous expliquer le plus simplement possible, pas parce que je vous pense incapable de comprendre les choses autrement, mais parce que j'imagine qu'en ce moment même, le beau-père de madame Haudry doit être chez elle, en train de faire les cent pas sur le tapis en attendant qu'elle revienne avec une réponse... ?

Quand Michelle Haudry hocha la tête, il continua :

— Et parce qu'il est fort possible que Vallentine nous interrompe pour nous poser une question tout à fait banale, mais d'une importance capitale à ses yeux, à propos du papier peint qui sera le mieux assorti au tissu qu'il aura choisi pour les rideaux de son cabinet.

VINGT-CINQ

L E DUC EXPLIQUA la situation ainsi :
— Tout d'abord, il est nécessaire que je vous parle du poste important qu'occupe le beau-père de madame Haudry. Il est l'un des quarante fermiers généraux français. Ces hommes contrôlent un vaste réseau qui récolte les taxes et impôts que les sujets doivent à la couronne ; des taxes qui impactent tous les produits, du sel au tabac. C'est un système d'une grande complexité, qui emploie des centaines de gens à divers postes, notamment des administrateurs et ce qui s'apparente à des troupes personnelles qui font appliquer le paiement de créances douteuses. En échange de la gestion et de la récolte de ces taxes pour leur roi, chaque fermier général reçoit une prime considérable qui vient du trésor royal.

» Ce système d'imposition a rendu ces hommes excessivement riches, ce qui veut dire que non seulement le peuple les pense cupides et les déteste donc, mais que les nobles les détestent aussi, car les fermiers généraux sont plus riches qu'eux, possèdent des maisons et des domaines qu'ils envient, et parce qu'on n'exige pas d'eux qu'ils passent leurs journées à jouer aux courtisans au palais ; leur vie est affranchie du devoir royal. Corrigez-moi si je me trompe, madame Haudry, mais il me semble que votre beau-père, André Grimod Haudry, est l'un des fermiers généraux les plus fortunés.

— En effet, monsieur le duc.

— Quant à mon précis pour la duchesse sur la nature du travail de monsieur Haudry ? L'approuvez-vous ?

— Oui, monsieur le duc, répondit Michelle Haudry, ne pouvant cependant réprimer un sourire désabusé quand elle ajouta : Mais j'aimerais ajouter, pour madame la duchesse, que si les fermiers généraux sont collectivement détestés par le peuple et enviés par la noblesse, certains fermiers généraux, individuellement, utilisent leur fortune pour financer des projets louables, promouvoir des artisans d'exception et aider l'Église. Mon beau-père fait partie de cette catégorie, et il est peut-être un peu moins détesté que les autres.

Le duc approuva ces précisions d'un hochement de tête.

Antonia, en pleine réflexion, jouait avec les bracelets de perles autour de son poignet, la main toujours serrée dans la chaleur de celle de son époux. Puis elle dit en fronçant les sourcils :

— Monseigneur, même si je comprends maintenant mieux le rôle que joue monsieur Haudry en tant que fermier général, je suis toujours aussi perdue. Je suis désolée, mais je ne vois toujours pas le rapport entre tout cela et le mariage d'Élisabeth-Louise avec le chevalier Montbelliard. Ni avec le fait que le duc de Touraine attend votre approbation pour donner son accord.

— Inutile de vous excuser, mignonne, je n'ai pas encore expliqué le lien entre tous ces éléments. (Il tendit sa tasse sur sa soucoupe à un valet de pied en poste dans les parages.) Puis-je continuer ?

Antonia hocha la tête et se réinstalla sur la méridienne, les deux mains à présent posées sur ses genoux et le dos droit. Elle sourit au duc et lui dit joyeusement :

— Je suis sûre qu'une fois que vous aurez *tout* expliqué, je comprendrai mieux. Alors je vous en prie, continuez. Oh ! s'exclama-t-elle en pensant soudain à quelque chose. À moins, bien sûr, madame Haudry, que vous ne vouliez une autre tasse de café… ?

Michelle Haudry secoua la tête, prompte à réprimer un sourire face à l'enthousiasme d'Antonia.

— Non merci, madame la duchesse. Je suis rassasiée.

— Et j'espère que vous ne m'en voudrez pas d'avoir besoin que monsieur le duc explique plus amplement la situation. Apprendre de nouvelles choses me fascine, mais vous qui êtes déjà au courant de tout, vous pourriez vous ennuyer. Mais je vous assure que monsieur le duc est un excellent précepteur, ainsi, peut-être que vous aussi, vous apprendrez quelque chose, n'est-ce pas ?

— Merci, ma vie, mais j'assure pour ma part à madame Haudry que j'en viendrai directement au fait…

— Ah, oui ! l'interrompit Antonia, ajoutant avec entrain : Car son beau-père est en ce moment même en train d'user le tapis ! Je ne vous interromprai plus.

— Ce serait pour le mieux, au vu des circonstances. N'oubliez pas Vallentine et ses échantillons de papier peint.

— Je ne l'ai pas oublié ! Il sera bientôt là, car j'ai promis de lui donner mon avis sur son choix de couleurs. Quand il nous interrompra, souvenez-vous que ce n'est pas entièrement sa faute… Oh ! Pardonnez-moi. Je vais me taire, maintenant, et vous écouter. (Elle leva le menton et pencha la tête de côté.) Vous avez toute mon attention. S'il vous plaît, continuez !

— Merci, mignonne, répondit le duc avec gravité, sans pouvoir cependant dissimuler l'hilarité dans son regard.

Submergée par un sentiment de joie en assistant à cette interaction taquine du couple ducal, Michelle Haudry dut étouffer un gloussement. En présence de son épouse, cet aristocrate austère se métamorphosait en un être à l'opposé de l'image qu'on se faisait habituellement de lui. Elle se sentait privilégiée d'être en leur compagnie, et elle avait certainement appris quelque chose. Il s'agissait d'une occasion si unique qu'elle aurait voulu garder cela rien que pour elle, mais bien sûr, elle en ferait part à son beau-père, qui apprécierait ce rare aperçu du caractère de ce duc des plus énigmatiques. Cependant, elle se sentit terriblement honteuse d'avoir gloussé en leur présence ; si le duc et la duchesse l'avaient entendue, ils décidèrent de ne pas y prêter attention et le duc continua :

— En dépit de l'énorme fortune de monsieur Haudry et de sa position dans cette compagnie de collecteurs d'impôts, disait le duc à Antonia, ou de son importance au sein de la bourgeoisie parisienne, son influence ne s'étend pas jusqu'au palais, jusqu'à la cour de son roi. Et sans influence à la cour, monsieur Haudry a peu de chances d'obtenir ce qu'il désire le plus au monde.

— Mais, avec sa fortune, il peut certainement obtenir tout ce qu'il veut, non ?

— Oui, et c'est ce qu'il fait déjà. Mais il y a une chose qu'aucune somme d'argent ne peut acheter.

Antonia, déroutée, garda le silence en attendant qu'il éclaire sa lanterne. Le duc se pencha vers elle et dit à voix basse :

— Il a désespérément besoin de l'attention de son roi.

Elle fut surprise.

— En tant que bourgeois fortuné, ne peut-il pas s'approcher de lui ?

— Si, mais il lui prête une oreille sourde, voyez-vous, car il n'a pas la noblesse nécessaire pour être entendu.

Antonia réfléchit à cela un instant.

— Mais… la belle-fille de monsieur Haudry est la fille du duc de Touraine, ce lien doit assurément lui garantir un accès à l'oreille du roi, non ?

— Oui. Mais monsieur le duc de Touraine préfère garder ses distances en restant avec son régiment, il est donc trop loin du roi pour être entendu. Ce lien n'a donc aucune utilité pour monsieur Haudry.

— Le général le plus décoré de France ne souhaite pas s'engager en faveur du beau-père de sa fille ?

Si le duc était surpris qu'Antonia choisisse de parler anglais, il ne le montra pas. D'ailleurs, il le comprenait – elle voulait que leur invitée ne comprenne pas cette partie de leur conversation – et suivit donc son exemple quand il lui répondit :

— C'est une observation très juste, mon amour. C'est exactement cela. Le duc préfère ne pas trop approcher ses… hum… doigts de la flamme politique. Il laisse sa mère se charger des intrigues de la cour…

— Tante Philippa ?

— Oui. Elle est bien plus douée que lui pour s'attirer des faveurs. Ou plutôt, elle l'*était*, mais en tant que Salvan…

— … elle a perdu l'influence qu'elle avait à la cour quand le comte de Salvan a été banni, déclara Antonia, terminant sa phrase avec un hochement de tête indiquant qu'elle comprenait. Dommage pour le beau-père de notre invitée. Il pensait sûrement qu'en mariant son fils à la fille d'un duc, il gagnerait l'accès à l'oreille du roi. Mais en réalité, il se retrouve associé à une famille tombée en disgrâce.

Sa compréhension des corollaires politiques fit sourire le duc.

— Bien vu, ma chérie.

Antonia lança un coup d'œil à madame Haudry, qui restait impassible. Elle repassa à sa langue maternelle pour dire au duc avec un sourire entendu :

— Mais puisque vous, vous avez accès à l'oreille de Sa Majesté, monsieur Haudry semble vouloir que vous chuchotiez à cette oreille pour lui.

— C'est ce que je pense, oui.

— Je me demande ce qu'il veut que vous lui disiez.

— Nous devrions peut-être poser la question à madame Haudry ?

Le duc et la duchesse se tournèrent vers Michelle Haudry au même instant. Si leur invitée était un tant soit peu intimidée, elle ne le montra pas. Elle les surprit même avec un aveu qu'aucun d'eux n'avait vu venir :

— Je vous demande pardon, mais je devrais vous révéler, car je ne veux pas que vous pensiez que j'écoute aux portes, que non seulement je comprends la langue anglaise, mais je la lis et l'écris également. Je maîtrise aussi l'italien et l'espagnol. (Elle arbora un sourire inutilement empreint de mépris envers elle-même.) Selon mon beau-père, mes compétences linguistiques sont un grand atout pour ses affaires et servent à compenser en partie la disgrâce de la famille Salvan.

Le duc inclina la tête.

— Merci pour votre honnêteté, madame Haudry. Je ne doute pas que votre époux et votre beau-père aient une meilleure appréciation de votre intelligence que votre propre famille.

— Monsieur le duc est sincère, madame Haudry, lui assura Antonia. Monseigneur m'a appris que les filles de la bourgeoisie reçoivent une meilleure éducation que la plupart des filles de la noblesse, ce qui fait d'elles de meilleures compagnes, et leurs époux leur témoignent plus d'estime. Vous et moi, nous sommes des exceptions dans notre milieu, nous sommes trop éduquées. Il me semble donc tout à fait plausible que la famille que vous avez intégrée par le mariage attache de l'importance à vos compétences. N'est-ce pas, monseigneur ?

— Oui, et je pense que madame Haudry a eu le temps de me

jauger, ainsi que ma sincérité, lança malicieusement le duc. Vous aussi, mignonne. Nous avons eu le temps de jauger notre invitée en retour. Mes oreilles sont grandes ouvertes, madame, dit-il en regardant Michelle Haudry dans les yeux.

Le duc et la duchesse attendirent sa réponse.

— En effet, mon beau-père aimerait que monsieur le duc s'approche de l'oreille de son roi, admit-elle. Mais il ne veut pas que vous fassiez quelque chose d'aussi gauche que de murmurer quoi que ce soit directement à l'oreille du roi. Ce qu'il veut, c'est attirer l'attention de sa maîtresse, madame de Pompadour, et éventuellement qu'une rencontre soit organisée avec elle.

— Dans quel but ?

— En premier lieu ? répondit Michelle Haudry avec un haussement d'épaules évasif. Tout ce que veut mon beau-père, c'est être au service de la marquise. Si elle s'en trouve satisfaite, alors il pourra peut-être lui demander une faveur… un jour.

— Une faveur qui s'accompagnera d'un titre pour son fils – votre époux –, peut-être ? s'enquit le duc d'une voix traînante en haussant ses sourcils noirs.

Michelle Haudry hocha la tête et ses joues s'empourprèrent légèrement.

— Vous le savez, monsieur le duc, un fermier général qui peut se vanter d'avoir une belle-fille membre de la noblesse n'a pas de quoi être raillé, mais sans l'introduction requise à la cour et auprès du roi, il y a peu de chances pour que la famille Haudry obtienne un jour un titre de noblesse. Vous avez tout à fait raison, monsieur le duc, dit-elle avec un petit sourire. Il est courant, pour ceux qui sont habitués à obtenir tout ce qu'ils veulent, que la seule et unique chose qui reste hors de leur portée devienne une obsession. C'est le cas pour mon beau-père. Il est reconnu dans sa profession et fortuné, ce qu'il désire donc à présent, c'est assurer l'avenir de sa famille. Ce qu'il pourra faire avec votre aide, monsieur le duc.

— Monsieur Haudry comprend-il que même si j'attire l'attention du roi ou de sa maîtresse sur lui, cela ne garantira pas qu'ils se prendront d'affection pour lui, ni qu'ils lui accorderont la moindre faveur ?

— Il est prêt à tenter sa chance, monsieur le duc.

Les yeux foncés de Michelle Haudry s'illuminèrent et elle ajouta avec un sourire en coin :

— Mais puisqu'il est doté d'un charme insolent, je suis persuadée qu'il parviendra à ses fins avec madame la marquise de Pompadour s'il en a l'opportunité. Si vous m'autorisez à vous faire ce compliment, car je ne souhaite pas vous offenser, cela vous fait un point commun.

Antonia se pencha vers le duc et lui sourit, une étincelle dans le regard.

— J'aimerais rencontrer ce monsieur Haudry.

— Je suis sûr qu'il aimerait également faire votre connaissance, ma vie, répondit doucement le duc en se penchant inconsciemment vers elle.

Il se reprit rapidement, alors qu'il avait été sur le point de l'embrasser en public. Il se recula et se tourna vers un valet de pied pour qu'on lui serve une deuxième tasse de café.

Michelle Haudry soupira intérieurement en assistant à ce moment, regrettant que son mari ne la regarde pas comme ce duc regardait sa duchesse. Mais elle chassa ces pensées frivoles, car elle avait une mission à accomplir et son beau-père comptait sur elle, de même que sa sœur. Néanmoins, elle fut assez distraite pour n'entendre que la fin de la question du duc, qui se sentit obligé de se répéter en voyant son regard lointain.

— Et que propose monsieur Haudry en échange de cette petite faveur que représenterait une introduction ?

VINGT-SIX

SUIVANT L'EXEMPLE du duc, Michelle Haudry en vint directement au fait :

— Monsieur le duc, mon beau-père est conscient de l'équilibre délicat qui existe entre vous et votre famille Salvan. Vous étiez l'instigateur de la lettre de cachet qui a mené à l'exil du comte de Salvan sur son domaine, et ce n'est pas un secret. Son exil s'est accompagné de la perte de ses privilèges à la cour. Par conséquent, sa famille a souffert de difficultés financières...

Elle s'interrompit pour déglutir, la gorge et les lèvres sèches, regrettant de ne pas avoir accepté une deuxième tasse de café. C'était la remarquable transformation du duc quand elle avait mentionné la lettre de cachet qui avait provoqué cette sécheresse soudaine. Ses traits s'étaient durcis. La douceur et la lumière avaient disparu de son regard. Une implacabilité avait envahi son visage anguleux, lui indiquant tout ce qu'elle avait besoin de savoir, tout ce qu'elle transmettrait à son beau-père, sans même avoir à poser directement la question : le duc de Roxton n'accorderait jamais son pardon au comte de Salvan, il était donc impossible qu'il obtienne le pardon du roi et il n'avait aucun espoir de réhabilitation dans la société.

Cela signifiait que l'offre qu'elle allait faire au nom de son beau-père – offre dont ils avaient discuté avant sa visite – devait être très généreuse. Monsieur Haudry était prêt à donner presque tout ce qu'il avait pour que le duc passe à l'action et le présente à la maîtresse du roi, puis au roi en personne. Mais Michelle Haudry était parfaitement consciente que son hôte n'avait aucune obligation. Et s'il ne passait pas à l'action, cela mettrait un terme à tout espoir que le fils de monsieur Haudry, l'époux de Michelle, soit un jour anobli, que la famille soit élevée dans la stratosphère aristocrate. En tant que fille d'un duc, elle était moins troublée par cette conséquence que par le sort incertain d'Élisabeth-Louise et de l'avenir qu'elle souhaitait bâtir avec le chevalier Montbelliard si le duc restait implacable. Leur sort dépendait de ses pouvoirs de persuasion.

— Madame, rien de tout cela n'est un secret, comme vous l'avez inutilement souligné, déclara le duc d'un ton monotone, interrompant ses réflexions. Je vous prie d'en venir au fait.

— Bien sûr, monsieur le duc, répondit Michelle Haudry à voix basse, son regard remontant courageusement vers les yeux noirs du duc. La société a beau penser que vous avez adressé une lettre de cachet au comte de Salvan pour vous débarrasser de lui et ainsi épouser madame la duchesse en secret, mon beau-père, lui, est en possession des faits. Il sait que le fils dérangé du comte a attaqué la duchesse quand elle était enceinte et que…

— Non ! Non ! Pas un mot de plus ! J'en ai assez entendu !

Antonia s'était levée de la méridienne, les mains fermement jointes devant sa poitrine. Le duc se releva instantanément. Michelle Haudry en fit autant, le visage blême et les yeux baissés sur le tapis, incapable d'exprimer à quel point elle était mortifiée d'avoir contrarié le couple, et en particulier la duchesse, son désarroi clairement visible sur son beau visage.

Le duc fit un signe de la tête à un valet de pied pour lui signaler de raccompagner leur invitée.

— Cet entretien est terminé, madame.

— Attendez, le contredit Antonia.

Quand Michelle Haudry se retourna, la duchesse leva les yeux vers le duc et murmura, après avoir pris une inspiration tremblotante :

— Je… je suis désolée. Je ne voulais pas réagir de façon aussi sotte, mais c'est plus fort que moi. Je ne veux pas revivre cet épisode, Renard.

Je ne peux pas. Mais il faut que nous écoutions ce que madame Haudry a à nous dire.

Le duc couvrit ses mains jointes des siennes et appuya légèrement son front contre celui de sa femme.

— Vous n'avez rien à vous faire pardonner, ma belle. Nous sommes du même avis. Vous avez toujours dit, n'est-ce pas, que nous devions nous tourner vers l'avenir. Pour ce qui est de cet entretien, nous n'avons aucune obligation envers personne. Je ne veux pas qu'il vous bouleverse. (Il l'embrassa délicatement sur la tempe.) J'ai réglé ma correspondance du jour, nous pouvons donc aller voir notre fils dans la galerie avant que Vallentine ne nous assaille de questions à propos de moulures et de choix de tentures.

— C'est ce qui me plairait le plus, monseigneur, mais j'ai envie d'aider ce jeune couple. Le chevalier n'a pas choisi d'être l'héritier de Salvan et il n'a certainement aucune envie d'être votre ennemi. N'a-t-il pas prouvé que c'est à vous que revient son allégeance, et non aux Salvan, en vous mettant en garde, à l'auberge, contre les manigances de tante Philippa ? Je comprends que vous ne puissiez rien faire qui irait à l'encontre de votre honneur, et vous ne devriez pas faire quoi que ce soit de ce genre. Je ne veux pas non plus vous mettre dans une position impossible. Mais tout comme notre fils, l'enfant d'Élisabeth-Louise mérite d'avoir un père, un foyer et un avenir, n'est-ce pas ? (Elle lui adressa un sourire rayonnant.) Si quelqu'un peut trouver une solution au dilemme de ce jeune couple, c'est vous.

Son sourire éblouissant, plein d'espoir et d'optimisme, ne manquait jamais d'affaiblir la détermination de son mari. Mais ce fut la foi inébranlable qu'elle plaçait en lui qui causa sa perte. Comment pouvait-il lui refuser quoi que ce soit ? Il ne voulait surtout pas la décevoir. Il leva une main au ciel en signe de capitulation.

— S'agit-il de la nature de l'offre de monsieur Haudry, madame ? s'enquit le duc en se tournant vers leur invitée. Offre-t-il un avenir au jeune couple ? C'est ce que souhaite la duchesse. Si votre beau-père peut assurer cela, alors nous pouvons reprendre cette conversation. Sinon…

— Il se trouve que c'est précisément ce qu'il propose, monsieur le duc et madame la duchesse, répondit Michelle Haudry avec réserve, son regard passant de l'un à l'autre.

— Alors je vous en prie, asseyez-vous, déclara Antonia avec entrain, reprenant sa place sur la méridienne tapissée, les mains jointes sur ses genoux et le duc s'asseyant à côté d'elle. Et dites-nous tout à propos de l'offre de monsieur Haudry !

Michelle Haudry s'exécuta, prit une profonde inspiration et s'adressa au couple :

— Mon beau-père voudrait vous assurer, monsieur le duc, qu'il a conscience de l'équilibre délicat qui existe entre vous et votre famille Salvan. Il comprend également que le chevalier Montbelliard se retrouve dans une position embarrassante en raison des circonstances de sa naissance. En tant qu'héritier du comte de Salvan, il est involontairement devenu votre ennemi. Je ne pense pas que vous vouliez du mal au jeune homme, mais votre honneur vous empêche de revenir sur votre promesse de renier la lignée des Salvan. La meilleure solution serait que le chevalier disparaisse, tout simplement, et vous laisse tranquille, vous et votre famille. Mais pourquoi ferait-il cela alors qu'il a le soutien de vos vieilles tantes et du reste de la famille Salvan ? Et pour compliquer encore plus les choses, il souhaite épouser ma sœur, la fille de l'un de vos plus proches amis.

— Je me demandais quand vous arriveriez au nœud du problème, madame, dit le duc d'une voix traînante. Laissez-moi deviner ! Vous allez nous révéler que votre beau-père est un prestidigitateur qui peut, d'un tour de magie, faire disparaître Montbelliard ? Mieux encore, toute la floppée des Salvan !

Michelle Haudry s'empourpra.

— Quelque chose de ce genre, monsieur le duc.

Antonia se pencha vers l'avant, fascinée.

— Oh ? J'aimerais beaucoup assister à ce tour de magie !

— Ce que propose le beau-père de madame Haudry, c'est de faire disparaître Montbelliard de la société, mignonne, lui expliqua gentiment le duc.

Antonia fronça les sourcils.

— Mais… il pourra le faire revenir de l'endroit où il va l'envoyer, hein ?

— Si je puis me permettre, madame la duchesse… ?

Quand Antonia hocha la tête, Michelle Haudry continua :

— C'est peut-être mon beau-père qui va déclencher la disparition du chevalier, mais seul monsieur le duc aura le pouvoir de le faire revenir. (Elle inclina la tête en direction du duc.) Uniquement si vous souhaitez son retour…

Le duc se recula sur la méridienne et nettoya son lorgnon avec un sourire entendu tandis que la duchesse observait leur invitée, puis son époux, digérant tout cela, avant de s'exclamer :

— Ah, ah ! Je comprends mieux, maintenant. Vous êtes tous les deux des prestidigitateurs ! Vous et monsieur Haudry ! (Elle effleura le bras du duc, les yeux illuminés.) Comme il se doit. (Elle se tourna vers Michelle Haudry.) Je vous en prie, expliquez-nous comment fonctionne ce tour de magie.

— En quelques mots, le chevalier épousera ma sœur lors d'une cérémonie discrète ici, à Versailles, puis ils partiront pour un long séjour à la campagne.

Le duc haussa un sourcil.

— Long… hum… à quel point ?

— Sur ce point également, cela dépendra de vous, monsieur le duc. Mon beau-père achètera un petit domaine pour le couple et financera son entretien et leurs dépenses quotidiennes pendant très longtemps. En échange, le chevalier s'engagera à ce que ni lui, ni son épouse, ni ses héritiers ne fréquentent la société ou ne se rendent à Paris ou à Versailles tant que vous ne lui en aurez pas donné l'autorisation. Que ce soit avant ou après qu'il aura hérité du titre. Et comme il vous tient en grande estime et veut vous plaire, je suis sûre qu'il fera le serment de ne jamais s'approcher du comte de Salvan, ni d'entretenir la moindre correspondance avec lui.

— Monsieur Haudry a-t-il un domaine particulier en tête ?

— Un petit château qui surplombe le Rhône et accolé à un immense vignoble. Il a été commandé au début du siècle par un archevêque. L'acquisition de cette propriété par mon beau-père va considérablement alléger le fardeau financier qui pèse sur la famille de cet ecclésiastique…

— Dans ce cas, tout le monde est content ! déclara Antonia. Vous avez mentionné le Rhône, mais où se trouve le domaine exactement ? Après tout, ce fleuve prend sa source dans les Alpes suisses et se jette dans la Méditerranée. Mais puisque vous avez parlé de vignoble, j'imagine qu'il se trouve dans le sud, n'est-ce pas ?

— Tout à fait, madame la duchesse, répondit Michelle Haudry, impressionnée par les connaissances d'Antonia en géographie. Arles est la ville la plus proche…

— Oh ! Votre sœur et le chevalier ont beaucoup de chance ! déclara Antonia. Il y a beaucoup de choses à voir à Arles, c'était un port important pour les Romains. Mais vous le saviez probablement, dit-elle au duc avant de s'adresser à leur invitée : On y trouve des ruines tout à fait extraordinaires, une grande partie de l'amphithéâtre est encore debout, et pareil pour le cirque. Il y a aussi les vestiges d'un aqueduc, et-et de quatre moulins ! Constantin i^{er} y avait aussi fait construire des bains !

— Si seulement Vallentine avait fait preuve d'au moins la moitié de votre enthousiasme pour les vestiges antiques pendant notre Grand Tour, lança le duc d'un air malicieux, arborant inconsciemment un large sourire face à son enthousiasme débridé. Mieux encore, si seulement vous aviez été avec moi. Quand avez-vous visité Arles, ma fée ?

— Mon père et moi n'y sommes restés que quelques jours. Nous passions par la côte pour nous rendre à Gênes. Malheureusement, dit-elle avec un soupir de déception, nous n'avons pas eu le temps de voir tout ce que nous voulions visiter.

Elle se pencha vers lui et lui demanda avec enthousiasme :

— Nous pourrions peut-être visiter Arles un jour ?

— Avec plaisir.

— Bien ! C'est décidé, alors !

Ils échangèrent un sourire plein de tendresse et pendant quelques instants, ils ne furent plus que tous les deux dans la pièce. Ce fut Antonia qui relança le cours du temps quand elle se tourna vers Michelle Haudry et lui demanda :

— Votre sœur serait-elle heureuse en tant qu'épouse d'un gentil-homme de province ? Se rend-elle compte qu'Arles se trouve loin de la cour, de Paris et de sa famille, que ce serait comme habiter à Saint-Pétersbourg ?

— Madame la duchesse, j'ai honte de l'admettre, mais j'ai ressenti moins de compassion en apprenant dans quelle situation se trouve ma sœur que mon beau-père. Élisabeth-Louise a, comme on dit, semé le vent. S'il fallait aujourd'hui qu'elle aille vivre à Saint-Pétersbourg, il faudrait qu'elle l'accepte. En tant qu'épouse du chevalier, elle devra faire ce qui est dans son intérêt à lui, et dans l'intérêt de leur enfant.

Elle sourit et une note de tendresse teinta sa voix malgré elle quand elle avoua :

— Mais mon beau-père est un gentilhomme d'une grande sensibilité. Il ne voulait pas que le couple souffre trop, il a donc choisi le domaine aux abords d'Arles, car la sœur de Montbelliard est mariée à un officiel de la région – je crois que son travail est en lien avec le transport de marchandises sur le fleuve. Peu importe. Ce qui importe, c'est de savoir qu'ils auront de la famille dans les parages.

Elle s'adressa au duc :

— Par ailleurs, Arles est assez éloignée pour, j'en suis sûre, empêcher tous les membres de la famille Salvan d'interférer encore dans leur vie. Comme vous l'avez suggéré, madame la duchesse, c'est comme s'ils déménageaient à Saint-Pétersbourg.

— Monsieur Haudry est vraiment un prestidigitateur, et tout s'arrange, répondit joyeusement Antonia avant de se tourner vers le duc. Ces dispositions vous conviennent-elles, monseigneur ?

— Oui, mignonne, répondit-il en rangeant son lorgnon dans l'une de ses poches. Madame, dit-il à leur invitée, vous pourrez féliciter monsieur Haudry de ma part pour son ingéniosité. Il a réussi à trouver une solution à une situation qui était rapidement en train de devenir un problème. Vous pourrez aussi lui dire que la prochaine fois que je me retrouverai en compagnie de madame la marquise de Pompadour – dans quelques jours –, je m'assurerai de glisser quelques mots faisant ses louanges à son oreille.

— Merci, monsieur le duc. Je suis impatiente d'annoncer cette bonne nouvelle à mon beau-père…

— Afin qu'il puisse arrêter d'abîmer votre tapis ? dit Antonia avec un sourire en se levant, le duc et madame Haudry suivant son exemple.

Au lieu de clôturer cet entretien, elle ajouta, avec une perspicacité vis-à-vis des sentiments des autres qui ne manquait jamais de surprendre le duc :

— Je comprends que votre père, monsieur le duc de Touraine, accorde de l'importance à votre opinion. Mais c'est votre beau-père qui apprécie le plus votre intelligence, que ce soit dans votre famille ou dans la sienne. Vous vous appréciez mutuellement.

Michelle Haudry fut instantanément troublée par la pertinence de la duchesse, mais elle parvint à répondre d'une voix stable :

— Oui, madame la duchesse. Si je peux l'aider à réaliser ses ambitions familiales, en particulier pour mon époux et nos enfants, alors je ne serai pas malheureuse.

— Il existe peut-être d'autres façons d'aider votre beau-père à poursuivre ses ambitions, dit le duc d'un air pensif. Des procédés qui vous permettraient de mettre votre intelligence et vos sages conseils à profit. Mais nous parlerons de cela un autre jour, en présence de monsieur Haudry. Maintenant, il est temps que vous alliez lui transmettre la bonne nouvelle, et nous sommes attendus ailleurs.

Michelle Haudry fit une révérence, avouant avec un petit sourire :

— Puisque vous m'accordez votre confiance, j'aimerais être entièrement transparente avec vous, monsieur le duc et madame la duchesse. C'est moi qui ai convaincu mon beau-père de me laisser négocier cet accord avec vous en son nom. Je lui ai dit qu'en tant que fille de l'un de vos plus proches amis, vous accepteriez plus facilement mes demandes que celles d'un fermier général. Mais mes motivations n'étaient pas entièrement désintéressées.

— Laissez-moi deviner, dit le duc d'une voix traînante. Vous vouliez voir de vos propres yeux si les rumeurs étaient vraies.

Antonia ne comprit pas.

Michelle Haudry, si.

Le duc éclaira leur lanterne à toutes les deux.

VINGT-SEPT

— Vous avez demandé à être l'émissaire de votre beau-père non seulement pour aider votre sœur et négocier cet accord, expliqua le duc, mais aussi pour pouvoir tenir votre père informé de l'état de mon mariage.

— Oui, monsieur le duc, avoua Michelle Haudry, ajoutant précipitamment : Mais son bonheur et ses vœux de bonheur pour vous étaient entièrement sincères !

— Je n'ai aucun doute là-dessus, répondit le duc. Votre père est un bon ami, il a toute ma confiance. Vous serez peut-être surprise de l'apprendre, ajouta-t-il avec un sourire en coin, mais il vous a également envoyée me voir pour que je puisse moi aussi lui faire un compte rendu à propos de *vous*...

— *Moi ?* l'interrompit Michelle Haudry avec une brusquerie inhabituelle trahissant son immense choc. Pourquoi donc ?

— Quand il a appris que j'avais besoin d'envoyer une aristocrate à laquelle je pourrais faire entièrement confiance à la cour, il vous a recommandée. Il s'est montré très élogieux, pas en tant que père qui voudrait vous flatter, mais en tant qu'homme qui connaît mes fortes exigences et qui sait notamment que je recherche quelqu'un qui est parfaitement digne de confiance et totalement insensible à la flatterie. Est-ce une appréciation correcte de votre personne, madame Haudry ?

— Oui, monsieur le duc, je corresponds à cette description.

— Merveilleux ! Néanmoins, il faudra que vous appreniez à réprimer votre… hum… surprise ; Versailles, après tout, n'est qu'artifice. Mais nous pourrons y travailler. À tout autre égard, j'estime – et je suis certain que la duchesse sera d'accord avec moi – que vous êtes idéale.

— Merci, monsieur le duc, répondit Michelle Haudry avec une nouvelle révérence. Je suis impatiente que nous nous revoyions avec monsieur Haudry, afin que vous puissiez nous dire à tous les deux ce que vous attendez de moi.

Le duc inclina la tête.

— Voilà une réponse parfaite ! Bien vu !

Antonia, pensive, pencha la tête de côté.

— Puisque monsieur le duc a eu la gentillesse d'être honnête avec vous, vous pourriez peut-être nous dire ce que votre père souhaite savoir en particulier à propos de notre mariage ?

— Puis-je répondre à cela… ?

— Oh ! J'aurais dû penser à vous poser la question, monseigneur ! Bien sûr, vous avez déjà la réponse, n'est-ce pas ?

— Alphonse souhaite pavoiser. Comme la grande majorité de la société, il n'aurait jamais pensé que je me marierais par amour.

— C'est parce que monsieur le duc de Touraine ne me connaît pas, moi, déclara Antonia avec un sourire éclatant. Quand il m'aura rencontrée, il verra lui-même la vérité.

— Bien sûr, ma fée. Et je crois bien qu'après avoir passé un peu de temps en notre compagnie, madame Haudry est arrivée à la même conclusion que tous ceux qui nous connaissent : que notre mariage n'est pas seulement une union de deux cœurs, mais également de deux esprits, peu importe notre… hum… différence d'âge.

Antonia prit une profonde inspiration pour apaiser son agacement.

— Je vous en prie, monseigneur, n'évoquez plus jamais ces pures absurdités. Je suis persuadée que madame Haudry n'avait même pas remarqué !

— Mignonne, je ne crois pas me tromper quand j'affirme que *rien* n'échappe à madame Haudry. Et c'est justement à cause de ces pures absurdités qu'elle tenait à nous voir de ses propres yeux.

— Vraiment ? s'exclama Antonia, posant ses yeux ronds sur leur invitée. Moi qui vous pensais vive d'esprit ! Vous devez sûrement comprendre que le cœur est l'organe le plus obstiné, qu'il ne souffre aucun obstacle quand il trouve l'amour. « Le véritable amour n'a pas d'âge…

— … et ne connaît pas la mort », termina Michelle Haudry, complétant l'adage avec un sourire triste. Oui, madame la duchesse, je le comprends à présent. Mais ce n'était pas le cas il y a dix ans. Je vous en prie, ne me pensez pas malheureuse. Mon époux est un homme bon et je suis une épouse fidèle à tout point de vue, même si mon cœur appartient à quelqu'un d'autre. Si Dieu le veut, mon prochain enfant sera un garçon, et si les ambitions de mon beau-père pour obtenir une noble lignée se réalisent, cela suffira largement à contenter notre famille.

Leur invitée avait à peine été raccompagnée hors de la bibliothèque qu'Antonia se tourna vers le duc pour se glisser dans son étreinte. Elle leva la tête vers lui.

— Elle fera une excellente espionne, monseigneur ! Elle maîtrise plusieurs langues, elle est sensée, avisée, et elle a besoin de solliciter son cerveau. Et vous l'avez dit vous-même, rien ne lui échappe. C'est parfait !

Le duc laissa échapper un petit rire.

— M'envoyer des rapports en anglais sur les machinations à la cour de Louis ne suffira pas à nourrir un cerveau d'une grande intelligence, mignonne, mais cela guérira son ennui et lui donnera quelque chose à faire.

— Et elle va aussi le faire pour aider les ambitions familiales de monsieur Haudry. Renard, ajouta-t-elle en fronçant les sourcils, quel âge avait-elle quand on l'a mariée au fils de monsieur Haudry ?

— Touraine a marié sa fille quelques mois avant son quatorzième anniversaire. Je crois que son époux avait un an de plus…

— De simples enfants.

— Oui. Mais les mariages de ce genre sont habituels en France, dans la noblesse.

Antonia attrapa sa main et soutint son regard.

— Une jeune fille de quatorze ans qui a vécu toute sa vie enfermée dans un couvent, loin du vrai monde, n'a rien à voir avec une jeune femme de dix-huit ans qui a grandi avec un père qui la laissait voir, lire et apprendre tout ce qu'elle voulait.

Il appuya ses lèvres contre le dos de sa main.

— Je sais, ma vie. Et chaque jour, je suis reconnaissant qu'il vous ait élevée comme le fils qu'il n'a jamais eu. Je ne ressens aucun regret de vous avoir épousée, et je n'en aurai jamais. Vous avez dit une fois que vous nous pensiez destinés à être ensemble, et je suis d'accord avec vous. Je ne changerais rien à notre union. Ah si, ajouta-t-il avec un sourire en coin, il y a bien une chose que je changerais…

— Vous voudriez m'avoir épousée plus tôt ! déclara gaiement Antonia en se blottissant dans ses bras, la tête posée contre son torse.

— J'aurais aimé vous épouser plus tôt, murmura-t-il, le menton délicatement posé sur le dessus de ses tresses, puis m'être enfui avec vous dans les Alpes suisses…

Antonia se recula légèrement pour pouvoir observer son expression.

— Les Alpes suisses ? Pourquoi donc ?

— Je suis incapable de trouver un autre endroit où j'estime que nous pourrions avoir une chance de passer une journée entière sans être interrompus, fit-il remarquer en la relâchant et en regardant la porte ouverte par-dessus ses cheveux blonds. Laissez-moi deviner, dit-il d'une voix traînante alors que Lord Vallentine et Martin Ellicott entraient dans la pièce sans avoir été annoncés. Vous avez pris une décision capitale ?

Vallentine leva ses deux mains pleines d'échantillons colorés de papier peint et de tissu ; Martin Ellicott en fit autant.

— Que préférez-vous ? demanda-t-il avec enthousiasme en avançant une main. Le bleu avec le blanc… ?

— Le bleu égyptien avec le blanc cassé, l'aida Martin Ellicott, précisant le nom correct de chaque couleur.

Sa Seigneurie avança l'autre main.

— … ou le rose avec le jaune ?

— Rose foncé et jaune de Naples, déclara Ellicott.

Vallentine désigna Martin d'un geste de la tête, lui indiquant de présenter ses choix.

— Ou alors, ce que tient Ellicott : le rose avec le rouge…

— Rose persan et sang-de-dragon.

— … ou le violet avec le rouge et le jaune ?

— Garance, sang-de-dragon, et une touche d'orpiment, déclara Martin Ellicott.

Les deux hommes regardaient le duc et la duchesse avec impatience, levant toujours leur sélection.

— J'aime bien le nom « sang-de-dragon », cela vous correspond, Lucian, répondit Antonia. Mais est-ce réellement du bleu ici, ou plutôt du vert ? Comment avez-vous appelé cette couleur, Martin ?

— Non ! Ne commencez pas à chipoter sur ce qui est bleu ou vert, ou tout ce qu'il y a entre les deux ! souffla Vallentine en laissant lourdement retomber ses bras. Et ne dites pas un mot de plus, Ellicott ! Nom d'une pipe ! On y a passé la matinée et Estée voudra savoir ce que j'ai choisi et il faut que je prenne une décision définitive – *maintenant*. (Il regarda le duc en levant son menton carré.) Alors ? Que préférez-vous, Roxton, hein ?

— Vous devez bien savoir ce que je choisirais ! répondit le duc d'un ton taquin.

— Ah, non ! Vous allez pas vous y mettre aussi ! déclara Vallentine avec virulence. Vous allez pas vous en tirer comme ça. Toutes ces histoires de décoration, ça m'a filé une sacrée migraine. J'ai complètement arrêté de réfléchir. Mon cerveau ne supporte plus rien de tout ça.

Antonia, pleine de compassion, effleura la manche en soie de Sa Seigneurie.

— Vous avez passé bien trop de temps enfermé à l'intérieur, mon beau-frère. Vous avez besoin de prendre l'air hivernal. Quand Julian est grognon, je l'emmène à l'extérieur et il retrouve rapidement son calme.

— Ne me tentez pas ! Je donnerais n'importe quoi pour m'entraîner un peu à l'épée sous le soleil d'hiver ! Mais je ne peux pas, poursuivit Sa Seigneurie, ses épaules s'affaissant. Pas tant que je n'aurai pas réglé cette maudite histoire.

— Vous allez peut-être m'en vouloir de demander ceci, dit le duc, mais avez-vous pris en considération les choix de votre épouse pour ses pièces à elle, afin que vos couleurs soient assorties aux siennes ?

Vallentine était abasourdi. Il n'y avait pas pensé. Il lança un regard noir qui semblait dire « Pourquoi n'y avez-vous pas pensé ? » à Martin Ellicott.

Le duc, lui, échangea un sourire complice avec son ancien valet, puis il dit ce qu'il voulait entendre à son meilleur ami :

— Le soleil hivernal et un peu d'exercice nous feront du bien à tous les deux. Oh, et elle préférera le mélange garance, sang-de-dragon et touche de... hum... orpiment... ? Estée préfère toujours en faire trop que pas assez.

Sa Seigneurie poussa un long soupir de soulagement.

— Dieu soit loué ! Vous aviez raison, Ellicott, ajouta-t-il pour son assistant d'un air penaud. Je vous remercie de votre aide.

Puis il arracha la bande de papier peint et l'échantillon de tissu dans la main droite de Martin avant de désigner sa main gauche d'un geste de la tête.

— Si vous voulez bien mettre cette sélection sur le bureau de Roxton pour qu'elle soit mise en lieu sûr et pour que ma femme puisse y jeter un œil.

Sans ajouter un mot de plus, sous l'œil d'Antonia et de Martin, Vallentine jeta les bandes de papier et les bouts de tissu qui n'avaient pas été retenus dans les airs et suivit le duc hors de la librairie à grandes enjambées, impatient de sortir son épée et de rejoindre l'extérieur.

FIN – POUR L'INSTANT...

Découvrez la suite des événements après la fin heureuse dans le quatrième livre de la saga : *Leurs Grâces*.